U0507692

>>> 纪 燕 / 著

刘若愚
跨文化诗学
思想研究

中国社会科学出版社

图书在版编目（CIP）数据

刘若愚跨文化诗学思想研究／纪燕著．—北京：中国社会科学
出版社，2017.7
ISBN 978 - 7 - 5161 - 9806 - 3

Ⅰ.①刘…　Ⅱ.①纪…　Ⅲ.①刘若愚（1926—1986）—比较
诗学—研究　Ⅳ.①I712.072

中国版本图书馆 CIP 数据核字（2017）第 021303 号

出　版　人	赵剑英
责任编辑	张　潜
责任校对	冯英爽
责任印制	王　超

出　　版	中国社会科学出版社
社　　址	北京鼓楼西大街甲 158 号
邮　　编	100720
网　　址	http：//www.csspw.cn
发 行 部	010 - 84083685
门 市 部	010 - 84029450
经　　销	新华书店及其他书店

印　　刷	北京君升印刷有限公司
装　　订	廊坊市广阳区广增装订厂
版　　次	2017 年 7 月第 1 版
印　　次	2017 年 7 月第 1 次印刷

开　　本	710 × 1000　1/16
印　　张	13
插　　页	2
字　　数	201 千字
定　　价	49.00 元

凡购买中国社会科学出版社图书，如有质量问题请与本社营销中心联系调换
电话：010 - 84083683
版权所有　侵权必究

序

　　纪燕博士的学位论文即将由国家顶级学术出版机构——中国社会科学出版社付梓刊行，嘉惠学林，可喜可赞，作为她曾经的老师为之感到无比欣慰。前不久，纪燕伉俪适余所，送达书稿及出版合同，嘱我为之作序，想起当年论文答辩甫毕，便有好友告知，纪燕论文获优秀等级，于是欣然应诺，以表嘉贺。山东大学的博士论文答辩素以要求严格著称，不少同学三年学制内往往无法完成，以至于后来学制延长为四年，据悉仍有人要推迟答辩。纪燕在三年学制内不仅完成论文写作通过答辩顺利毕业，而且获优秀等级，实属不易。学界同人都知晓博士论文评级的程序是多么严格，导师关、校内同行专家评审关、校外多名同行专家匿名评审关、论文答辩委员会六名成员评审关及答辩关等，要取得这么多学者的认同，都定为 A，最后才能评为优秀等级，哪一关与 A 无缘，就只能与优秀拜拜，因此用过关斩将来形容都不为过。每年山东大学通过的博士论文获优率不过四分之一，因而普遍都把获优看作一份殊荣。当然，过硬的专业素养和高水平的论文质量是获此殊荣的基本前提。

　　单就题目来看，对刘若愚跨文化诗学作研究，似乎是一个个案，属于微观研究，但深入其中，方知涉及古今中西，属宏大课题，做起来是有难度的。

　　刘若愚寻求建立一种世界共通的诗学范式和理论体系，纪燕给他的学术定位是跨文化诗学而非比较诗学，根据我对刘若愚著述的理解和对最新理论动态的掌握，我觉得这一定位符合刘若愚诗学实际而且是比较精准的。刘若愚的时代，跨文化概念还不太自觉，他也从未标榜自己的诗学是跨文化诗学，跨文化诗学定位是研究者根据他的学术实际而作出的。

20世纪90年代，德国学者韦尔施提出并倡导"跨文化"理念。他认为跨文化概念是对流行的"多元文化"与"文化间性"概念的超越，而后两者概念的严重缺陷是把文化看作独立的、界限分明的场域，而前者则意味着两种不同甚至相反文化/文化圈相遇，它展示的是文化关系的另一种景象，不是隔绝与冲突，而是交织、互渗和协力；不是分裂，而是互动和理解。窃以为多年来出尽国际风头、占据世界学术文化中心的比较文学、比较诗学之所以大放异彩，与多元文化、文化间性的理论支撑不无关系，而近些年在全球化浪潮语境中逐渐式微、风光不再，就因为它追求的是文化圈之间的对话、各为一体的文化之间的交流和互动，必然突出文化界限，把社会中自成一体的文化，限定于其民族文化属性。尽管其对话性与交互性不可低估，其在世界文化范围内做出的学术贡献是巨大的，但相对于"跨文化"这一更具现代性、更具合理性的先进理念，其自我文化与他者文化的界限也过于分明了。跨文化实际上追求的是全球化过程中的流动性、交互性与杂合性，"跨"有包含之意，包含两种或多种文化，你中有我，我中有你，是兼而有之和融合。21世纪以来跨文化、跨语际、跨国别学术研究在全球化过程中声浪日渐高涨，我觉得与此不无关系。

反观刘若愚诗学研究，与比较诗学是有区别的，他从自身的文化基础出发，汲取中西诗学的资源并加以融合，寻求跨文化和全世界共通的文学理论，最终实现其构筑世界文学理论的伟大理想。韦尔施还认为，跨文化也并不意味着趋同或混一，它依然多样，但多样性的形式变了，不再是界限分明的同质文化多元并存，而是具有跨文化特色的不同形态的共处。在跨文化与多元文化、文化间性概念尚未澄明的时代，刘若愚的诗学研究的确具有前瞻性，在他那个时代能展示出跨文化研究姿态，的确是一种超越。而纪燕对其定位与持论也是弥足珍贵的了。在这里我无意否定贬低比较文学、比较诗学巨大的学术价值，现在乃至未来它们仍是高等学校、科研机构的重要学术阵地，在那里学者们为谋一饭仍不足为虑，但我想提请的是同道们多关注跨文化理念，这对提升自己的学术境界不无裨益。

中国诗学，万仞宫墙，蔚为大观，引无数学者竞折腰。刘若愚中国诗学研究是从一个海外学者身份出发的，不同于大陆学者的是他用英文写作，读者群也与大陆不同，因此他的视角、观点、方法、价值观、书写方式等与我们迥然有别，隔膜是存在的。对他的研究难度颇大，极具挑战性。这也是改革开放以来仰之者日众，而成果乏陈的原因。纪燕以之为选题作论文可谓知难而进，创获良多。

第一是须过语言关。刘若愚精通汉语和英语，他是在两种语言世界中游走的汉学家，研究者必须要跟上他的语言表达。时至今日刘若愚的许多著作和文章尚未翻译成汉语，大量有关他的海外研究资料也是如此，而要把他作为研究对象，这些东西又不得不涉猎，因此过硬的英语功底必不可少。纪燕在这方面有优势，她大学一、二年级就过了英语四、六级，随着穿越考研、考博等各个关口的强化训练，其水平在同门中是最高的，阅读与交流没什么障碍，这为她收集第一手研究资料具备了便利条件。

刘若愚抒发情怀、叙事咏史的诗词写作则是运用汉语主要是古汉语来完成的，研究刘若愚诗学又不能不研究负载其思想感情、美学观、文学观的大量诗词，因此研究者的汉语、古汉语功底也需特别扎实。纪燕大学本科汉语言文学专业这方面的训练又比较系统，成绩优异被保送研究生就说明了问题。这两种语言优势为研究刘若愚诗学提供了可能。刘若愚这一具有国际影响力的学者被介绍到中国大陆也有三四十年了，但研究他的人屈指可数，研究成果也不多，博士论文可能仅此一篇，究其原因，语言难度可能是最主要的。

第二是专业的难度。中国诗学源远流长，资料浩如烟海，笔者参与编写的十九大卷本《中国历代美学文库》文字量高达 1500 万之巨，且不敢妄言收罗殆尽，在出土文物和考古活动中时有新资料发现，刘若愚著述中个别资料在大陆文献中还找不到。中国诗学时间跨度大，从上古夏商周三代绵延至近代达数千年，作家、理论家不计其数，表述方式各种各样，概念术语不同语境各有所指。举例王昌龄"意境"一说，各代解释都不一样，与我们今天对它的理解也大相异趣，不深入其中难以领略其意趣奥旨。1980—1981 年我在南京师院跟随吴调公先生研修古文论时就目睹过刘若愚向先生请教"隔"与"不隔"的书信，记忆犹新。"难"由此可见一斑。把具有如此难度的内容向英语世界的读者展示，既要融合西方诗学以便他们接受，又要不失中国诗学义理形神之真，用需有挟泰山以超北海之志来完成作形容也不算太夸张。选择这一课题作博文研究，工作量甚巨，资料方面有的需从头做起，有的则需要重新考辨整合，但纪燕不畏艰难，百折不回，根植于翔实文献资料，勾勒出刘若愚诗学发展的流变轨迹，立志于创新（据作者自己总结论文创新达四处之多），答疑解难，屡见新说，高屋建瓴，追求超越，终于为论文画上圆满句号。由此看来，在其论文后面的致谢中感慨系之也就自然而然的了。

论文可圈可点之处颇多，择其要者，科学的"源""由"探索、公正的学术评判、女性研究视角以及柔性语言表达是这部书稿的几大亮色。

首先是通过科学的源由探索，为刘若愚诗学思想的形成寻找主客观依据，为刘若愚建构的诗学理论体系作文化背景解读。"源"，即源头、来源。"由"，则是缘由、原因、经过，并有过程之意。源由探索即对刘若愚学术道路作全景式的理论扫描、理论探究。在这方面纪燕用力最勤，全书主体部分共四章，前两章"刘若愚学术道路探寻"与"刘若愚跨文化诗学思想的中西方文化背景"就是专门作这方面研究的，而后两章也与源由探索有关，尤其第四章实际是写刘若愚诗学思想的影响、余绪。这里既有历时性穷源溯流、稽隐索微，又有共时性结构梳理、要素分析，是历时性与共时性的统一。从源头来看，探索是从刘若愚具有浓厚文化氛围的家庭背景开始的，他小时候在家庭里所接触的一切与他后来所走的学术道路密切相关；在国内接受的大中小学教育奠定了他优厚的文化基础，凭借自身努力加之独特机遇，种种条件集合才为他后来走向跨文化诗学研究做好了准备，这似乎是一种人生必然。国外求学与奋进之路，有点传奇味道，苦难和不如意的人生经历又与取得的骄人成就相联系。通过这种探索，能给我们一种启示，人生道路的走向与学术成就的取得，渊源有自，都不是偶然的。从缘由来看，论稿对中国文化积淀与刘若愚诗学思想的联系着墨并不多，着墨最多的是刘若愚与现代西学，大量的篇幅是写刘若愚中国诗学思想对现代西学的借鉴、吸纳、扬弃与超越。这里涉及他的老师——新批评派代表人物燕卜逊，但详加探索的是下列学派和学者：俄国形式主义学派中"莫斯科语言小组"代表人物雅各布森和"彼得堡小组"领军什克洛夫斯基、新批评诗歌研究的奠基者瑞恰兹、悖论与反讽理论的倡导者布鲁克斯、现象学的开创者胡塞尔、现象学文论的杰出人物英伽登、审美经验现象学的倡导者杜夫海纳、后殖民主义批评家赛义德、文化认同理论家斯皮瓦克等，在第三章诗学理论建构部分，又专门研究了刘若愚与《镜与灯》作者艾布拉姆斯的关系。以上学派与学者均设专题来考辨，工作量巨大，不知要耗费多少时间和心血，但这些巨量工作又是必需的。正是有这些付出，才使论文言之成理、持之有据，或精细于前人，或发前人之所未发，使厚重感凸显出来。

其次是公正的学术评判。公正的学术立场、公允的学术评判是论文能否为同行专家学者们所认同的重要前提，也是论文质量高低的关键所在。所谓公正，就是公平恰当，持论公允，正直而没有偏私，坚持判断的客观性，做到不偏不倚，对肯定的不吹捧，对否定的不贬抑。这看起来简单，说起来容易，但做起来要达到公正的学术目标其实是很难的。尤其当下，偏激与言过其实之风是学界顽疾。综观这部书稿，对刘若愚作评价，自始至终，美恶不掩，各从其实。作者肯定刘若愚是位誉满全球的学者，理论素养扎实深厚，著述视野宽阔，立论精当，开创了融合中西诗学以阐释中国文学及批评理论的学术道路，肯定了刘若愚建构中国传统诗学理论体系的伟大尝试，于海外汉学家地位最尊。这些评价是中肯的，是在对刘若愚的学术道路作考辨，对其学术著作作介绍，对其诗学思想作梳理，是水到渠成自然而然得出的结论。但同时也指出了其在改创艾布拉姆斯文学四要素基础上将中国诗学分为六大板块是"将中国传统文论的丰富性、复杂性强塞在这个不甚完美的框架中，总有些削足适履、强而为之"。这些评价也是中肯的，切中要害。有学者据此指斥刘若愚"以西释中"，扭曲了中国文论，失去了中国文论应有的特质，是典型的"失语"。面对这种批评，纪燕则认为"这是放大了刘若愚的不足和缺陷，是定位的错误，批评过于严苛，将刘若愚为之一生的奋斗和努力遁于无形，他在西方话语体系下传播中国文化的苦心也看不见了。刘若愚的不足固然存在，但要全面看待"。既看到了刘若愚的不足，也维护了他的学术声誉。这种评判不护短，不溢美，基于客观公正的学术立场，是值得充分肯定的。

再次是女性研究视角与柔性语言表达。如同艺术活动，学术研究

也要有自己的个性，以形成独特的学术风格，形成自己的风格是学术
上走向成熟的标志。性别意识在 20 世纪中叶就已经觉醒，首先冲击
的是文学活动。新时期以来，女性写作被炒得沸沸扬扬，但主要是在
文学创作领域里展开，学术领域似乎很少有人提及这个话题。在我的
研究体验中，觉得学术活动也有性别差异，女性研究视角就与寻常的
学术切入不一样，阅读纪燕的这部书稿能明显感觉到这一点。作为女
性学人，纪燕的学术特点是细腻，对刘若愚诗学思想的方方面面、林
林总总都研究得很细致。一般学术写作也有研究很细致的，但与之相
比较感觉还是不一样。刘若愚诗学本来是很具学院气的学科，理性味
十足，纪燕却从其家世、人生、职业、心境等颇具感性色彩的视角去
探索，在其著述的字里行间寻觅与之相关的东西。比如家世方面，纪
燕捕捉到《中国古诗评析》一书的《导言》中刘若愚深情回忆母亲
让其熟背儒家经典和唐诗，这与他在后来的写作中能引经据典，轻松
知道引文和典故的出处相联系。刘若愚诗学思想融通中西古今，跨文
化、跨语际，与深受精通英语和西方文化的父亲、精通中国传统文化
的母亲影响有关，可谓司马家学，渊源有自，加之他天资聪颖、绳其
祖武、努力奋发，"又岂有不成功的道理？"在这里女性视角研究特点
表现得淋漓尽致。再从论文后参考文献和论文中的注来看，与刘若愚
相关的研究资料几乎都被搜罗殆尽，细致中又显出认真和严谨。文中
多次引用钱锺书的"人同此心，心同此理""东海西海，心理攸同"
作为秉承的治学原则，探究中西共同的诗心文心。在面对无法认同的
观点时试探着去商榷，小心翼翼，委婉地说出自己的想法和见解。笔
笔皆体现出女性学术研究的细微特点，不武断、不浮躁，互相尊重、
和谐发展、共同进步，耐心纠正国内外学界对刘若愚的误读误解。在
语言表达上，体现出具有女性风格的温和、委婉、柔性特色。与那种
刚性冷峻、金刚怒目式语言风格相比，笔者更认同这种柔性和缓、菩
萨低眉式的语言表达，因为这种风格的语言表达更容易让人接受，读
起来感到亲切自然，约言析理，通达流畅。

　　纪燕少年丧父，家道贫寒，仰赖母亲含辛茹苦，供姐弟二人读书，
皆成就其学业。而纪燕感母之恩，砥砺廉隅，趋止中矩，其求学之诚，
守道之固，殊可嘉尚。其苦心孤诣，焚膏继晷，精心集撰博士学位之论

文获优秀等级，同门长进之速未出其右者，故欣然应邀，于新书行将刊布之际谨然为序。望再接再厉，潜心问学，不负众师友之期待，"唯日孜孜"，一路高歌，前程终未可限量。

吴绍全

2016 年 11 月

目　　录

导　　论

　　作为一名跨语际、跨文化的理论家和批评家，刘若愚既是古今文学的传承者，也是中西文化沟通的实践者。他运用自身深厚的中、西文化积淀，努力从当代西方文学理论的不同视角来研究和阐释中国文学与文论，尤其是中国传统的文学理论，将隐含在中国批评家著作中的文学理论提取出来并形成一定的体系和框架，将中国诗学纳入世界文论系统中，建构独具特色的跨文化诗学理论体系。本书以刘若愚艰苦卓绝地用西方诗学的理论骨骼支撑起中国诗学的思想血肉，将中国传统诗学进行世界性转变的理论体系建构为主要研究对象，从跨文化对话和融合的语境出发，梳理刘若愚的学术思想基础和脉络，重新审视他的伟大尝试。同时，探讨其跨文化诗学思想体系在现代视野中的拓展与延伸，并由后殖民语境向后现代和全球化转换过程中的意义和价值。刘若愚让中国诗学走出"失语症"，发出"自己"的声音，发现"自我"的价值，让全世界都能听得到，同时也为未来世界新文化的形成与发展做出应有的贡献。全书包括导论、正文四章、结语，共六部分内容。

　　导论主要论述本书的选题意义、研究现状、研究思路和方法、创新之处以及存在的疑难问题。首先，刘若愚作为一名誉满全球的美籍华裔汉学家，他是跨文化沟通的典型代表，并形成独特的观察中国文化的视角。其理论素养扎实深厚，著述视野宽阔、立论精当，主要研究方向有中国古典诗歌、诗论和文论，以及中西比较文学、比较诗学。他从自身的文化基础出发，既不赞成把西方现代的理论、概念、评判标准和方法不加分析地、生搬硬套地运用到中国文学和文学理论的研究中，也不故步自封，仅仅拘泥于中国传统的诗学，而是采取审慎的考辨和严谨的比较态度，汲取中西诗学的资源并加以综合，热情洋溢地为中国文学的研究建构坚实的理论基础，同时顺应世界文论研究的发展新趋势，积极探索中国古代文论的方法论转向问题。他开创了融合中西诗学以阐释中国文学及其批评理论的学术道路，他的跨文化诗学理论体系在西方汉学界产生了重大的影响，同时对中国文学理论走向国际化也有不可忽略的借鉴意义。刘若愚的思想为中国当代比较文学、比较诗学的兴起以及深入发展指明了重要路向。其次，中国近现代文论界一直围绕"要回到中国还是全盘西化"的问题走不出来，甚至患上了所谓的"失语症"。中国诗学走向世界势不可当，只有把民族文学理论放置在世界文学理论的宏大背景下，在跨语际和跨文化中进行审视，民族文学理论的世界性才有可能变得澄明起来，为全球化时代的国际文学理论交流与对话打造一个共享的平台。探寻刘若愚的学术之路，综合评价其贡献和存在的不足正是中国诗学发展的现实需要，也为我们今天的研究和更好前行积累宝贵的经验和财富。

第一章是探寻刘若愚的学术道路并对其主要著作进行简要剖析。刘若愚 1926 年出生于北京，其家庭是书香门第，秉承着诗礼传家的优良传统，他的父母十分注重对孩子的文化教养，其兄弟姐妹也勤奋好学，因而在浓厚的家庭文化氛围中成长起来的他此后走向学术研究的道路也就显得顺理成章了。刘若愚在国内就读的小学、中学以及大学都是中国当时教育理念最先进、教育模式最正规、教育程度最扎实的学校，而且由于他自小就表现出来的语言天赋使得他的英语能力极为突出，所以他在研究生第一学期就争取到去英国进一步深造的机会。他在英国取得硕士学位，在其指导教授的直接引领下走向跨文化和中西比较的研究道路，在毕业之后选择留在英国的高校教授中文，而后辗转到中国香港的新亚书院任教，随后又在美国的好几所高校待过，最终在美国西部加州的斯坦福大学找到了最佳的学术单位、事业平台和终生依托，并登上了事业发展的巅峰。追寻刘若愚所走过的路，只有在真正了解之后我们才会深刻体悟到他的学术信仰和追求。刘若愚共著有《中国诗学》（1962）、《中国之侠》（1967）、《李商隐的诗——中国九世纪的巴洛克诗人》（1969）、《北宋六大词家》（1974）、《中国文学理论》（1975）、《中国文学艺术精华》（1979）、《语际批评家》（1982）和《语言·悖论·诗学——一种中国观》（1988）八部英文专著（均为译名），每一本著作的构思与写成都是在岁月的辗转与磨砺中，部部都是精华，都是泣血之作，而在此处对其八部著作做简要的剖析，既是对他的尊重，也是全面展现其学术思想的需要。

第二章较为系统地梳理刘若愚跨文化诗学思想的中西方文化背景，以及在后殖民主义和文化认同中的冲突与抉择。刘若愚的父母是中、西两种文化的不同代表，而他自小就是在中西文化融合、汇通的家庭教育中汲取着养料而走向成熟的。一方面，他的中国文化积淀和根基极为深厚，诗词歌赋、理论文学随手拈来；另一方面，他后来一直在西方文化和学术圈中打拼，因而对西方文化研究的理论和方法也运用得较为娴熟，所有这些都为其日后的研究奠定了良好的基础。他能够自觉运用西方现代的文学理论、概念、方法等来分析和研究中国的传统文学理论，所以他与现代西学的关系是极为深刻和密切的，其中较为突出的就是新批评和现象学。刘若愚在其研究中对"作品""语境""语言""语言悖论"等问题的关注是在对新批评理论的吸收与改进的基础上所进行的。而他在关于"诗是不同境界和语言的探索"这一概念中对"境界""创境"的讨论，存在主义中的"存在"概念对于形而上学文学理论中的"道"的并比性等问题，以及在他的思想中与现象学的某些观点有着异曲同工之妙，等等，正是其理论建构与现象学理论相得益彰之处。但是我们也要看到在西方中心主义文化下从事中国文化研究，刘若愚在后殖民主义和文化认同的冲突中坚守着、抉择着，他努力纠正西方学界对汉字、汉语、诗学有意或无意的误读，他凭借自身的奋斗占据欧美学术前沿，在自身不断的辛苦努力中寻找和建立文化身份，同时也争取着一份他人的认同。

第三章重点阐述刘若愚跨文化诗学理论体系的建构与实践问题。刘若愚建构跨文化诗学理论体系的努力主要体现在他的《中国文学理论》一书中，这也是为他赢得生前身后极大声誉的代表作。他撰写此书主要有三个目的，即：第一个是终极的目的，在于提出渊源悠久而大体上独立发展的中国批评思想传统的各种文学理论，使它们能够与来自其他传统的理论比较，从而有助于达到一个最后可能的世界性的文学理论（an eventual universal theory of literature）；第二个是直接的目的，是为研究中国文学与批评的学者阐明中国的文学理论；第三个是为中西批评观的综合铺设比迄今存在的更为适切的道路，以便为中国文学的实际批评提供健全的基础。为此，他在美国学者艾布拉姆斯曾提出的作品、艺术家、世界、欣赏者四要素说的基础上进行改进和创新，即改创为"宇宙—作家—世界—读者"双向流动的过程，并进一步将中国诗学理论分为形上理论、决定理论、表现理论、技巧理论、审美理论、实用理论这六大板块，为每一种理论形式找寻中国文论的依据。这既是刘若愚为建构中国传统诗学理论体系的伟大尝试，因为他确实做到了"为中国文学的实际批评提供一个坚实的基础"，但这也是日后他饱受其他学者批评的所在，将中国传统文论的丰富性、复杂性强塞在这个不甚完美的框架中，总是有些削足适履、强而为之。而刘若愚跨文化诗学理论体系中对语言为中心的方法论转向也是其努力之处，他自觉地将语言文字贯通至文化意识、方法论转向的探索与创新，努力对其建构的诗学理论体系进行实践。既做到用理论去指导实践，也从实践中进一步改进和完善理论，这都可看出他扩展和深化中国诗学的不断努力。

第四章重点探讨刘若愚跨文化诗学理论体系的当代现实意义。刘若愚的综合性诗学研究之路对其他汉学家或是从事比较诗学思想研究的学者可谓影响深远，其中就包括比较文学学者叶维廉。叶氏在一定程度上修正和扬弃了刘若愚的理论，他根源性地质疑西方新旧文学理论应用到中国文学研究上的可行性及危机，肯定中国古典美学特质，寻求中西共同的文学规律，共同的美学据点，并通过中西文学模子的"互照互省"，试图寻求更合理的文学共同规律，建立多方面的理论架构。但我们同时也看到他对思维模式、语言等方面的研究不可避免地存在着绝对化的色彩，还是没有走出比较文学的圈圈，因而在探寻文学作品表面之下更深层的理论方面还是稍显逊色。而比较文学必然要走向比较诗学才会有着更为广阔的发展前景，这是中外很多学者一致看到的地方。中国诗学研究既要拿来也要送去，只有在中西互为借鉴、互相融合、共同进步的基础上才会走得更远、更深入，因而文化认同、双向阐发的原则是我们在研究过程中要秉承的，也只有这样，中国文论研究的"失语症"问题才会消失。

中西跨文化之间的诗学或文学理论的比较，不是要求所有的部分都达到对话的完美结局，即寻找到最好契合点，这是不可能的。所以我们要做的就是寻求两者可能进行对话和结合的地方，进行有重点的努力，将中国古代文论的精华作为今天的资源和基础，然后与新时代的诗学和文论进行有意义和有价值的沟通，不求面面俱到，而是有重点、有目标，而我们所看到的刘若愚就是这样去做的。作为一个有偏见的、执着的批评家，刘若愚也让更多的西方学生和读者更深入地去了解和感受中国的文化精华，他的脚步一直没有停下来，他披荆斩棘、呕心沥血，但是由于英年早逝，他毕生的努力却只是未竟的事业，今天的我们任重道远，我们要接过其手中的笔，让其思想和精髓可以走得更远！

第一节　选题意义

刘若愚（James J. Y. Liu）是一位享誉全球的美籍华裔汉学家，著有《中国诗学》（1962）、《中国之侠》（1967）、《李商隐的诗——中国九世纪的巴洛克诗人》（1969，译名）、《北宋六大词家》（1974）、《中国文学理论》（1975）、《中国文学艺术精华》（1979）、《语际批评家》（1982）和《语言·悖论·诗学——一种中国观》（1988）八部英文专著和五十多篇学术论文。

刘若愚，字君智，1926 年出生于北京　个世代书香门第的家庭，自幼受到家庭文化的熏陶，具有良好的文化素养。他在北京学习一直到大学学业完成，后考入清华大学研究生院继续学习，一个学期后获得英国国会奖学金，遂赴英留学。在英国刘若愚拿到了硕士学位，留在英国伦敦大学教书，而后他又去香港大学任教，后来又转到新亚书院。1961 年后刘若愚立足于美国，先后任教于夏威夷大学、匹斯堡大学、芝加哥大学，从 1967 年起留在美国斯坦福大学，在那里他取得了自己学术事业的辉煌成就，直到 1986 年去世。

刘若愚接受了中、西两种文化的养料并一直受其滋养和熏陶，所以他的思想中既有着中国传统文化的积淀，也有着西方现代文化的气息。而由于他自身也是一直生活在西方学术的氛围中，所以掌握了一定的西方文化研究的理论和方法，形成了自己独到的观察中国文化的视角，他是跨文化沟通的典型代表。

刘若愚具有深厚的文学功底和理论素养，其著述视野宽阔、立论精当。他的主要研究方向有中国古典诗歌、诗论和文论，以及中西比较文学、比较诗学。他能够从自身的文化基础出发，既不赞成把西方现代的理论、概念、评判标准和方法不加分析地、生搬硬套地运用到中国文学和文学理论的研究中，同时他也不是故步自封，仅仅拘泥于中国传统的诗学，而是采取审慎的考辨和严谨的比较态度，汲取中西诗学的资源并加以综合，探索方法论的转向，热情洋溢地为中国文学的研究建构坚实的理论基础。他开创了融合中西诗学以阐释中国文学及其批评理论的学术道路，他的跨文化比较诗学理论体系在西方汉学界产生了重大的影响，同时对中国文学理论走向国际化也有不可忽略的借鉴意义。[①]

刘若愚自身就是古今文化传承和中西文化沟通实践的开拓者，而以上都是 20 世纪文化发展的重要组成部分。乐黛云先生曾指出："21 世纪，世界文化正面临一个新的转折。为反对文化霸权主义和文化原教旨主义，必须大力推进多级制衡和文化的多元发展。在这个过程中，中国文化必然成为世界新文化建构的一个重要组成部分。这就要求我们一方面要对传统文化进行现代诠释，以利于其现代发展并有益于世界进步；另一方面又亟须总结过去在中国文化的基础上吸收西方文化的经验和教训，对百年现代文化进行总结，以便为建构未来的世界新文化作出贡献。这一总结的核心无疑是百年古今中西文化的冲突激荡及其酿成的发展趋势。"[②]

1. 中国比较文学、比较诗学深入发展的需要

其中刘若愚的思想对乐先生乃至中国比较文学或者说是比较诗学的兴起和发展是意义非凡的。乐黛云说："刘若愚教授对中西诗学都有相当深的造诣，他的思考给了我多方面的启发。首先是他试图用西方当代的文学理论来阐释中国具有悠久历史的传统文论，在这一过程中确实不乏

[①] 美国华裔文史学界有"东夏西刘"的说法，"东夏"是指身居美国东海岸哥伦比亚大学的夏志清，"西刘"就是指身居美国西海岸斯坦福大学的刘若愚，两人在西方汉学界都具有极为重要的影响。这个说法的根据，刘绍铭曾有评价："国人在英美学界替中国文学拓荒的有两大前辈，小说是夏志清，诗词是刘若愚。"参见刘绍铭《孤鹤随云散——悼刘若愚先生》，转引自詹杭伦《刘若愚 融合中西诗学之路》，文津出版社 2005 年版，第 3 页。

[②] 乐黛云：《跨文化沟通个案研究丛书·总序》，载詹杭伦《刘若愚 融合中西诗学之路》，文津出版社 2005 年版。

真知灼见，而且开辟了许多新的研究空间。但是，将很不相同的、长期独立发展的中国文论强塞在形上理论、决定理论、表现理论、技巧理论、审美理论、实用理论等框架中，总不能不让人感到削足适履，而且削去的正是中国最具特色、最能在世界上独树一帜的东西。其次，我感到他极力要将中国文论置于世界文论的语境中来进行考察，试图围绕某一问题来进行中西文论的对话，得出单从某方面研究难于得出的新的结论。事实上，这两方面正是我后来研究比较文学的两个重要路向。"① 乐黛云先生的一番话表明她不赞成刘若愚对中国传统诗学进行条分缕析式的框架限制，但她同时也说出刘若愚所走的两个研究路向还是很有借鉴和启发作用的。一是"用西方当代的文学理论来阐释中国具有悠久历史的传统文论"，二是"将中国文论置于世界文论的语境中来进行考察"，"进行中西对话，推出新的结论"。以上都是毋庸置疑的，中国比较文学或是比较诗学的发展是要在全球化的大背景下极力向前迈进。

2. 中国诗学发展的现实需要

近现代的中国文论界一直围绕"要回到中国还是全盘西化"的问题走不出来，有学者指出中国诗学在当今世界患上了"失语症"，虽然这个说法过于严厉了点，但也确实说出了现今问题的所在。全球化的态势势不可当，而中国与欧美等西方的文化交流也是日益密切，中国古代传统的文化精华怎样在今天发扬光大，这是多少学人倾其一生为之努力奋斗的目标，其中也包括那些身在国外却心系中国的学者。所谓民族的也应该是世界的，这句话不是简单的口号。很早的时期，民族文学就已经开始溢出民族、国家固守的疆界，不再仅仅滋养某个的狭小领地。因而"世界文学"这个术语产生，随之就是文学理论的世界化与国际性也成为必然趋势。其实，也只有把民族文学理论置放在世界文学理论这一宏大的背景下，把诸种民族文学理论在跨语际中进行审视，民族文学理论的世界性才可能澄明起来，为全球化时代的国际文学理论交流与对话打造一个共享的平台。因此像刘若愚这样一位兼有中西文论功底与双语学术能力的优秀学者开始占据欧美学术前沿，在中西文化的对话与融通中书

---

① 乐黛云：《我的比较文学之路》，参见《比较文学与比较文化十讲》，北京大学出版社2004 年版，第 205 页。

写新的篇章。因为中国诗学自身发展的需要我们认真审视刘若愚所走过的道路，为今天更好地前行积累可贵的经验与财富。

3. 对刘若愚思想进行综合评价的必要性和当代现实意义

刘若愚一生辗转于中国内地、英国、中国香港、美国，他身为中国人却长期生活于西方的文化环境，而他的目标却也是整合中国传统诗学与 20 世纪欧美诗学，用西方诗学的理论骨骼支撑、托起中国诗学的思想血肉。他在英国、中国香港、美国一直用英文写作、授课，他在"西方中心主义"的天空中寻找自己的价值，后殖民主义不可避免地在他身上打下时代的烙印，但是刘若愚还坚持用汉语创作古诗词，他在后殖民主义和文化认同的冲突中进行抉择。刘若愚孜孜不倦地尝试着汇通中西诗学的道路，他寻求建立一种世界共通的诗学范式、理论体系，这可以称为一种逻辑学范式或者说是理论认知构型，无疑是有着积极意义的。但是现在已经离刘若愚生活的年代又过去了几十年，后现代的影响也是无处不在，话语空间的认知范式也表现出由逻辑学范式向现象学范式的转型，因而站在后现代的语境下回视刘若愚，他的成绩是不容忽视和抹杀的，他以一个具有现代意识的中国人来发言，把中国诗学置于当代世界文化对话的语境之中，发出"自己"的声音，发现"自我"的价值。刘若愚《中国文学理论》的汉译本作者杜国清说道："在谈论文学时，由于这本书的出现，西洋学者今后不能不将中国的文学理论也一并加以考虑，否则将不能谈论'普遍的文学理论'（universal theory of literature）或文学（literature），而只能谈论各别或各国的'文学'（literatures）和批评（criticisms）而已。"[①] 但是由于时代的变化，我们要在刘若愚开辟的道路上深入下去，既要汲取其可贵的地方，也要结合现代社会的需要，综合地、公允地评价其思想是很有必要的。

第二节　研究现状

在跨文化诗学研究中，从方法论上来讲，无论是要让西方的学者更好地了解中国文论，或者是让中国的学者深刻掌握西方文论，都应该在

---

① ［美］刘若愚：《中国文学理论》，杜国清译，江苏教育出版社 2006 年版，第 177 页。

自身所熟悉的本土文论和外域文论之间搭建一座桥梁以进行合理的沟通，或寻找一个合适的中介或平台，并且这座桥梁或中介的起始端应该首先从本土文论的某一点铺设起来，向对方的文论空间延伸，然后再到对方的文论空间中寻找能够对接这座桥梁的话语建筑材料。这座桥梁就是中西文论或诗学进行比较研究的沟通路径，而刘若愚就是严格遵循着这样的路径来做的。但是，需要指出的是，中西文学理论的比较研究视域和路径应该是多元化的，也应该是一个较为长期的历史性研究工程，刘若愚只能是在某一个阶段上，从其中的一个维度会通中西文论的优秀开拓者，不能把其单个人视为全部的西方文论与中国文论的接轨者与会通者。

刘若愚的第一部著作《中国诗学》在英国和美国出版后为他赢得了较高的学术声誉，可以说是他的成名之作，直到今天还在英语国家和西方世界享有盛名，成为西方汉学名著，并在亚洲各国翻译出版。最为中国学界所熟知和称道的《中国文学理论》更是他生前身后的重磅之作，也是引起各国学人思考的一本书。而他的《中国文学艺术精华》曾是新加坡大学中文系的中国文学教材，也是中国国内的老师选定的为留学生开设中国文学课的教材，如此等等。刘若愚的思想和学说在欧美世界得到尊重，"固守国内本土学术研究的纯粹者，也开始从不屑了解退却于道听途说的偏见，再退却于半信半疑的心悦诚服，当下开始小心翼翼地试读刘若愚著作的汉译读本了。这无疑是中国学界的一个进步"①。但实事求是地说，国内对刘若愚的重视程度还远远不够。

刘若愚的《李商隐的诗——中国九世纪的巴洛克诗人》和《语言·悖论·诗学——一种中国观》直到现在也还没有汉译本出版。

当前对刘若愚的研究专著仅有中国人民大学国学院的教授、博士生导师詹杭伦先生的《刘若愚　融合中西诗学之路》一书，其由北京的文津出版社于2005年出版。此书是专门研究刘若愚的，而且是把刘若愚作为跨文化沟通的个案来进行剖析。但是詹杭伦教授在书中只是针对刘若愚的学术之路即以时间为顺序对其论文和专著进行介绍，其中的章节只是按成书的先后顺序来对每一本书的主要内容进行简要介绍，然后进行

---

① 杨乃乔：《全球化时代的语际批评家和语际理论家——谁来评判刘若愚及其比较文学研究读本》，《徐州师范大学学报》（哲学社会科学版）2006年第2期。

分析，最后再进行一定的评价和补充，并没有形成一定的体系化、系统性和整体性的研究思路，因而也没有涉及对刘若愚整体思想的研究。

学位论文到现在也是数量有限，有上海师范大学的一篇文艺学方向的硕士论文即《异质语境中的古代文论研究——刘若愚〈中国文学理论〉与中国本土研究之比较》，此论文只是以刘若愚的《中国文学理论》一书为研究对象，并以当代中国本土学者的古代文论研究为基础，比较、分析他们在文论研究中存在差异的原因，以理解中国传统文学理论的现代转型和走向世界的过程。所以走的还是个体的研究之路，没有从整体上去把握与剖析刘若愚的诗学思想和体系，其研究还是不够全面与完整。所以我们今天存在杨乃乔教授所说的"谁来评判刘若愚"的问题。可以这样说，至今还没有人对刘若愚的思想体系做系统、宏观、整体的研究。

而对刘若愚的所有著作和论文进行整体性的观照和研究，从跨文化的角度对其诗学思想进行系统化的研究，整理和形成理论体系来把握和理解其思想，并在其中进行中西和古今的横向和纵向的比较与融合，这项工作也是任重而道远的。刘若愚试图构建适应全世界的文学理论，即跨文化诗学，他为此孜孜不倦，其努力是可贵的，虽然其中也有很多不尽如人意之处，而且现今其理论体系的继承者还没有出现，他毕生的努力却只是未竟的事业，这是比较遗憾的。所以今天我们应该努力梳理思路，从他的思想中汲取营养，在全球化语境下的今天为中国文论走向世界继续前行和努力奋斗。

第三节　研究思路和方法

刘若愚在欧美学界和西方汉学界的影响是很大的，作为跨文化沟通的努力者，他有着其他华裔学界的学者身上所体现出的特点，但他又是特殊的个体，有着不同于他人的地方。作为个案研究也就是针对一个人进行较为透彻、详细的分析时，重点在其理论方面。而本书注重以全局的眼光、从跨文化的角度来对刘若愚的比较诗学体系做系统性的研究与整合，力图以此追寻刘若愚的学术脉络，探讨其理论由后殖民向后现代和全球化语境转换的意义和价值所在，并探讨刘若愚的跨文化比较诗学理论带给我们的启示和思索。

　　刘若愚的成长之路和他的学术之路也是融合中西文化的一条路，他在北京接受了直至大学的教育，但是当时他所受到的教育是中国经典和现代西方学术的混合体，这在他以后的学术之路上留下深深的印记。因而剖析刘若愚思想形成的中西方文化背景是必要的：中国传统文化的积淀、现代西学的冲击，等等。但是刘若愚作为一个生活在西方的华人，耳濡目染的是西方的学术，后来他一直用英语写作、授课，同时，他也一直坚持用古汉语创作古诗词，因而他在后殖民主义和文化认同的冲突中一直进行着抉择。

　　刘若愚一直孜孜不倦地寻求跨文化和全世界共通的文学理论的路径，他认为"人同此心，心同此理"，所以不同文化的融合、会通是有理有据的。为此他借鉴美国学者艾布拉姆斯的"四要素"说并对其进行改造和完善，把中国的文学理论分为六大块，分别为形上理论、决定理论、表现理论、技巧理论、审美理论和实用理论，在中国几千年的文学理论的只言片语中寻找相对应的材料，并在分析的过程中与西方的文论相比较，寻找相同和不同之处，其中牵涉西方现当代的形式主义、新批评，还有现象学、接受美学等的影响，这是一种逻辑学范式或者说是理论认知构型，因而他不仅仅是一位"跨语际批评家"，而是一位"跨语际理论家"。同时，他并没有拘泥于某一方，而是采用"双向阐发"的模式，对理论进行综合阐发，得出有益于跨文化双方的启示。我国学术界似乎从近代以来一直遵守着拿来主义的原则，用西方的视野和理论来回视中国传统的文论，这样做有着一定的意义和价值，因为一个民族或国家如果固守着自己的那一块土地而不懂得取长补短，那么发展就谈不上了，但是我们在"拿来"的同时也要讲求"送去"。任何一个开放社会在全球化时代都是"拿来"与"送去"并行互动，只拿不送或只送不拿都难立足于世，算不上现代的、开放的国度。这种历史决定的双重变奏是普遍性的交流互动，绝非谁愿不愿意、喜不喜欢、凭主观意志可任意改变和否认的。但是具体要怎么拿来、怎样送去都是值得我们深思的关键问题所在，这也是跨文化研究要重视和遵循的原则之一。

　　刘若愚在中西诗学融合的研究过程中一直非常重视语言研究，并将其作为方法论进行自觉探索和转换。他明确指出"诗是不同境界和语言的探索"，语言是文化的载体，刘若愚深刻认识到语言的重要性，而他自身体验到的中西语言的差异性问题也是其自我的两面性。他的社会性、专业化、学者身份体现在用英语写作、授课、交流上，继而表达他世界文学理论的伟大构想；而古汉语是他内在文化认同和文化人格的体现。因而他注重语言形式问题、语义分析、语言悖论问题，并将其做为"异质同构"的基础。

刘若愚一直尝试着走向综合性的诗学之路，这对其他汉学家或是从事比较诗学思想研究的学者的影响较大，其中就包括叶维廉。叶维廉受刘若愚理论思维的影响较大，但他也在一定程度上修正和扬弃了刘若愚的理论，他根源性地质疑西方新旧文学理论应用到中国文学研究上的可行性及危机，肯定中国古典美学特质，并通过中西文学模子的"互照互省"，试图寻求更合理的文学共同规律建立多方面的理论架构，著有《东西比较文学模子的运用》一书。那么刘若愚的跨文化诗学思想的理论框架与叶维廉的比较文学的模子有何相同和不同之处？两个人所走的路又是怎样呢？对我们今天的研究又有什么启发呢？

刘若愚身处西方，受到西方文论的影响，其在后殖民语境下所走的路、所做的努力是意义非凡的，但是不可否认的现实是，时代车轮滚滚向前，一刻也不停歇，所以在后现代和全球化的今天，刘若愚所做的努力怎样进行转化？怎样为我所用？怎样进行评价和借鉴？怎样使中国诗学走出"失语症"？怎样真正走向世界？都是我们要思考的问题。

第四节　创新之处

1. 全面、系统地研究刘若愚的跨文化诗学思想，指出其所走的路是"双向阐发"的理论综合模式。

2. 指出刘若愚跨文化诗学理论体系的建构方式是以语言为中心的，注重语义分析，自觉尝试着以语言为中心的方法论转向，努力纠正西方学界对中国汉字、汉语、诗学有意或无意的误读，形成自觉的语言文字贯通达至文化贯通的意识。

3. 将刘若愚的跨文化诗学的理论体系与叶维廉比较文学的模式进行比较，指出其相同和不同之处，并进一步指明其所走的路是不一样的，以及给我们的借鉴和启示。

4. 探讨刘若愚的理论思想从后殖民语境向后现代和全球化语境转化的当代价值，从当代中西文化对话和交流的方法和原则出发，探明拿来和送去双重节奏要并行互动，并进一步从文化相对主义、文化认同、"互为主观"的角度深入剖析、评价刘若愚跨文化诗学思想的现代意义所在。

第五节　存在的疑难问题

1. 材料的搜集方面，由于刘若愚并未完全受到学界的高度重视，他的著作还有未翻译过来的，所以需要阅读英文原著，并进行细致的理解分析。

2. 刘若愚走的是一条融合中西诗学的道路，但中西文论的大不同是显而易见的，因而他的努力是值得我们肯定的，但是指出其不足和问题是我们现在要研究的关键和重点，吸取其经验和教训，使中国的比较诗学走向明天才是我们的最终目的。

第 一 章

刘若愚学术道路探寻

现今在国内学术界提及刘若愚（James. J. Y. Liu）的名字，人们更多的是与他的《中国文学理论》一书联系在一起，这本出版于 1975 年的英文著作可以算作使刘若愚声名远播的代表作，也是使其跨文化诗学研究的学术权威地位确立的标志性之作。此书的英文本出版两年之后很快就有台湾学者将其翻译为汉语，之后中国大陆也有了中文译本，而且迅速在学术界引起巨大反响，也就是在此时刘若愚的名字更多地为国人熟知。

刘若愚是一位名誉全球的美籍华裔汉学家，就像国内的学者杨乃乔所指出的，"在欧美人文学术领地，华裔学界、比较文学界与汉学界这三个术语总是在相关的意义指称上交互在一起，诱惑着人们瞩目在此空间中崛起的那些出类拔萃之辈。美国人文学界有'东夏西刘'之美称，'东夏'是指美国东海岸哥伦比亚大学的华裔学者夏志清，'西刘'是指美国西海岸斯坦福大学的华裔学者刘若愚"。"当'东夏西刘'作为一个学术话语被美国学界认同且传为佳话时，夏志清与刘若愚也被定位在上述三个领域中出类拔萃之辈的名单上，除了优秀的华裔学者身份之外，他们同时又都是显赫一世的比较研究者及汉学家。""提及刘若愚教授，对于在上述'三界'执著行走的学者来说，无论是国际学者还是国内学者，他的名字及其所积累的学术价值含量是一个让人们无法不倍加敬重的符号。"① 这番话绝对不是溢美之词，在西方的学术界，刘若愚的成就是得

---

① 杨乃乔：《全球化时代的语际批评家和语际理论家——谁来评判刘若愚及其比较文学研究读本》，《徐州师范大学学报》（哲学社会科学版）2006 年第 2 期。

到一致的赞扬和肯定的。现在暂且抛开对刘若愚的学术定位问题，让我们探本究源，从刘若愚的个人生平和其所走的学术之路开始，看刘若愚是怎样从中国北京走向世界，怎样一步步走向学术巅峰，也让后来的我们为研究其学术思想厘清思路。

第一节　出生及其在国内接受的教育

一　家庭背景

刘若愚，字君智。1926 年 4 月 14 日出生于北京，他有七个兄弟姐妹，而他是家中最小的一个孩子。在刘若愚《中国古诗评析》（中译本名，其英文原名为 *The Interlingual Critic*）一书的《导言》部分，他叙述了自己走向用英文进行中国诗歌批评道路的历程。他所出生和成长的家庭可谓世代书香门第，秉承诗礼传家的优良传统。其父亲是刘幼新，精通英文，曾经翻译过多本英文著作，现今中国国家图书馆还藏有他翻译和编著的两本小说。其一是他翻译的英国作家加仑·汤姆（Gallon Tom）的《侠女破奸记》，这是一本被称为社会小说的中篇小说，上海的商务印书馆于 1914 年出版第一版；[1] 另一本是《奇婚记》，这是民国丛书之说部丛书中的第三集第二十八编，[2] 也是由上海商务印书馆出版的。[3] 在 1915 年出版的第 6 卷 4 号的《小说月报》上刊载了一篇恽铁樵所写的题目为"答刘幼新论言情小说书"[4] 的文章，由此细节中我们也可以看出，刘若愚的父亲刘幼新在当时的文坛应该是颇为活跃的一员。刘若愚的姐姐刘若瑞现在是中国社会科学院外国文学所的研究员，刘若愚 1986 年在美国逝世后，她曾到美国处理其弟的后事，后来也把刘若愚的一些英文论文翻译为中文；他的哥哥是刘若庄，现在是中国科学院的院士、北京师范

---

① ［英］加仑·汤姆：《侠女破奸记》，刘幼新译述，商务印书馆 1914 年第 1 版。现在中国国家图书馆所珍藏的版本是其在民国四年（1915 年）出版的第 2 版。

② 这一编号是上海商务印书馆 1917 年的版本上写的。

③ 刘幼新：《奇婚记》，商务印书馆民国六年（1917 年）出版，现在中国国家图书馆所收藏的就是这一年的版本。

④ 詹杭伦：《刘若愚　融合中西诗学之路》，文津出版社 2005 年版，第 3 页。

大学化学系教授。① 从对刘若愚的父亲及其兄弟姐妹的简单介绍中我们更可以看出，刘若愚家庭的文化氛围很是浓厚，在其亲人的熏陶渐染下，他自身的文化修养也是较为突出的。

刘若愚受其父亲的影响应该说是比较深远的，比如他的英语造诣、他后来所走的学术之路等。刘若愚回忆他的父亲时这样写道："我出生在北京并在那里度过了一生中最初的二十二年。我父亲是一位传统的儒家绅士，年轻时曾经出版了用文言文对一些英文短篇故事和一部侦探小说所作的翻译，但我从来没有听过他说英语。他对严肃英语文学的兴趣可以由这一事实得到证明：即但他读到霍特森（Leslie Hotson）的《马洛之死》（*The Death of Marlowe*）时②，第一时间正确地将 Ingram Frizer 确定为'马洛的杀手'，他认为这点值得在日记里作札记。这就像我多年后发现的一样。我好奇地瞟过他的书架上摆着一些英文书籍和期刊。记不清是在《书商》（*The Bookman*）还是《世纪》（*The Century*）或者是《美国信使》（*The American Merccury*）中我第一次看到一些美国和英国作者的照片，后来我才认出他们是亨利·詹姆斯（Henry James）、约瑟夫·康拉德（Joseph Conrad）、维吉尼亚·伍尔芙（Virginia Woolf）和其他。我父亲做梦也不会想到他谢世多年之后，他最小的儿子竟写出关于伍尔芙和马洛的学术论著。"③ 是的，后来他凭借英语这一工具走向了西方世界，成为其交流和谋生的手段，而且他的硕士论文就是关于马洛的研究，这无疑与他小时候在家庭里面所接触的东西及其父亲的教导与影响分不开。

二 中学及其大学教育生涯

20 世纪 30 年代至 40 年代早期，刘若愚在北京接受了最初的启蒙开智教育，并度过了以后的中学和大学生涯。刘若愚就读的小学是一所新

---

① 詹杭伦：《刘若愚 融合中西诗学之路》，文津出版社 2005 年版，第 4 页。

② ［英］霍特森：《马洛之死》（*The Death of Marlowe*），伦敦无双出版公司和哈佛大学出版公司联合出版，1925 年第 1 版。

③ James J. Y. Liu, *The Interlingual Crite：Interpreting Chinese Poetry*, Bloomingten：Indiana Press, 1982, p. XII. 见 ［美］刘若愚《中国古诗评析》，王周若龄、周领顺译，河南大学出版社 1989 年版，第 9 页。

式的学校，其所设定的科目与美国的小学教育课程没有根本的区别。他后来相继在五所不同的中学就读（相当于美国初中和高中），由于资质聪颖在初三跳了一级，所以他只用了五年时间而不是通常的六年就毕业了。他上过的大多数学校都很重视科学和数学教育，同时也要求学生们必须熟练背诵大量的中国古代作品，其中既包括韵文也有散文，所有这些都为他打下了良好的中国古代文学基础。初中期间，刘若愚开始尝试用文言文写文章。① 也许正是由于刘若愚父母对文化和知识的重视，刘若愚得以接受当时比较先进的教育模式和教育理念，所传授的知识应该也是当时最潮流的，因而他从小就奠定了极为优厚的文化基础。

中学毕业后，刘若愚被当时北京名气很大的一所天主教大学——北京辅仁大学西语系（辅仁大学为直系罗马教廷教育部之天主教大学。1925 年由美国本笃会于北京创办，初期设大学预科名为"辅仁社"，1927 年北洋军阀政府准予试办，并正式将校名改为辅仁大学。1929 年中华民国教育部正式批准立案。中华人民共和国成立后，1952 年因院系调整将辅仁大学并入北京师范大学。1960 年辅仁大学在台湾复校②）录取。辅仁大学在当时是与清华大学、北京大学齐名的高等学府，也是在抗日战争时期北京被日寇占领后唯一保持了正常上课课程的天主教大学。刘若愚在辅仁大学就读时的专业是西方语言和文学，这既可以说是受其家庭和教育影响的结果所在，也是其兴趣的出发点。

刘若愚的英文水平在他很小的时候就已经凸显出上天赋予的才华，也就是我们在通常意义所说的语言天才。也许是从小受其父亲的耳濡目染，他很早就接触英语，而他的哥哥、姐姐零零碎碎地也教会他一些英语单词，他于初中一年级开始正规地学习英语，在几个不同国籍的英语老师的指导下继续学习了五年，他受教的英文老师有的是中国人，有的是英国人，还有一位比较特殊的是西班牙人。刘若愚后来为了提高自身的英语水平，还请过一位曾在牛津大学接受过教育的

---

① 詹杭伦：《刘若愚　融合中西诗学之路》，文津出版社 2005 年版，第 4 页。

② 同上书，第 5 页。

英国妇女为他私下授课，并通过社会交往结识了一些美国人。① 正是由于他自身孜孜不倦的追求以及不断进取的精神，到他高中毕业时，其英语水平可谓出类拔萃，阅读英文原著几乎不费任何力气，而且其口语水平也较高，用英语写文章时也比较合乎语法规范。

在辅仁大学就读期间，辅仁大学的系、科设置是很全的，学校聘请很多来自世界各地的老师执教，可以说，这个时期刘若愚听到了真正是来自世界不同地方的声音，其所学到的知识也是世界性的。他跟随中国和美国教授研究英美文学，跟随两位中国教授学习法语（其中一位操巴黎口音；另一位带有很浓重的河南口音），教他们拉丁语的是一位德国牧师，他用英语授课，教他们学习带有意大利口音的教会拉丁语发音。他还跟着一位法国的汉学家学习法国文学，跟着一位德国教授学习英译本的希腊和罗马文学。刘若愚自己后来回忆起这段学习经历时曾这样说："我如何能应付得了语言方面这样奇特、这样混杂的教育呢？当时对我来说简直是一个谜，但在当时却并未使我感到惊奇。那时，我们还必须选修中国历史和中国文学，用古文写文章。"② 从刘若愚自身的叙说中我们认识到："也许正是这种中西'混杂'的教育背景为一位语际批评家建构了广博的知识基础。"③

刘若愚并不仅仅满足于课堂上指定的应学的作家著述，他又从家中存放的一些书籍中发现了威廉·布莱克（William Blake）的著作，这些书是一位被日本人送往山东潍县集中营的英国朋友为防止散失而藏到他家的。这是他文化生涯中最难忘的一段经历。最后，他在读完那时可以得到的维吉尼亚·伍尔芙（Virginia Woolf）④ 所著的全部小说、她写的一些随笔以及几篇有关她的著述的评论文章之后，用英文撰写了一篇关于她的论文，并因此获得了文学学士的学位。那时伍尔芙的名声还不是太盛，她的著作以及有关论述她的著作的文章和书籍在中国是很不容易得

---

① ［美］刘若愚：《中国古诗评析》，王周若龄、周领顺译，河南大学出版社 1989 年版，第 9 页。

② 同上书，第 10 页。

③ 詹杭伦：《刘若愚　融合中西诗学之路》，文津出版社 2005 年版，第 5 页。

④ 维吉尼亚·伍尔芙（1882—1941），英国女作家和女权主义者。在两次世界大战期间，伍尔芙是伦敦文学界的一个象征。

到的。刘若愚设法找到了一本翻译为中文的《达洛威夫人》（*Mrs. Dallo-way*）、一本日文版并附有日语注释的《到灯塔去》（*To the Lighthouse*）和一本平装陶赫·尼次版（*Tauchnitz*）的《奥兰多》（*Orlando*）。其他书籍多是借自国立北京图书馆、其他大学的图书馆和朋友家中。那时，刘若愚发表了一些译文，其中有 T. S. 艾略特早期所写的一首诗、奥斯卡·王尔德（Oscar Wilde）的一则童话以及凯瑟琳·曼斯菲尔德（Katherine Mansfield）的一部短篇小说①。

　　1948 年结束了在辅仁大学西语系的大学学习以后，刘若愚顺利考入清华大学研究生院继续攻读英国文学专业，学习乔叟（Geoffrey Chaucer）、莎士比亚（William Shakepeare）、多恩（John Donne）的英国现代诗歌，同时兼修法国文学。那时候，英国诗论家燕卜荪（William Empson）② 在北京大学和清华大学教书，就这样刘若愚有幸成为燕卜荪的学生。他聆听了燕卜荪关于莎士比亚和现代诗歌的讲座，并努力看完燕卜荪的代表作《含混的七种类型》（*Seven Types of Ambiguity*）一书，尽管作者本人并不建议学生去读它。③ 刘若愚天资聪颖，他凭借良好的家庭教育以及当时所能提供的最好的教育模式汲取着知识的养料，并且凭借自身的努力加之独特的机遇，所有的种种都为他后来走上跨文化的研究和思考之路做着准备，也正是这些条件的集合才会成就后来在英国、美国等西方国家打拼的学者——刘若愚。

---

　　① 〔美〕刘若愚：《中国古诗评析》，王周若龄、周领顺译，河南大学出版社 1989 年版，第 10—11 页。

　　② 威廉·燕卜荪（1906—1984），英国诗人、英国爵士，"新批评"派诗论家。他是新批评代表人物瑞恰兹的得意门生，曾就读于牛津大学。1937—1939 年在燕京大学和西南联大任教授，第二次世界大战期间担任英国广播公司中国部编辑，1947—1952 年重返燕京大学任教，1952 年返回英国设菲尔德大学任教。主要著作有《含混的七种类型》（1930）、《牧歌的几种变体》（1935）、《复杂词的结构》（1951）等。

　　③ 〔美〕刘若愚：《中国古诗评析》，王周若龄、周领顺译，河南大学出版社 1989 年版，第 11 页。

第二节　国外求学和奋进之路

一　在英国的日子

在清华大学研究生院学习了一个学期之后，刘若愚获得了英国文化协会的国会奖学金，因此在 1949 年他远渡重洋到英国进一步深造，他所去的学校是英国布里斯托大学（University of Bristol），并在伯特伦·L.约瑟夫（Bertram L. Joseph）教授的门下学习，在其指导下撰写有关马洛（Christopher Marlowe）[①] 研究的硕士论文。在约瑟夫的帮助和安排下，刘若愚得以去牛津大学沃德姆学院寻求名教授鲍勒（Maurice Bowra）[②] 的指导和点拨，但是约瑟夫对这一安排的要求是刘若愚必须把以后完成的论文提交给布里斯托大学，而不是牛津大学。牛津大学沃德姆学院的鲍勒教授自身就是从事比较诗学研究的名家，他鼓励刘若愚从事中西文学的比较研究。刘若愚就是在鲍勒教授的直接指引下走向跨文化和中西比较的研究之路，也是在此时奠定了他以后所走的学术道路。

刘若愚到达英国之后，非常珍惜这个学习的机会，充分利用各种资源。他一头扎进牛津大学的包氏图书馆（Bodleian Liberary），广泛涉猎有关马洛所生活的 15、16 世纪的历史、文学、政治、哲学，甚至包括心理学、生理学等方面的书籍，这些方面的书籍很多都是已经绝版的传世孤本或珍本。刘若愚通过对这些书籍的深入阅读而慢慢有所领悟，因而形

[①] 克里斯多夫·马洛（1564—1593），英国伊丽莎白时代诗人兼剧作家，与莎士比亚同年出生（长莎士翁两个月），为英国东南隅 Canterbury 镇上一皮匠之子，自幼资质颖慧，获该镇奖助金入剑桥大学深造，被指定研习神学。在学六年期间却潜心研究戏剧，大学毕业前 23 岁时便以素体诗（Black Verse）撰成语惊四座的剧作《铁木耳大帝》（Tamburlaine）。随后六年间再完成剧作五部：《戴多皇后》（Dido, Queen of Cartharge）、《巴黎大屠杀》（The Massacre at Paris）、《马耳他的犹太》（The Jew of Malta）、《浮士德博士》（Dr. Faustus）及历史剧《爱德华二世》（Edward Ⅱ）。马洛在写作之余过着放荡不羁的都市生活，29 岁那年在伦敦一家酒馆内因纷争而遇刺身亡。其著作《浮士德博士》是歌德名著《浮士德》的前身。

[②] 莫里斯·鲍勒爵士（Sir Maurice Bowra, 1898—1971），英国文学批评家，比较诗学名家，出生于中国，长期任牛津大学教授，曾任牛津大学副校长，1951 年受封为爵士。著有《象征主义的遗产》（The Heritage of Symbolism）（1943）、《浪漫的想象》（The Romantic Imagination）（1950）、《英雄诗》（Heroic Poetry）（1952）、《古代希腊文学》（Literature of ancient Greek）（1959）等。

成了对英国伊丽莎白时代前后的文学领域以及思想境界的独到理解，在约瑟夫和鲍勒两位教授的教导下，他写出了一篇《伊丽莎白时代与元代戏剧之比较》（*Elizabethan and Yuan*）学术论文，后来这篇文章在伦敦以小册子的形式出版。[①] 在这篇初露锋芒的文章里面，刘若愚认为研究戏剧的基础必须是充分重视文学和思想背景，因而在他的论文中时时体现出对中西两个不同时代的文化和思想背景的分析。刘若愚在分析和研究的基础上也得出英国的伊丽莎白时代和中国的元代在思想和文学观念上有很多地方是相似、接近或是相通这样一个学术观点。例如刘若愚指出英国伊丽莎白时代人们相信万物有灵，这就与中国古代的天人感应相接近；而英国彼时也要求人们遵守"尊卑有序、各安其位"的道德伦理观念，这与中国的"长幼有序、男女有别"的尊卑思想相同；还有伊丽莎白时代的人们认为宇宙是由火、气、水、土四种元素构成的，而这一点与中国古代的阴阳五行说颇为相似，如此等等。在文学层面上他也分析了包括文学技巧、文学观念、研究文学方法、在戏剧中运用诗句、比喻等手法、戏剧形式结构等方面，得出了两者的相同或不同之处。[②]

此后刘若愚又在以前的研究基础上，关于同一主题又写过三篇论文并发表了出来，即《伊丽莎白时代与元代某些戏剧程式的简要比较》《风月锦囊：一个西班牙王室图书馆保存的元代和明代剧本》和《伊丽莎白时代戏剧之思想与文学背景》。这都是刘若愚在自身知识积累的前提下，运用中西文化比较的研究方法，并凭借对学术的执着追求而形成不同于他人的独特见解，其成绩可见一斑。此外他还发表了一些英译的中国古代诗歌以及关于莎士比亚的笔记，并撰写完毕关于马洛的硕士论文，于1952 年顺利获得英国布里斯托大学颁发的硕士学位。[③]

刘若愚在他正式获得硕士学位的前一年也就是 1951 年就已经应聘在英国的伦敦大学东方学院、非洲学院讲授中文，故而在他硕士毕业之后也就选择留在英国继续从事他喜爱的学术研究。从 1951 年到 1956 年刘若

---

① ［美］刘若愚：《中国古诗评析》，王周若龄、周领顺译，河南大学出版社 1989 年版，第 11 页。

② 詹杭伦：《刘若愚　融合中西诗学之路》，文津出版社 2005 年版，第 32—44 页。

③ 同上书，第 7、32 页。

愚在伦敦大学一共待了五年，在这五年的时间里，他阅读了大量的诗歌以及英文版的文学书籍，其中包括亨利·詹姆斯（Henry James）① 所著的大部分小说。另外刘若愚还发表了一些自己用白话文和古汉语所写的诗歌，但更多的还是他对中国古典诗歌的翻译作品。刘若愚的诗歌集《忘忧诗草》中就保留了他早年在国外所写的作品，现在仅举一例试看：

春江花月夜（梦中作）

春江傍水散幽香，春水迢迢泛月光；花香月色流不尽，春夜春江两无央。

无央春夜梦偏多，梦到蟾宫景若何？裴航捣碎云英药，妒杀素衣老姮娥。

梦醒江头月尚明，江畔无人花影横；一壶自斟还自醉，醉中起坐听江声。

江声不断如离愁，愁思江水共悠悠；我欲乘风从此去，长随明月玉楼头。

楼头明月渐沉沦，可怜月下未归人；人去楼空花亦老，空留江月对残春。②

从这首诗中，我们可以看出作者是在表达身在异乡的游子对故乡和亲人的思念。题目同唐代张若虚的名作一致，在格式上也是很相近的，由此可见，刘若愚对张若虚的原作是颇为欣赏的。因此，从中我们也可以看出他对张若虚的诗作有刻意模仿的痕迹。但瑕不掩瑜，作者表达出的悠悠愁思还是引起读诗人的强烈共鸣，其情真切感人、其诗清新自然。"独在异乡为异客"，刘若愚在出国初期对祖国、家人、故乡、友人的思想是如此浓烈，烈得就像一杯酒，喝了都会让人醉的。

---

① 亨利·詹姆斯（1843—1916），美国小说家，著有《碧庐冤孽》（*The Turn of the Screw*）、《一位年轻艺术家的肖像》（*A Portrait of the Artist as a Young Man*）、《鸽之翼》（*The Wings of the Dove*）等。

② 詹杭伦：《刘若愚　融合中西诗学之路》，文津出版社2005年版，第8页。

二　辗转香港的岁月

1956 年刘若愚离开伦敦来到香港，他先是在香港大学的中文系教书，后又转到新亚书院的英语系任教，[①] 他待在香港一共有五年的时间。其间，刘若愚一直坚定地走自己选择的学术道路，坚持用古汉语、白话文、英语写作文章和诗歌并把它们发表出来。

1956 年刘若愚在香港大学《东方文化》上发表了用英文写出的论文《中国诗之三境界》；1957—1958 年又在《东方文化》上同样发表了英文论文《西班牙藏明版〈风月锦囊〉考》。1960 年，在香港新亚书院学术年刊第二期发表中文论文《伊丽莎白戏剧之思想与文化背景》，这是他第一次用中文发表的学术研究论文。1961 年，同样是在香港新亚书院学术年刊的第三期上发表《英诗中之意象》，这也是一篇中文学术论文。同年，在香港大学五十周年纪念学术研讨会上发表中文论文《清代诗学论要》，刘若愚在此书的《附识》中这样写道：[②]

> 一九五七年，愚参加西德慕尼黑举行之国际东方学会时，曾有关于清代诗评短文在该会记录发表，惟以时间所限，殆未尽意。后又于拙作《中国诗学》（*The Art of Chinese Poetry*）中讨论有关问题。此书现已付梓，将于英美出版。但以其为西方一般读者立言，故所论多从略。兹再作较详细讨论，征引亦稍繁，以为补充。[③]

从以上所罗列出来的刘若愚停留在香港期间所发表的论文中我们可以看出，正是在香港期间，刘若愚将他在英国布里斯托大学所作的关于

---

① 新亚书院（New Asia College），香港中文大学建校三大书院之一。是由钱穆及一群来自内地之学者在极艰难穷困的环境中于 1949 年所创办起来的一所私立大学。钱穆曾揭示其办学宗旨：上溯宋明书院的讲学精神，旁采西欧导师制度，以人文主义教育为宗旨，沟通世界东西方文化。书院既注重培养学生的道德理想，又注重训练学生的专业知识，把中国传统的书院教育和西方近代以来的学校教育结合起来。后新亚书院与联合书院、崇基书院三家合并，组建为今天的香港中文大学。

② 詹杭伦：《刘若愚　融合中西诗学之路》，文津出版社 2005 年版，第 10 页。

③ ［美］刘若愚：《清代诗学论要·作者附识》，见 *Commemorating the Golden Jubilee of the University of Hong Kong*, Vol. 1（1961）。

中英戏剧比较的硕士论文改成了单篇的论文予以发表，与此同时，他也扩大自身的研究范围，将研究的范围进一步扩大到中国诗学方面。也正是在香港的这段时间里，他完成了自己的第一本英文专著即《中国诗学》，虽然这本书最终于1962年在英国和美国同时出版，但却不可抹杀这个时期他所付出的努力。

在香港的这五年时间里，刘若愚可谓中英文的学术成果齐头并进，而且一直坚持努力不懈怠，所取得的成绩也是有目共睹的，写成了自己的第一部英文专著。这种种的成果都是他努力付出的结果，这些杰出的研究业绩也为刘若愚之后在美国的发展奠定了坚实的学术基础。

三 立足美国的经历

1961年的暑假，刘若愚来到美国的夏威夷大学任教，他在夏威夷大学一共工作了三年。

1964年的暑假，刘若愚转到美国的匹兹堡大学任教，他在匹兹堡大学只工作了一年。

1965年的暑假，刘若愚到美国的芝加哥大学任教，他在芝加哥大学工作了两年。

1967年的暑假，刘若愚转到美国的斯坦福大学教授中国文学，并在那里停驻了下来，也就是在那里成就了他个人学术生涯的辉煌成就。

自刘若愚来到美国以后，他不可避免地受到西方人在思维、日常生活中的影响，在他的身上这种变化似乎也是比较明显的，刘若愚自己就这样说过："我共撰写了六部有关论述中国文学的专著，此外，还有不少论文。其中有的已译成了汉语，有的译错了，有的根本就没经我的同意。日语、朝鲜语也有译文。我不是不愿意再用汉语著述，只是说我没有工夫把以往用英语写成的东西再改写成汉语，更何况我的多数作品都是专门为西方读者而写的。现在，作诗我更乐意使用古汉语，除此之外，在多数情况下用英语著作，抑或用汉语都无关紧要。"① 其实从刘若愚的此番话中我们也许可以读到一些无奈，因为他毕竟是生为中国人，即使他

---

① ［美］刘若愚：《中国古诗评析》，王周若龄、周领顺译，河南大学出版社1989年版，第12页。

的外语水平再高，他可以在西方国家很牢固地站住脚，但是我们也要认识到，其间要付出的太多太多。"做了罗马人，就守罗马人的风俗。"所以，刘若愚只能选择为西方的读者著书立说，不过从另一角度来说，这也是让中国文化和中国文明走向世界的好机遇，这也是那些华裔外国籍学者的一种心愿，也可以说是自私一点的想法。

此外，对英语而言，他在一些细小的细节方面也有所不一样了，因为他要把他那一口标准的英式英语改换成美式英语，而这些也都是为了适应美国生活而不得不作出的决定，为此他调整或者说是校正了自己英语的发音、拼写方式还有词汇。"在说'tomato'时，我学会了以'tomayto'代之，当说'pavement'时，我改用'sidewalk'。那些报刊编辑部的出版商总是要我把'colour'写成'color'，虽然我发现美国的出版商在出版英国作家的著作时并不坚持非要使拼写或词汇美国化不成，实际上这些语言上的调整并非难事。"① 此中也是透出刘若愚的些许无奈，虽然如他所说真的想要调整和改变也非难事，但是，一个人把以前所习惯的一切再硬性地去改变也是需要一个过程的。

在上文中我们也提到，在刘若愚刚踏入美国的那几年可以说一直是处于漂泊不定的状态的，一连转换了好几个大学而无法长久立足，个中滋味也就如人饮水，冷暖自知，今天的我们可以从他在那个时候写出的两首诗中领略到一些：

己巳（1965）卅九初度率成二章

去国离家十六年，难移旧调上新弦。
中原游艺真已矣，异域听歌只索然。
彩笔如椽空入梦，乡愁如雾渐弥天。
茕茕怅望东风里，乱世偷生敢自怜。

瀛寰浪迹易经年，怕遇芳时动管弦。

----

① ［美］刘若愚：《中国古诗评析》，王周若龄、周领顺译，河南大学出版社1989年版，第12页。

落落生平谁识者，茫茫身世自凄然。

寸心冷暖都由性，万事乘除欲问天。

蜗舍燕巢堪托命，笑他长铗乞人怜。

生活此时于他应该是不顺意的。1965 年的 4 月，刘若愚在匹兹堡大学任教已经快一年了，而他也正是在此时谋求着要去芝加哥大学，虽然我们对于刘若愚在那个时候为何频频换学校的具体原因不得而知，他自己在后来的文章和著作中也没再提及那段生活的辛酸，而所存留的资料对此也是没有显示的。但我们据常理推测，也是由一个华人在西方社会打拼并努力站稳脚跟的种种艰难，故而两首诗中都有着浓浓的幽怨以及一腔怀才不遇的愤懑，诗中都有"怜"字，但是具体的意境或者心情也未必是完全相同的，后一首中所表露出来的不愿像古人一样寄人篱下，而是选择顽强地继续奋斗，那么我们今天也要为刘若愚这种百折不挠的精神所折服，更何况后来他取得了骄人的成绩，其间他的苦、难、不如意是可想而知的了。

不过 1967 年夏天，刘若愚进入了位于美国西部加州的斯坦福大学，并留在那里的亚洲语言系执教，1969 年至 1975 年任该校的亚洲语言系主任，1977 年任中国文学和比较文学教授。在斯坦福大学，他找到了最佳的学术单位作为事业平台和终生依托，并攀登上事业发展的顶峰。直到 1986 年刘若愚因病去世，他一直留在斯坦福大学执教达 19 年，他的名字与斯坦福大学连在一起。[①] 而斯坦福大学也没有忘记刘若愚这位给他们学校带来学术声誉的杰出教授，学校在图书馆特藏室为刘若愚保存了历年教学和研究的档案，不啻为刘若愚建构起一座金光闪闪的文献纪念碑。[②]

第三节　刘若愚主要学术著作简要介绍

1962 年，刘若愚的第一部学术专著即英文版的《中国诗学》同时在英国和美国出版，虽然这部书是刘若愚在香港任教时所写作完成的，却一直到了现在才予以出版，一经出版就为刘若愚赢得了较高的学术声誉，

---

① 詹杭伦：《刘若愚　融合中西诗学之路》，文津出版社 2005 年版，第 15 页。

② 同上书，第 27—28 页。

这正好说明了此书的价值所在。

在刘若愚的《中国诗学》正式出版之前，他就一直做着积极、认真的准备和积累工作，因为他最终是选择留在国外从事教育和研究工作，是在国外的大学里教授中文，那么如何让西方世界的人们更好地去理解中国的文化、文学、诗学？如何向他们传达中国的文明？如何采用中西结合的跨文化视角和方式形成自己的观点和理解？都是刘若愚在这个时候苦苦思索以盼望得到很好解决的问题。在他写作和出版第一部英文学术专著《中国诗学》的时间里，他还发表过四篇诗学论文，包括《中国诗学之三境界》（1956）、《清朝的某些诗学理论》（1957）、《英诗中之意象》（1961）、《清代诗说论要》（1961）。可以从中看出，这些显然是因为他撰写《中国诗学》而产生的系列成果。[1]

刘若愚的这部《中国诗学》其学术价值是很高的，因为在 20 世纪 60年代初，在美国的华裔中文教授和学者也曾有人尝试着为西方读者和学生编写汉语教科书和文学类读本，但是到刘若愚的著作出现之前，还没有人写过一本高质量的研究中国文学和诗学的专著。直到 1961 年夏志清的英文专著《中国现代小说史》[2] 出版以及 1962 年刘若愚的《中国诗学》正式出版和发行，方显现出华裔学人的实力。夏志清曾评述说："若愚的

---

① 詹杭伦：《刘若愚　融合中西诗学之路》，文津出版社 2005 年版，第 49 页。

② 夏志清，1921 年生于上海浦东（原籍江苏吴县）。1948 年考取北大文科留美奖学金赴美深造，1951 年获耶鲁大学英文系博士学位。先后执教美国密歇根大学、纽约州立大学、匹兹堡大学等校。1961 年任教哥伦比亚大学东方语言文化系，1969 年为该校中文教授。他的两部英文著作——《中国现代小说史》和《中国古典小说史论》，奠定了其在西方汉学界中国文学特别是中国现代文学研究领域的地位。《中国现代小说史》是一部有相当影响也是有相当争议的著作。作者以其融贯中西的学识，宽广深邃的批评视野，探讨中国新文学小说创作的发展路向，尤其致力于"优美作品之发现和评审"，发掘并论证了张天翼、钱锺书、沈从文、张爱玲等重要作家在文学史上的地位和评价，因而此书也成为西方研究中国现代文学史的经典之窗。夏志清著述甚丰，英文著作还有《中国古典小说》（1968）、《夏志清论中国文学》（2004），中文论文集有《爱情·社会·小说》（1970）、《文学的前途》（1974）、《人的文学》（1977）、《夏志清文学评论集》（1987）、《新文学的传统》（1979）、《夏志清序跋》（2004）和散文集《鸡窗集》（1984）等。在美国华裔文史学界有"东夏西刘"之称，"东夏"指的就是在美国东海岸的哥伦比亚大学任教的夏志清教授，"西刘"指的则是在美国的斯坦福大学执教的刘若愚教授。美籍华裔中国现代文学评论家、作家刘绍铭曾在《孤鹤随云散——悼刘若愚先生》一文中这样写道："国人在英美学界替中国文学拓荒的有二大前辈：小说是夏志清，诗词是刘若愚。"可见，夏志清在当时可谓与刘若愚旗鼓相当的学者，而夏志清在国内学术界的影响也是颇大、颇深的。

《中国诗学》，虽然篇幅、不多（正文一百五十多页），而且显然是专为不懂、不太懂中文的英语读者而写的，但内行评家一翻此书即知道作者不仅对诗词、诗话真有领会，他对西洋诗学也很有研究，不得不予之佳评。"美国的汉学界出了刘若愚和夏志清两员新人，都是英文系出身，西洋文读得也比一般欧美汉学家多，英文也比他们写得漂亮，的确大受同行注意，从此也不再有人胆敢忽视、小觑华裔学人了。《中国诗学》后来被译成中文、日文、韩文，获得国际公认，可以说是刘若愚的成名作。①

1967 年刘若愚送给斯坦福大学一份很厚重的见面礼，即他的第二部英文专著《中国之侠》（*The Chinese Knight Errant*）出版。实事求是地说，这本书在美国刚出版的时候影响并不是很大，在中国学界几乎是不知道有此书的存在的。但是中国大陆在 20 世纪 80 年代掀起了一股狂热的"武侠小说热"，出现了大批的武侠小说家，其中包括金庸、古龙、还珠楼主等，他们的作品受到普通民众的大力热捧，其实就是到了 21 世纪的今天这股热潮似乎还是没有退温的迹象。有学者这样说过："把这种'武侠小说热'的社会文化现象称为'文化奇迹'恐怕也不算过分，认识、研究这种奇迹，并透过它进而研究中国文化，应该是一件严肃而有意义的事情，甚至是出版界、理论界有识之士义不容辞的责任。"② 虽然已经有学者认识到研究中国这股"武侠热"的必要性和紧迫性，但是，那时在"中国大陆的出版界和理论界，还拿不出一部观点鲜明正确、材料翔实可靠的同类著作来介绍给本国和外国的读者"③。正是在此种情形下，刘若愚在 60 年代出版的《中国之侠》被重新挖掘和凸显了出来，1991 年被译成中文发行，在中国武侠小说研究界可谓声名鹊起，被界内人士称为"继司马迁《史记·游侠列传》之后第一部综合研究中国历史和文学上的游侠的专著"④。

在此书中，刘若愚还是坚持跨文化的视角，将中国的游侠与西方世界推崇的骑士进行比较、分析。"游侠"一族在中国古代社会从来

---

① 詹杭伦：《刘若愚 融合中西诗学之路》，文津出版社 2005 年版，第 14 页。
② 周清霖：《侠与侠义精神》，载《中国之侠》，生活·读书·新知三联书店 1991 年版，第 1 页。
③ 同上书，第 4 页。
④ 同上。

就没有占据过话语和权力的中心，他们始终游离于中心之外，应该说是不受当权者的重视和重用的，但是在民间却是有着不一样的情形。刘若愚在他的专著里对"游侠"采取了理性的认识和思考，对他们的信念和理想也给予了肯定，指出中国古代的游侠与西方世界的骑士的不同和相同之处。值得一提的是，刘若愚还在他的书中将游侠与诸子百家中的儒、道、墨、法等进行比较，使得这一不占据话语中心的社会群体与统治中国社会的各家各派有了同台竞争的机会，也就是在刘若愚的笔下得以实现。刘若愚的这本书对中国研究武侠现象起到了极大的推动作用，对中国武侠研究的影响也是不一般的。总之，刘若愚的《中国之侠》在武侠研究领域的划时代意义和不可替代性是必须予以明确的。

　　1969 年，刘若愚出版了他的第三部英文专著《李商隐的诗——中国九世纪的巴洛克诗人》（译名，英文名为 The Poetry of Li Shang-yin：Ninth-Century Baroque Chinese Poet）①，从其出版社来看，这也是一部同时在英国和美国出版的学术专著。据有关资料显示，早在 1964 年刘若愚从发表论文《李商隐的〈韩碑〉诗》开始，就已经着手对李商隐进行研究了。② 紧接着他又陆续发表了多篇关于李商隐研究的文章，包括 1965年发表的《李商隐的锦瑟诗》、1968 年发表的《李商隐诗的多义性》、1969 年发表的《李商隐诗评析》，③ 这些都是刘若愚为了验证自身的诗歌观和评诗方法而选择个案进行研究，也是他从分析到综合的整个研究过程和研究方法的体现。《李商隐的诗——中国九世纪的巴洛克诗人》这本书迄今为止还没有中文译本出现，但中国国家图书馆藏有英文版的原著，故据此版本我们简要进行分析。

　　在此书的前言中，刘若愚指出作为一个批评家尤其是中国的学者，研究的对象也是中国古代最具有浪漫气质的诗人，他本应该选择用中文进行写作的，但是，在他来到讲英语的国家之前的所有日

---

　　① James J. Y. Liu, *The Poetry of Li Shang-yin：Ninth-Century Baroque Chinese Poet*, Chicago and London：The University of Chicago Press, 1969.

　　② 詹杭伦：《刘若愚　融合中西诗学之路》，文津出版社 2005 年版，第 15 页。

　　③ 同上书，第 102 页。

子里他一直是坚持这样做的。但现在情形改变了，他现在努力的目标是让西方世界的学生和读者能更好地去领悟和感受中国诗歌和文明的精华，所以他更有责任和义务去做得更好，因而他选择了用英文写作。全书分为三大部分，第一部分是介绍性的即《绪论》，包括《历史背景》《生平概述》《对李商隐诗的诠释》《翻译存在的问题》；第二部分是《李商隐诗的翻译和注释》；第三部分是《对李商隐诗的批评研究》。其第二部分是全书的重点，也是占据篇幅最大的一部分。

刘若愚的这部研究李商隐的专著，其特点主要是以翻译和注释为整部书的主干，他翻译了很多李商隐的诗歌。我们都知道，李商隐作为生活在晚唐的著名诗人，其生活的时代也是复杂的，而诗人的人生经历、情感波折也不是一帆风顺的，故而他留下了很多以"无题"为题的诗作，也许就是作者自身在写作时，其心境和感受也是复杂的，很难确切地说清楚，那么今天的我们也未必可以准确地读出作者的情绪，翻译成其他语言更是难上加难。刘若愚却是做得比较好的一个，他在自己的书中对李商隐的一百首诗进行了翻译，这个数量相当于李商隐所有现存诗作的六分之一。由于他自身的学识和知识积累，比起很多国外的汉学家，他有着无与伦比的优势，所以在翻译起李商隐的较为晦涩的诗作时应该是更胜一筹，其译文的流畅准确使人读起来也是一种精神上的极大享受。同时刘若愚出于传播中华文明的目的和使命，故而他在此方面下的功夫颇深，成果也是很显著的。另外，他在考证历史史实、追寻历史背景、资料鉴定考订、中西文化和文学比较上也是做到了扎实、可靠、有理有信，分析深入透彻、到位，着实令中外学术界的同人感到赞叹不已。

1969—1975 年，刘若愚担任美国斯坦福大学亚洲语言系的系主任。由于刘若愚学术成就突出，他俨然成为美国汉学界的新一代领军人物之一，而"东夏西刘"的说法也是不胫而走。对此夏志清曾回忆说："一九六二年九月开始，我一直在哥大教书；若愚兄一九六七年离开芝大而去史丹福任教后，也就在西岸定居。我至今未知是那几位年轻同行，煮酒论英雄，品定我们为'东夏西刘'的。但此说一出，传遍美国著名学府

的留学生间。"① 因为对此事刘若愚似乎没有谈论过也没有资料显示他是
什么样的态度，但是我们由夏志清那里可以看出刘若愚的学术地位之高。
1971 年，刘若愚获得约翰·西蒙·古根汉研究基金奖（John Simon
Guggenheim Memorial Foundation Fellowships）②，在外部良好环境的激励
下，刘若愚进入学术研究的高产期。③

　　1974 年，刘若愚的第四部学术著作即《北宋六大词家》（*Major Lyri-
cists of the Northern Sung*，A. D. 960 – 1126）出版，这也是一本英文专
著，是由普林斯顿大学出版社予以出版的。后来王贵苓把它译为中文，
1986 年 6 月在台北幼狮文化公司出版，这可以说是刘若愚对词学的最大
贡献。后来在中国国家图书馆的藏书中，有一篇刘若愚的博士学位论文
The Lyrics of Zhou Bangyan，这是关于周邦彦的词的研究，也是类似上文
提到的著作的研究。而台北的台湾商务印书馆股份有限公司于 1989 年出
版了一本刘若愚的《欧阳修研究》，但是据书中的《序》中所显示的信
息，此书的作者刘若愚并不是我们此论文探讨的美籍华裔的学者刘若愚，
而是一位河北籍的学人，而出版关于欧阳修的研究著作时，他是在珠海
大学研究所跟着何敬群先生从事欧阳修研究，④ 如果不仔细考察很可能会
把这两个人混为一谈，毕竟名字相同，从事研究的内容也是如此一致，
只是具体的体验和观点不一样罢了，故而还需要做仔细的甄别、判断，
以免出现错误而贻笑大方了。

　　在《北宋六大词家》一书中。刘若愚对北宋时期的晏殊、欧阳修、
柳永、秦观、苏轼和周邦彦六个著名的词人予以探索和分析，刘若愚曾
在他之前的一篇论文里谈到过词人的分类问题，他在《词的某些文学特

---

　　①　詹杭伦：《刘若愚　融合中西诗学之路》，文津出版社 2005 年版，第 16 页。

　　②　约翰·西蒙·古根汉研究基金奖是由美国参议员 Mrs. Simon Guggenheim 为早逝的儿子于
1925 年所创办的，是提供给艺术家和学者的海外研究奖学金，它资助的对象是除了表演的艺术
以外的所有领域的杰出专业人士，还包括每个专业研究领域中有丰富著作的作家、学者或科学
家，以及在表演或展览中有优异表现成绩的艺术家、剧作家、摄影家及作曲家。此一奖励金只提
供给个人，而非组织和机构。古汉根研究奖金基金会的评审标准为申请人过去的杰出成就和未来
的发展计划。此基金会每年在美国和加拿大、拉丁美洲和加勒比海各遴选一位获奖者。

　　③　詹杭伦：《刘若愚　融合中西诗学之路》，文津出版社 2005 年版，第 16 页。

　　④　［美］刘若愚：《欧阳修研究》，台湾商务印书馆股份有限公司 1989 年版，何敬群为此
书所作的序。

色》一文中这样写道：

> 　　总的来说，不管词人在传统的文学史和文学批评中被归为哪个流派，根据他们对词的不同态度，所有词人可以分为四类：第一类词人，他们把词作为一种有一定限制的主题很情绪化的文学样式来运用，同时又充分重视词句的听觉特点，以便它们便于歌唱。唐五代的大多数词人和宋初词人都属于这一类，如温庭筠（812？—870）、韦庄（835—910）、冯廷巳（903—960）、晏殊（991—1055）和欧阳修（1007—1072）皆是，只有李煜（937—978）后期的创作是个明显的例外。第二类词人，他们把词仅仅看作是词的另外一种形式，在词里非常自由地表达自己，而不太关心他们的作品是否能够歌唱。如果我们借鉴一个名词"文人画"的话，他们的词可以叫做"文人词"。这类词人里边最突出的代表是苏轼和辛弃疾（1140—1207）。第三类词人，他们把词主要看作是一种歌唱形式，而且关注他们词的音乐效果，以至于为了声音而牺牲词义。这类词人以周邦彦（1248—1320）为代表。第四类词人为数众多，自从南宋以来，他们模仿以前词人的作品，严格遵循音节和音调，却不知道最初使用具体的音节和音调的原因。因此我们在这里主要注意力就放在前两类词人上面。①

　　从上述的话语中我们可以清晰地看出，刘若愚对词人的分类的依据就是所创作出来的作品是否可以歌唱，所以他分出来的第一类词家其词作与歌唱是并行不悖的；第二类词家是只注重词作的文学特性而忽略歌唱的功效；第三类是只关注是否可以很好地歌唱，故而对文学特性的重视度就逊色很多；第四类就是模仿前人而作的词作者，他们没有太强烈的创新。在刘若愚所给出的词家的分类的例子中并没有提到柳永、秦观、周邦彦，但在他的《北宋六大词家》一书的第二章引言中这样写道："柳

---

　　① ［美］刘若愚：《词的某些文学特色》，载 Cyril Brich 编《中国文学类型研究》，伯克莱：加利福尼亚大学出版社 1974 年版。转自詹杭伦《刘若愚　融合中西诗学之路》，文津出版社2005 年版，第 136—137 页。

永虽然和晏殊、欧阳修是同时代的人，而他的作品却在词史上开了新纪元，晏殊、欧阳修则承袭着传统，所以把对柳永的研究放在晏殊及欧阳修之后。……在所有受他影响的词人中，秦观是公认为自成一家的作者。现于此章中一并探讨。"① 所以根据前面他的研究积累以及他对词人的分类，刘若愚认为晏殊和欧阳修代表了宋初的词家类型，他们相比较前面的词人则是努力开拓词的文字功能，而且致力于对情感、修养、敏感的关注；而柳永和秦观则是"自成一家"努力创新的代表，而且对情感采取高度写实的手法、风格别致创新；苏轼把词从音乐的束缚和捆绑中解放出来，其代表的词境是机智与理性；周邦彦则走着与苏轼相反的道路，将音乐同词"复古"，但是他更重视词的细腻感人。

刘若愚《北宋六大词家》的出版以及中文译本的发行，对中国的古典学术研究启发是极大的，它开创了分类、系统研究的风气之先，方法和体例都是极为合理和完善的，让西方学人领悟中国词作的精华，刘若愚对词人词作的批评研究也是给大陆的学人提供了很好的赏评词的方法，等等。

1971 年斯坦福大学东亚研究委员会给予刘若愚一笔研究费，而他在获得古根汉奖助金以后又获得了美国各学会联合理事会（American Council of Learned Societies）的研究费，再后来他又得到了斯坦福大学人文研究奖助基金的研究费②，这所有的一切都有助于他的第五部英文专著的完成与出版，这就是后来在国内外为他赢得了极高声誉的《中国文学理论》（*Chinese Theories of Literature*）（此书完成于 1973 年的夏天），这本书最初是于 1975 年在芝加哥大学出版社出版的英文原版，后来刘若愚的学生杜国清翻译了此书，中文译本得到刘若愚本人的过目和认可，而且在书后还附录了刘若愚在 1977 年发表的《中西文学理论综合初探》一文，此中文版本先是在台北的台湾经联出版文化事业公司出版；1986 年在国内郑州的中州古籍出版社首先出版了由赵执声翻译的本子；1987 年田守真、饶曙光也翻译了此书，由成都的四川人民出版社出版；2006 年南京的凤

---

① ［美］刘若愚：《北宋六大词家》，王贵苓译，（台北）幼狮文化公司 1986 年版，第 51 页。

② ［美］刘若愚：《中国文学理论》一书《原序》，杜国清译，江苏教育出版社 2006 年版。

凰传媒集团的江苏教育出版社出版了杜国清版本的《中国文学理论》。故而杜国清的《中国文学理论》应该算是最为通行的版本，所以在此后的介绍、分析、评价、引用都是依据此本。

刘若愚 1977 年荣任斯坦福大学中国文学与比较文学教授，这是对他的学术成就极大的肯定，而他的最重要的学术论文即上文所提到的杜国清在翻译完自己的老师的著作后所"附录"的《中西文学理论综合初探》（*Towards a Synthesis of Chinese and Western Theories of Literature*）也在此时撰写完成，进而形成了自己完整的理论体系。

刘若愚的思想受到了西方新批评、现象学等流派的影响，在他写作这部书的时候也是体现出来的，他是从当代西方文学理论的不同视角来研究和阐释中国文学与文论，以形而上理论、决定理论、表现理论、技巧理论和实用理论等西方文论的范畴为框架来挖掘中国文学的价值，力图打通中西文化差异的壁垒。刘若愚在他的这本书的《导论》里说道：

> 本书的主题是中国传统的文学理论，其性质主要是分析与阐释，其次是历史的，虽然，在讨论批评的性质时，也涉及批评的理论。大体说来，对于所探讨的理论，除了指出其矛盾与不合逻辑之处以外，我将尽量避免直接的评价，以便读者可以形成自己的判断，虽然不难看出我所偏好的地方。[①]

其实，如人共知，中国古代的文论不像西方那样具有很强的逻辑性和体系结构，故而异质文化的差别是一直存在的，要让西方学生和读者更好地理解中国的文学理论，我们要有所突破和创新，既要汲取古文论的精华，也要汲取西方文学理论的优势。为此，刘若愚也说出了他写作此书的目的所在：

> 在写作这本书时，我心中有三个目的。第一个也是终极的目的，在于提出渊源悠久而大体上独立发展的中国批评思想传统的各种文学理论，使它们能够与来自其他传统的理论比较，从而有助于达到

---

① ［美］刘若愚：《中国文学理论》，杜国清译，江苏教育出版社 2006 年版，第 2 页。

一个最后可能得世界性的文学理论（an eventual universal theory of literature）。

　　我的第二个也是直接的目的，是为研究中国文学与批评的学者阐明中国的文学理论。……因为中国的文学理论，很少得到有系统的阐述或明确的描述，通常是简略而隐约地暗示在零散的著作中。……但我们需要更有系统、更完整的分析，将隐含在中国批评家著作中的文学理论提取出来。

　　我的第三个目的是为中西批评观的综合铺出比迄今存在的更为适切的道路，以便为中国文学的实际批评提供健全的基础。①

　　有人说过刘若愚的野心是很大的，夏志清在纪念刘若愚悼文中所给出的表述：刘若愚不只是用英语讲述中国诗学的"语际批评家"（interlingual critic），他更想成为把中国传统诗学与 20 世纪欧美文学理论综合起来而自成一家之言的"语际理论家"（interlingual theorist）。就是夏志清定位的"语际批评家"与"语际理论家"这两个称号，为英年早逝的刘若愚教授打造了一顶沉重得让人不可掂量的学术桂冠。② 的确是这样的，刘若愚的雄心壮志也成就了它。他的学生杜国清这样评价自己老师的这本具有里程碑式的著作："在谈论文学时，由于这本书的出现，西洋学者今后不能不将中国的文学理论也一并加以考虑，否则将不能谈论'普通的文学理论'（universal theory of literature）或文学（literature），而只能谈论各别或各国的'文学'（literatures）和'批评'（criticisms）而已。"所以刘若愚的这部书是他整体理论建构的结晶，也应该算是他努力的方向所在，后文中还要对他的理论体系和建构做具体的分析，故而这里先不赘述。

　　1978—1979 年，刘若愚荣获美国人文社会科学国家奖助金（National Endowment for the Humanities）。在刘若愚的学术研究生涯中一直得到各种奖助金的资助，这一方面是他孜孜不倦努力付出的结果，另一方面也

---

　　① ［美］刘若愚：《中国文学理论》，杜国清译，江苏教育出版社 2006 年版，第 2—6 页。
　　② 杨乃乔：《全球化时代的语际批评家和语际理论家——谁来评判刘若愚及其比较文学研究读本》，《徐州师范大学学报》（哲学社会科学版）2006 年第 2 期。

更好地证明了他在美国汉学界的学术地位及其重要性。这时候刘若愚在潜心进行自己的学术研究的同时也把极大的热情和精力投入教学过程中，他在1979年由美国达克斯伯里（Duxbury）出版社出版的第六部英文学术专著《中国文学艺术精华》①（*Essentials of Chinese Literature Art*）就具有教材的性质。他在此书的"前言"中这样写道：

> 此书的对象不是中国文学的专家，而是那些作为常识教育的一部分而想了解世界上最古老最丰富的一种文学传统的某些知识的人。

所以我们可以很好地看出作者是在为一些想了解中国文化的西方学生和读者做一些简要的介绍。这本书也是适应美国社会对亚洲文明的关心，扩大美国学生的国际视野，也是应美国当代学者对亚洲各国尤其是中国的哲学、文学、历史、社会等方面的认识及研究成果的展现等方面的要求而写作完成的。因而"它作为《亚洲文明丛书》中的一部……要求用深入浅出的方式来表达，以便在专业研究与普及知识之间架起一座桥梁"②。刘若愚很好地做到了这一点。《中国文学艺术精华》一书包括古典诗歌、古典散文、古典小说、古典戏剧、现代文学以及台湾的文学，而且在每一章的后面还指定了一些相关的参考书目，选择范围比较广泛，对作品的分析也是见解独到、讲解精细。迄今为止，新加坡大学中文系还选用此书作为中国文学的教材。③

> 由于中国文学已经存在了三千多年，要在一本小书中写出其全部历史过程显然是不可能的。另一方面，单单列出一串作家与作品也是无济于事的。我所试图要做的是通过例举一些最著名的作品与一些不太著名的作品揭示出中国文学作为一种艺术的某些精彩之处，并描述出它最显殊的特点，因而这就象一组快镜拍摄的集锦，而不是一部连续的电影。……由于考虑到读者对象，我想对他们来说何

---

① ［美］刘若愚：《中国文学艺术精华》，王镇远译，黄山书社1989年版。
② 同上书，译后记，第157页。
③ 詹杭伦：《刘若愚 融合中西诗学之路》，文津出版社2005年版，第17页。

为中国文学的问题比它们如何形成的问题更为重要……

其实作为一名在海外打拼的华裔学者，他永远不忘自己的祖国，心心念念着这片深沉而温柔多情、给予他生命又养育了他的土地，时刻也不忘自己的使命——向海外学生和读者介绍中国文化和文明，这一点我们已经多次提到过了。

刘若愚在《中国文学艺术精华》一书中纵横捭阖，上至中国古代的文学艺术作品，下迄新中国成立以后到"文革""四人帮"倒台后的新时期作品，并包含台湾的诗歌、小说，可以说是把五千年中华文明的精华在这本书里经历了一遍，知识的涵盖面宽且广、结构严谨，因而有着非凡的价值和意义。除上文提到的新加坡大学仍选用它作为中国文学的教材外，中国大陆的大学教授也拿它作为留学生中国文学课的教材，也有的学校用来作为增强理工科学生的中国文学素质修养的必选书目。

1979 年，由于刘若愚教学成绩优秀，他获得了斯坦福大学院长杰出成就奖。[1] 他在学术研究和教学工作中所取得的成绩都是可喜的，这是对一位辛勤耕耘的学者和老师的赞赏和激励。

1978 年刘若愚开始构思和写作他的第七部学术著作 *The Interlingual Critic: Interpreting Chinese Peotry*，据英文的书名应该是《跨语际批评家：阐释中国诗歌》，于 1982 年在美国的印第安纳大学出版社出版。中文译本是由王周若龄和周领顺共同翻译的，开封的河南大学出版社于 1989 年出版，出版后的中译本书名改为《中国古诗评析》，在此书的中译本的《译后记》中说道："这本书可以看成是刘氏《中国文学理论》的姊妹章……两本书读者可以互为印证，以便更好地了解刘若愚先生的研究精奥。"[2] 但学界的学者对此书的中文题目及翻译的质量不是很满意，故而在后文提到此书时会采取中英文题目并举的方式。

在此书中有个《导言》，刘若愚开篇就提出了一系列问题，其在随后的篇幅里尝试着去解答自己提出的问题：

---

① 詹杭伦：《刘若愚　融合中西诗学之路》，文津出版社 2005 年版，第 17 页。

② ［美］刘若愚：《中国古诗评析》，王周若龄、周领顺译，河南大学出版社 1989 年版，译者《译后记》，第 164 页。

在过去的二十年中，一系列的用英文撰写的著述、文章、专题论述以及学术论文相继问世，所有这些著述或含蓄或直率地宣称是对中国诗歌所进行的批评性的研究。那么，这些作者是些什么人？他们著文的动机何在？他们又是为谁而命笔呢？尽管这些问题既简单又明了，但迄今很少有人提出来，更不用说予以回答了。在尚未着手展开详述我的答案之前，我拟对此尽可能地先作一简明而直率的回答。一般来说，用英文撰述有关中国诗歌的批评家有两大类别：一类是出生于中国并在中国受过教育的华人（且不管他们操什么方言），这些人现在侨居于英语国家，或至少以英语作为工具执教于某些学府；另一类是操英语或其他欧洲语言的外国人，他们专修汉语并从事中国文学的教授和研究工作。当然，其间还会有其他一些情况，或者，其首先作为母语接受的是汉语的某些方言，尔后又主要受教于英语；或者，其母语为英语，但又是长年侨居于中国的批评家……

关于他们为什么要动笔著述的问题，那些玩世不恭的文人也许会这样回答：既然所有论述中国诗歌的人都身为文人学者，人们就期望他们勤于笔耕并将成果公之于世。不然，何以为文人。除去实用的动机之外，我以为，多数献身于中国诗歌研究的人还是真诚地希望自己能写出传世之作，既不负自己的辛勤劳动，又使读者受益匪浅，虽然他们的意向并不总是能够得到清楚的表达。

他们到底为谁著文？对这个问题往往是避而不答。某些作者似乎是为其他专家而写作，因为他们随意地使用汉字、人名或书名，而不做任何解释和翻译，并经常引证一些中文典籍，他们认为读者对此是可以轻易查询得到的。在这种情况下，人们自然感到诧异：读者为什么要通过英译来读中国诗歌呢？倘若这些批评论著是为那些不懂汉语的读者而写的，那么，音译而又不加解释的汉字、人名及书名就会毫无意义，所提出的中文参考书籍也将失去作用。我并不是说一部书、一篇论文同时可以适应一类以上的读者是不可能的，而是说除此之外，还应做一些简单的技术处理。譬如说，把专门的论述放在脚注中，在所列的参考书目中把汉语和外语书籍分离开来。

……翻译诗歌要予以选择，所以，其价值事先已得到了承认，即使这不是翻译本身所能单独完成的，还需要借助于批评家的评论。

当然，某一个人尽可只去翻译和注释，但不应阻止他人进行公开的评论与解析。

……

鉴于以下的理由，我不赞成把西方的批评术语、概念、方法及标准不加任何分析地套用于中国诗歌的研究中，我也不同意那些持另一个极端的批评家的意见，他们力求人们对待中国诗歌只应采取传统的中国诗观。①

显然，刘若愚是属于他自己所指出的作者中的第一类，他在中国出生并接受了系统的中国教育，后来来到英语国家打拼天下，作为学者和教师的身份在大学里传道、授业、解惑；而且他写作的动机也就是立德、立功、立言的"三不朽"事业。他就是为了西方的学生和读者，也就是那些渴望了解和走近中国文明精髓的人而写作，希望中国文化和文明可以走向全世界。这就是刘若愚作为一名跨语际的批评家和跨语际的理论家对自身的身份和位置的自觉性反思和思索。所以在处理如何对待中国传统文化尤其是传统诗歌的问题上，他坚决反对走极端的两种倾向和道路。

为了更好地说明自己在前面所提出的问题，刘若愚接着这样写道：

既然我于开章之初就提出了作者是什么人，他们为什么而写以及为谁而命笔这样三个问题，那么我以为先由我自身回答上述的问题才算公正。首先，我拟向读者介绍一下我学习和使用的语言，所受的教育以及我具有的才智和所长，尔后再交待一下我撰写本书的目的，并指出我所确定的读者对象。此外，还将说明一下我"成为一个语际批评家"的过程，这有可能使读者产生兴趣，从而了解我是怎样开始用英文从事中国诗歌批评的。②

---

① ［美］刘若愚：《中国古诗评析》，王周若龄、周领顺译，河南大学出版社1989年版，第4—6页。

② 同上书，第7—8页。

就是在这本书里刘若愚将自己的出生、家庭环境、成长、受教育情况以及奋斗过程等展示于读者的面前，使得阅读此书的人对他的情况有了一个感性而又直观的了解和认识。

他自己坦言在思想和智能上不可避免地受到中国和西方文人的熏陶，他的理论一方面来自中国传统的被他称为"顿悟派"（Intuitionalists）的代表严羽、王夫之、王士禛、王国维等；另一方面也受到了象征主义、新批评派、现象学等学派的影响，他"并对英伽登和杜夫海纳与我自己在文学观上的某些相似之处感到震惊"①。对此刘若愚总结道：

> 我以为上述相似之处决不是一种巧合，除去受到某些理论家或早期西方思想家感染的间接影响因素，我以为它们有可能来自西方学者与某些中国批评家之间的亲缘关系，特别是那些我以前称之为顿悟派而现在则改称为文学的玄学派的批评家，从他们那里我自觉或不自觉地推导出我自己的观念。这种亲缘关系本身又可能产生于现象学和道家学说之间潜在的哲理上的密切关系。而道家的观念又深深地影响了有关的中国批评家。②

他采用中西比较的方法，寻求两种异质文化中的相似点，"希望对中国和西方的批评概念、方法和标准做一个综合"③，这就是刘若愚矢志不渝的目标和努力为之的方向，其精神与他的前几部著作尤其是《中国文学理论》一书是一以贯之的。他的学生林理彰④这样评价自己的老师："由于他确实精通两国语言，他已经出版的将中国诗歌、散文翻译成英文

① ［美］刘若愚：《中国古诗评析》，王周若龄、周领顺译，河南大学出版社 1989 年版，第 13 页。

② 同上书，第 14—15 页。

③ 同上书，第 16 页。

④ 林理彰（Richard John Lynn），1940 年出生，他 1962 年获美国普林斯顿大学学士学位，1966 年获美国华盛顿大学硕士学位，1971 年获美国斯坦福大学博士学位，现在为加拿大多伦多大学东亚研究系教授。研究中国哲学与诗学、中国文学与批评、中国历史与思想，并对中国经典的翻译工作做出了极大的贡献。其著作有《贯云石》（1980）、《中国诗歌与戏剧入门》（1984）、《中国文学西文书目》（1980）、《〈易经〉王弼注新译》（1984）、《老子〈道德经〉王弼注新译》（1999）。林理彰在斯坦福大学攻读博士学位时师从刘若愚，在美国汉学界被公认为是刘若愚先生的大弟子。

的著作准确流畅，通常都是句法对等，恰如其分。他的批评方法一直在不断变化，开始同意理查兹、燕卜荪等新批评家的观点，后来转到现象学家像胡塞尔、梅洛—庞蒂、英伽登、杜夫海纳等。象征主义者和后象征主义者诗学批评家如马拉美和艾略特对他也产生了相当大的影响。然而他从来没有仅仅采取西方批评家的观点和方法并全盘套用到中国文学上，相反的，他提出了融这些西方批评家的观点和方法与中国传统内在方法于一体的批评理论实践体系。"① 这个评价是极为中肯和真实的。而刘若愚所发现的中国道家学说与西方的现象学派的某些亲缘关系在他以后的研究中也是逐步深入，也就是他的最后一本著作《语言·悖论·诗学：一种中国观》一书所重点研究的对象，也为后来从事跨文化研究的学者开辟了一片广阔的学术空间。刘若愚也曾这样说过： "尽管本书（按：即为《中国古诗评析》一书）主要是为学习中国诗歌的英语读者而写，但其内容经过必要的修正当也适合于小说、戏曲等其他文体。此外，我也希望本书对研究比较文学、文学概念和释义学的学生也能有所帮助。"②

在刘若愚的好友夏志清、李欧梵等人的印象中，刘若愚是一个在思想、学术、情绪等方面都想追求极高境界的、高要求严标准的人，但他在生活和现实中似乎又是很不幸的，夫妻离异、女儿早逝、生活孤苦等苦难折磨着他，为此他养成了抽烟、饮酒的习惯，这对于他似乎也是一种对现实的逃避和解脱以及减轻心理压力和紧张的方法，故而刘若愚的身体健康状况可以说是每况愈下。1986 年 3 月刘若愚检查出来患有喉癌而住进斯坦福大学医院进行治疗，而后动了手术，术后回家疗养，但是两个月后病情急剧恶化，于 1986 年 5 月 26 日逝世。③ 消息一经传开，每个人无不为他的英年早逝而扼腕叹息，也为学术界失去了精英而痛惜不已！这的确于中西方学术界都是极大的损失。

其实在刘若愚出版他的第七部著作即《跨语际批评家：阐释中国诗

---

① 林理彰在整理刘若愚的著作《语言·悖论·诗学：一种中国观》时的《编者前言》。

② ［美］刘若愚：《中国古诗评析》，王周若龄、周领顺译，河南大学出版社 1989 年版，第 17 页。

③ 詹杭伦：《刘若愚　融合中西诗学之路》，文津出版社 2005 年版，第 26 页。

歌》的前后，就已经发现了语言本身的自相矛盾性（the Paradox of Language），他在《跨语际批评家：阐释中国诗歌》（《中国古诗评析》）一书的结尾这样写道：

> 我近来颇感兴趣的所谓矛盾诗学，我所说的矛盾诗学不是指的克里安斯·布鲁克斯（Cleanth Brooks）的著名理论，即矛盾的语言即是诗歌的语言，而是基于矛盾语言上的诗学，它对一个诗人来说是艺术表现不可缺少的因素。多少世纪以来，无论在中国，抑或在西方，诗人们都抱怨最真实的东西都不可能在语言中得到充分的表现。语言的矛盾由于艺术的矛盾变得更加复杂化；艺术更真实于现实，又不如现实真实。当它涉及到文学批评时，又包含另一种矛盾：文学批评家不同于音乐批评家或艺术批评家，他必须使用同样的媒介——语言，因之如同他所批评的艺术家一样，要受到这种媒介自身的限制，对此，诗人、批评家陆机早在 1600 年之前就曾清楚地意识到。①

刘若愚随后就对此发现进行深入、细致的研究，也就是他的最后一本学术专著 *Language-Paradox-Poetics*：*A Chinese Perspective*（据英文题目直译为《语言·悖论·诗学：一种中国观》）的写作，到他去世时此书还没有出版，他在弥留之际还放心不下此书的出版问题，后来他托付和授权给其弟子林理彰整理书稿以完成这本书的最后出版工作。林理彰在该书的《整理前言》中写道：

> 1985 年到 1986 年冬天，当刘若愚教授突然病倒的时候，他刚刚完成了这本书的初稿。尽管书中一些地方有仓促的痕迹，如果健康允许的话，他将做进一步的修饰，当然它现在的样子也可以出版。当普林斯顿大学出版社同意将此书出版的时候（他在 1986 年 5 月逝世前几周才接到这个消息），他非常高兴和满意。在此期间，他要求

---

① ［美］刘若愚：《中国古诗评析》，王周若龄、周领顺译，河南大学出版社 1989 年版，第 141 页。

我，虽然此书稿尚缺少足够的修改、翻译、论证、结论以及诸如此类的东西，还是尽力使它能够出版，并且希望我尽可能地少做更改。我试图实现他的这些愿望。我没有多做贡献，仅仅为了风格一致或简洁起见重写了某些段落，增加了一些，为了前后连贯重写了注释和目录，增添了一些过渡性的词语、句子、短小的段落，因为在这些地方陈述似乎太突然或不连贯。这样的调整和更改以及其他基本重写的段落放在括号里以表明属于我的作品。我还准备了索引，重新打印了整本文稿。①

林理彰的努力是看得见的，他最终也是不负所托。经过他的精心整理，《语言·悖论·诗学：一种中国观》（*Language-Paradox-Poetics*：*A Chinese Perspective*）于 1988 年在美国的普林斯顿大学出版社出版。

这本书至今还没有中文译本，应该说是比较遗憾的事情，就如同詹杭伦教授在其著作中所说的那样："与《中国文学理论》的无限风光相比，《语言·悖论·诗学：一种中国观》在大陆的命运显得颇为黯淡。前者引起了中国学术界的广泛关注，有几个中文译本，并进入不少大学研究生必读书目名单，而后者自出版后其学术价值一直没有引起中国相关研究人员的足够重视，至今没有一个中文译本出现。如果刘先生泉下有知，他一定会为此黯然神伤。"②

但是，这本书也是刘若愚的精心之作，是他一生的研究发现和总结，"此书从悖论命题角度入手整体审视了中国古代诗学历史，并将之与西方文学家和批评家观点作跨文化比较，理论精当，视野开阔，与大陆学者在研究视角和思维模式上存在着很大的不同，颇有新颖独特之处。尽管出版至今已近二十年，但时间的流逝丝毫没有抹去这部著作应有的学术价值"③。情况的确是这样的，刘若愚将他在此书的研究重点总结为一种主张"言愈少而意愈多"的中国诗学，而他所给出的命名就是"悖论诗学"，这也很好地契合了此部书的题目。而且这部书中所透露出的信息还

---

① 詹杭伦：《刘若愚　融合中西诗学之路》，文津出版社 2005 年版，第 27 页。
② 同上书，第 247 页。
③ 同上。

是他那不断试图寻找的中国传统诗学与当代西方诗学的完美契合点的追求和努力，这让我们不禁心生钦佩和赞叹之情。

语言问题一直是学术界研究的重点所在，20世纪的西方当代文学理论也出现语言论转向的重要特征，因而语言问题在21世纪仍是我们关注的重点所在。而语言背后的文论问题尤其是在全球化背景下的中国古代文论的现代转型问题也是我们所有中国人要为之奋斗的目标。刘若愚通过自身的努力为今天的国人带来很多启示和有益的借鉴经验，他那宽阔的学术视野、灵活的学术思维，有意识运用西方当代新思维对中国古代文论的改造和重新阐发，将中国文化和文明的精华介绍到世界的自觉等都是值得我们赞赏的。而他的最后一部著作《语言·悖论·诗学：一种中国观》有意识地立足于摆脱和超越欧洲中心主义或另一极端即中国中心主义的偏颇来进行中西跨文化研究，尤其是文论和诗学的比较研究，视野可以说是比较开阔的，论点也是较为客观、公正的。

更为值得一提的是，在他的《语言·悖论·诗学：一种中国观》一书中他在材料的安排上可谓别具匠心，刘若愚称之为"并置"（juxtapose）的方式，也就是说为了叙述和论述问题的透彻和明了，他把西方文本和中文文本是放在并列的位置而不是按时间顺序排列的。这样的安排是他有意为之的结果，但却不是标新立异，而是有着他的学术构想和意图。刘若愚在引言中说明了他这样安排的原因：

> 首先我并不想主张中国诗学在时间顺序上的优越性，而是关注一种独特的中国诗学理论，它是相当的有意思的，而且在很多地方与西方诗论有可比性。其次，我认为只有通过把两种不同传统并置的方法，我们才能引进各个传统中独特的理念。再次，这种并置也使我们开始意识到各个传统之下有关语言、诗歌、诗学、诠释本质上的没有言说的预先假设，从而为摆脱欧洲中心主义和中国中心论建立真正的比较诗学铺平道路。①

---

① Jame J. Y. Liu, *Language-Paradox-Poetics: A Chinese Perspective*, Princeton: New Jersey: Princeton University Press, 1988, pp. XI – XII.

我们从这段话中可以更好地体会到刘若愚用心良苦之处。

刘若愚是一位难得的把中国传统文论与西方 20 世纪欧美文论整合起来的语际批评家，是一位在欧美学界和汉语学界都有着非凡影响的优秀学者。刘若愚不只是用英语讲述中国诗学的"语际批评家"（interlingual critic），他更想成为把中国传统诗学与 20 世纪欧美文学理论综合起来而自成一家之言的"语际理论家"（interlingual theorist）[①]。在世界一体化和文化全球化的背景下，任何一种理论或诗学都不再只是一国或一个民族的事情了，国际化、世界性是其大势所趋。因而只有把民族理论和民族诗学置放在世界理论和诗学的宏大景观下，把诸种民族理论和民族诗学在跨语际和跨文化中联系起来进行审视，区域理论和诗学的民族性与世界性才可能澄清起来，这样才能为全球化时代的国际理论和跨文化诗学的交流与对话打造一个良好的共享平台。而刘若愚就是很清醒地认识到这一趋势以及很好地用实际行动去践行这一理念的坚实代表。"以西释中"也好，"以中释西"也罢，其中都有要么是欧洲中心主义，要么就是中国中心论的思想隐含其中，但是无论是哪一种想法在今天都是不可行的，而刘若愚就是无论对西方还是对中国都是采取客观、公正的态度，不偏向任何一方，而且对哪一方面的理论都不是采用生吞活剥、不假思索、不予辨析的方法，而是有理有据，更好地为我所用。刘若愚作为在西方英语世界打拼的华裔汉学家、学者，他终生为之奋斗的目标就是让更多的西方学生和读者走近古老中国五千年的文明精华所在，他就是那走在路上的坚强的行者，用自己的努力启示着后来者，所以研究刘若愚跨文化诗学思想对我国当下的文论和诗学建设的意义是异常重大的，我们作为后来者要谦卑地虚心学习、接纳、吸收其精华所在，以能为当下的文论建设有所贡献。

---

①　杨乃乔：《全球化时代的语际批评家和语际理论家——谁来评判刘若愚及其比较文学研究读本》，《徐州师范大学学报》（哲学社会科学版）2006 年第 2 期。

第 二 章

刘若愚跨文化诗学思想的
中西方文化背景

第一节　刘若愚诗学思想的中国文化积淀

刘若愚曾经在他的书中对用英文撰述有关中国诗歌的批评家进行过分类，他说有两大类：一类就是出生于中国并在中国接受过教育的华人，这些人现在居住在英语国家，讲一口很流利的英语，甚至对英语的掌握和运用超过母语为英语的人，他们至少以英语作为工具执教于某些学府；另一类是操英语或其他欧洲语言的外国人，他们专修汉语并从事中国文学的教授和研究工作。毫无疑问他自己是属于第一类的，他出生于中国北京，而且其家庭应该是"诗礼传家"的书香门第，其父母都有极高的文化修养，其家庭文化气息浓重。我们在上文中曾对其家庭环境做过较为详细的介绍，并把他受其父亲影响而有着极高的对英语这门语言的天赋和领悟能力进行了简要说明，而这方面也对他以后所走的路产生过重要影响。

刘若愚的诗学思想体系是贯通中西、古今、中外，跨语言、跨文化的，可以说他的思想和理论基础是中西文化交汇、融合的结果，他也接受了中、西两种文化的养料并一直受其滋养和熏陶，他的思想中既有中国传统文化的积淀，也有西方现代文化的气息，下面我们将对其做分析。

可以这样说，刘若愚的父母就是中、西两种不同文化的代表，而他自小就是在中西文化融合、汇通的家庭环境中汲取着这两种文化而逐步成长的。其父亲刘幼新是西方文化的代表，而母亲晏氏则是中国传统文化培养出来的大家闺秀，知书达礼、才华横溢，据说是北宋词家二晏之后。刘若愚在其著作《中国古诗评析》一书的《导言》中对自己如何走向用英文从事中国诗歌批评之路时，就很清晰地为我们描绘出一幅其乐融融的家庭教育画面。他这样回忆自己的母亲：

> 暑假期间，我的母亲就让我熟背一些儒家经典，例如《四书》（《论语》《孟子》《大学》和《中庸》）和唐诗。有些经典带有用现代汉语作的注释，这就多少容易理解一些。即使我对我所背诵的那些东西当时尚不能全部理解，但这样的经历以后证明是很有价值的：当阅读古代的汉语经籍时能够知道引文和典故出自何处。①

应该可以这样说，正是在其母亲的教育和引导下，刘若愚的中国文化根基比较厚实，他可以很轻松地就知道引文和典故的出处，这不能不说是真功夫。而所有的这些也为其后在写作《中国诗学》《中国文学理论》《中国文学艺术精华》《中国古诗评析》等著作时引经据典、纵横捭阖、信手拈来、不费吹灰之力，这的确是良好的家庭教育之功。

当然只是一味单纯强调其家庭的外在因素还是不够的，刘若愚自己的喜好和努力也是极为重要的，他自己也这样说过"至于唐诗，我倒乐意背诵，在七岁之时就用绝句体写出了我的处女作"②。可见，刘若愚在语言方面的天赋是很难得的，天资聪颖再加上努力奋发，又岂有不成功的道理？

除了受其家庭熏陶以外，刘若愚在国内接受教育的整个过程对其中国古典文化功底的加深、强化也起到了至关重要的作用。他就读的小学是新式学堂，其课程的设置与美国的小学几乎没有二异，但是当

---

① ［美］刘若愚：《中国古诗评析》，王周若龄、周领顺译，河南大学出版社1989年版，第8—9页。

② 同上书，第9页。

时毕竟是在民国时期的中国，五千年的文化根基任是谁也无法斩断和置之不理的，故而学校虽说都比较重视理工和数学等实用课程的学习，但是也要求学生必须背诵包括中国古代优秀的散文、韵文和诗歌在内的大量的古文，这无疑进一步为刘若愚夯实了中国古代文学的基础。刘若愚在读初中的时候就开始以古汉语和文言文撰写文章了，这个良好的传统即使在他到了国外以后也一直坚持。大学时候就读的辅仁大学也是极为重视对学生综合素质的培养，尤其是中国传统文化课程的教育，给学生授课的外国老师也是熟知和精通中国艺术的专家和学者，即使是学习西方文学和语言的学生都必须选修中国历史和中国文学，他们要求学生用古文写文章，而且还要求在写古文文章时必须用毛笔，而不是钢笔。因而，从刘若愚的教育和学习经历可以看到，即使后来他的兴趣点转到了西方语言和文学，专修英语，并以英语为工具在西方国家的大学学府从事中国文学和文化的教育和研究工作，但是他的中国传统文化的教育从未停止过。母亲和老师的严格要求，自身的发愤图强，以上种种都为他的中国文化的积淀奠定了很好的基础，对他以后的研究之路功不可没。

第二节　刘若愚与现代西学

刘若愚在以后的学术研究中自觉地运用西方现代的文学理论、概念、方法等来分析和研究中国的文学和文论，但他并不是故步自封、生搬硬套、唯西方理论马首是瞻。当然，他也不拘泥于中国传统的诗学，而是采取双向互动的阐释方法，发掘中西文论和诗学的共同之处或可融合之处，让中国传统文论走向世界，让更多的西方人了解和走近古中国文明的精髓。刘若愚很深切地体会到在文化全球化和世界一体化的今天，对中西诗学资源的利用和整合是极为必要和必需的，中国古代文论的现代转型问题已经被提上了日程，而西方文论和诗学的可取之处也要充分认识清楚，刘若愚与现代西学的关系是极为密切和深刻的，这为他的学术研究之路的展开和深入提供了较为开阔的视野。刘若愚对现代西学可以说是采取了认真选择、为我所用、兼收并蓄、继承批判加改造的态度，在不同理论立场和思想境界中自由穿梭，不受中国或西方任何一方的限制和控制，他还善于借助于不同的方法沟通和融合中西，打破学科和文化的藩篱，独辟了充满生气的话语空间，在这个空间里呈现出开放、自由的状态。所以梳理和分析刘若愚与现代西学的关系对研究他的跨文化诗学思想有着极为重要和关键的作用。

一　刘若愚与新批评

1. 俄国形式主义与新批评

刘若愚在清华大学研究生院学习的时候有幸跟随英国"新批评"派（The New Criticism）诗论家燕卜荪学习，并担任他的助教，他后来回忆说，那个时候听了一些燕卜荪关于莎士比亚和现代诗歌的讲座，收获颇多，他也努力把燕卜荪的代表作《含混的七种类型》看懂，虽然燕卜荪教授本人并不赞成学生阅读如此艰涩的书。所以我们可以这样说，"新批评"学派应该可以说是刘若愚最初接触的西方现代流派，而且他也接受了较为系统的学习和了解，"新批评"派学说的影响对他是深远的，在他此后的独立学术研究中可以看到这一学派的影子。

新批评派是西方形式主义批评流派中的组成部分之一。在西方20世纪文学理论的发展潮流中，形式主义批评经历了三个发展阶段，第一个阶段是20世纪20年代中期兴起于俄国的俄国形式主义；第二个阶段是在20世纪20年代兴于英国、30年代在美国形成，并于50年代占据美国批评界主导地位的英美新批评派，此学派较之前一阶段的俄国形式主义批评派，其影响是远远甚于俄国的形式主义的，对世界文论界的影响也较为深远；第三个阶段是后来在20世纪60年代出现的结构主义以及80年代异军突起的后结构主义。这条发展主线可以清晰地显示出20世纪西方文论发展的脉络，既从注重对作者的研究走向注重文本研究，又从对外部的研究转向对内部的研究。

在此，我们要探讨的是刘若愚对新批评派文论的选择、吸收与改进等，与上面所提到的20世纪60年代的法国结构主义学派的关系几乎没有，故而此处不涉及。从严格意义上讲，刘若愚与俄国形式主义的关系也不是直接的，但我们要指出的是，虽然在20世纪的西方文论发展中，俄国形式主义与英美新批评派几乎是同时兴起，两个学派的影响范围也是不同的，两者之间也没有必然的联系，但是这两个不同的派别其内在精神是一致的，而且俄国形式主义中的组成之一——"莫斯科语言学小组"后来移到了捷克并在那里建立了布拉格语言学学会。布拉格语言学学会的活动时间较长，西方的其他学术派别与布拉格语言学学会的接触和联系也较多，例如后来的现象学创始人胡塞尔曾于1935年到布拉格做过关于"语言现象学"的演讲。胡塞尔的波兰学生英伽登对捷克学者也有影响。可以说，布拉格学派是连接俄国形式主义与英美新批评、法国结构主义的桥梁，对现代西方文论的发展产生了很大影响。[①] 进一步说，俄国形式主义中很多理论家的思想无论是对英美新批评派的批评家还是对刘若愚来说都有着积极的作用，故而此处我们所说的"新批评"是要包含俄国形式主义文论的，这不是一个严格意义上可以成立的说法，但是为了行文方便，故而采取这种策略。

2. 俄国形式主义派代表人物及其观点简析

俄国形式主义学派的兴起正值俄国经历着革命洗礼时期，一切都要打破旧的封建的束缚。此时俄国的文坛也是一样，经历着一场史无前例的、剧烈震荡的变革，"重估一切价值"是当时占据主导地位的社会思潮，俄国文论界的学者反对现实主义批评只注重对内容的研究，他们也对象征主义学派一味只强调主观感受的主观主义美学原理感到不满而率先向其发起挑战，他们提出以科学的方法来研究文学的问题，秉承一股实证主义的风尚，正是在此种情景下，先天下之动而动的学术界先声在俄国风生水起。国内有学者说过这样的一段话："不管今天的人们是否喜欢，也不论后人如何评说，20世纪的西方文艺理论仍须从俄国形式派说起。因为是俄国形式派赋予了20世纪西方文艺理论以崭新面貌，引出了一系列话题，从而规定了它赖以发展的新基础与新方向。"[②] 这番话还是有一定道理的，俄国形式派开启了一个新的时代，也是科学主义思潮的先声，另外也是语言学转向的

---

① 朱立元：《当代西方文艺理论》（第2版，增补版），华东师范大学出版社2005年版，第42页。

② 方珊：《形式主义文论》，山东教育出版社1994年版，第15—16页。

最先实践者，也是这一学派指引着从作家向作品转移的历史性举动的进行，凡此种种都是俄国这一在学术界生命力不是太长久的学派开始的。但是我们评价一个学派对世界或者以后的价值当然并不是从其存在的时间长短去看的。

　　俄国形式主义派中无论是以雅各布森为代表的"莫斯科语言小组"还是以什克洛夫斯基①为领军人物的"彼得堡小组"都是十分重视从语言学角度来进行文学的研究，这就是不同于以往学派的突出标志之一。雅各布森②就提出：文学理论或者诗学是语言学不可分割的一部分，因为语言学通常被认为是关于语言结构问题的总学问和总称，而文学理论或诗学的目的就是语言信息到底是通过什么因素而转变成艺术作品的，故而语言学与诗学是密切相关的。所以对于文学理论或者是诗学的研究应该从对语言的研究入手，这是首先要解决的问题，也是必须要解决的问题。什克洛夫斯基则对语言的"陌生化"问题做出自己的阐释，陌生化手段的运用也就是进一步区分日常生活语言和文学语言的根本所在。陌生化即为艺术创作和加工的重要手段之一，它就是要将本来在日常生活中被大家广为熟悉的对象通过一些艺术表现手段和方法变得陌生起来，从而使读者在阅读和欣赏的过程中得到不一样的感受，这也是艺术感受或者

---

　　① 维克托·鲍里索维奇·什克洛夫斯基（Viktor·Shklovsky，1893—1984），俄国形式主义派别的创始人和主要代表之一，他出生于彼得堡的一位普通教师家庭，后进入彼得堡大学历史语言学系学习，1914 年他完成了自己的第一部著作《词语的复活》，被视为俄国形式主义诞生的宣言，他本人也就无可厚非地成为俄国形式主义派别的领军人物，他在 1930 年发表的《给科学上的错误立个纪念碑》又宣告了俄国形式主义作为一个派别告别了历史舞台。他的主要著作有《关于散文理论》（1925）、《托尔斯泰的小说〈战争与和平〉中的材料与风格》（1928）、《关于俄国古典作家小说的札记》（1955）、《赞成与反对：陀思妥耶夫斯基评论》（1957）、《论散文》（1959）、《托尔斯泰》（1963）、《维克托·什克洛夫斯基文集》（共 3 卷，1973）等。

　　② 罗曼·奥西波维奇·雅各布森（Roman·Jakobson，1896—1982），他是一名犹太人，出生于俄罗斯，是俄罗斯著名的语言学家、文艺学家、符号学家。他是"莫斯科语言学小组"的主导者，也是布拉格语言学家小组的创建人、当代结构主义语言学与文艺学运动的主要推动者和奠基人。以他对语言学、文学理论、结构语言人类学、符号学的贡献来说，堪称 20 世纪最具影响力的知识分子之一。雅各布森既是一个语言学家，也是一个诗歌批评家，他一生致力于语言学和文艺学的研究，他运用广博的语言学知识，将结构主义语言学与诗歌批评联结起来，从诗歌的语言形式入手，揭示了"诗文本何以为诗"的奥秘，建立起一种语言学诗学批评方法。代表作有《俄国现代诗歌》（1921）、《论捷克诗歌》（1923）、《普通语言学论文集》（1963）等。

是审美感受。而文学语言就是将日常生活语言通过陌生化的手段演变而来的。

诚然语言问题是文学研究怎么都绕不开的问题，西方在 20 世纪的语言学转向就是意识到语言的重要性而做出的种种努力。而语言学转向的发端应该算到俄国形式主义这里，而其中雅各布森的努力是功不可没的，他直接促成了语言学与诗学的联姻，开创了当今现代的语言学时代，由他开始了一门新学科即语言学诗学。他认为诗学在文学研究中必须占据首要的地位，而且要分析文学，首先必须运用语言学的分析方法，这是因为在雅各布森看来，文学是一种语言艺术形式，是由语言构成的，而且语言所起到的作用是任何其他形式都替代不了的。我们其他人了解这部文学作品也是通过阅读作者的语言来实现的，所以文学研究中的首要部分即诗学研究就必须联系语言学。"语言是诗学的生命，是诗学赖以生存的世界与家园。诗学问题的实质就是一个以语言出现的问题，研究诗学也就必须建立在语言学模式的基础上。"① 因而语言学必须而且一定要与诗学联姻，两者的不解之缘由此注定。

3. 新批评派代表人物及其观点简析

由俄国形式主义派开创的把语言与诗学研究联系在一起的方式在新批评那里更是得到发挥与升华。新批评的开拓者致力于把语义学引入文学研究的领域，语义学即为语言学的一个分支，语言学就是研究语言的本质、结构和发展规律的学科，语义学就是研究词语的意义及其演变的学科，从以上的解释中我们也可以很清晰地看到，新批评的着力点就是在语言本身。虽然俄国形式主义派和英美新批评派不是在同一领域发生的，但其开始时间大体相当，当然不能说是其中一方影响了另一方，两者的直接关联似乎也不大，但是从其趋势和研究重点中我们可以看出这是当代文学理论界的大势所趋，是其发展演变的必然结果。

---

① 方珊：《形式主义文论》，山东教育出版社 1994 年版，第 115 页。

（1）瑞恰兹诗歌语言与科学语言的区别及其"语境"理论

作为新批评派诗歌语言研究的奠基者瑞恰兹①曾指出文学批评的主要任务就是揭示文学作品的意义，而文学作品意义是由语言来表现的，因而其关键问题在于厘清语言和思想的关系，他曾这样说过"我们有充分的余地对词语的功能进行坚持不懈的、系统详尽的探索……一门新兴的修辞学，或者说一门研究词语理解正误的学科，必须承担起探索意义的任务。这种探索不但要像旧修辞学那样在宏观的范围里讨论文体的大量要素采取不同的处理方法时所产生的不同效果，而且还要在微观的范围里利用关于意义的基本推测单位结构的原理，以及这些原理及其相互联系得以产生的条件"②。在瑞恰兹看来，语言只有被人利用即作为书写或言谈的工具时才能有意义，语言与思想有了关联而具有了意义便涉及语言、思想与所指对象三者之间的关系，也就是所谓的言、意、物三者之间的关系，其间的关系既有因果关系，也有转嫁关系；既有直接关系，也有间接关系。在瑞恰兹看来，虽然把握作品的意义是比较困难的事情，但是也并不意味着是一件完全不可能的工作，这就是他所主张的从文学作品的语言入手去把握作品的意义。作为文学组成要素的语言有四种功能：意思、感情、语气、意向，明白了这一点，如果读者和批评家能够从隐含在作品中的作家的意思、感情、语气和意向着手，准确而不是歪曲地加以把握，那么就完全有可能了解作品的意义。③

---

① I. A. 瑞恰兹（I. A. Richard, 1893—1981），英国现代文艺理论家、诗人、批评家、教育家。他早年在剑桥大学攻读心理学，1922 年毕业起留校教授英语文学。1929 年后瑞恰兹在世界上很多国家任过教，1929—1930 年在清华大学担任客座教授。1939 年起长期担任美国哈佛大学教授。瑞恰兹对中国哲学十分倾心，他的第一本著作即 1922 年与奥格登（C. K. Ogden）、伍德（Wood）合著的《美学基础》（*The Foundation of Aesthetics*）就是试图以儒家中庸哲学为旨归。1923 年出版了与奥格登合作的《意义之意义》被认为是现代语义学和符号学的早期重要著作。其他著作有《文学批评原理》（*Principles of Literary Criticism*）（1924）、《科学与诗》（*The Science and The Poetry*）（1925）、《实用批评》（*The Practical Criticism*）（1929）、《修辞哲学》（*The Philosiphy of Rhetoric*）（1936）等。瑞恰兹在这一系列著作中为新批评派提供了方法论基石，即运用语义分析的方法，并借助于心理学研究（虽然后者一直为新批评派的其他人所指责、抛弃），试图建立起一种科学化的文学批评方式。

② ［英］I. A. 瑞恰兹：《论述的目的和语境的种类》选自《修辞哲学》，章祖德译，载赵毅衡选编《"新批评"文集》，中国社会科学出版社 1988 年版，第 287 页。

③ 朱立元：《当代西方文艺理论》，华东师范大学出版社 2005 年版，第 96 页。

瑞恰兹还通过将诗歌语言与科学语言相对照来揭示诗歌语言的特性。在他看来,人类所使用的语言有陈述事实和唤起情感这两项不同的功能和作用,其中科学语言主要是体现了前一种功能,而诗歌语言则集中体现了后一种功能。在科学语言中,每个词都严格地有一个相对应的客体或者说是对象,而词与词的结合即形成命题则是对应着一个客观的事实,这是不可以任意改动或扭曲的;而在诗歌语言中,并不是每一个词语都对应着一个明确的指称物或者是对象,词与词的结合形成了句子则是为了唤起阅读者的一种感情或态度,而这种情感或态度是随着作者的情绪变化而随意变动的。所以在诗歌作品中,语言一方面体现了诗人的情感和情绪,另一方面则又试图唤醒阅读者的情感体验,情感是诗歌语言意义指向的重点和核心所在,但是情感却不是固定和统一的。科学语言是可以用事实来加以验证的,其标准是真;诗歌语言则无所谓真假,因为它是“非指称性伪陈述”即所陈述的并非客观的事实,而是一种主观的情绪;而情感与情绪的表现与传达只能用有效性,而不能用真假性来衡量。这是因为诗歌语言与科学语言的这些不同之处进一步形成了文学艺术与科学之间的本质区别。

此外,瑞恰兹还指出,诗歌语言与科学语言的不同点除了区别于意义发生模式上——前者在于激发情感而后者在于陈述事实,还存在意义数量结构上的不同:在科学语言中,每个词语都对应着一个相对确定的意义,而在诗歌语言中,词语的意义却具有多重性,也就是说同一个词可能兼有多个不同的意义。瑞恰兹认为,在诗歌语言中“一个词只有一个实在意义”是一种“迷信”。[①] 在科学语言中,一个词的意义从一开始就是固定不变的,诗歌语言中的词语是不存在有固定的先在的意义,词语的意义只有在具体的使用中才得以确定;同一个词,在不同的语境中即上下文中可能具有完全不同的意义,词语的意义是由语境决定的,一个词的意义就是“它在语境中缺失的部分”。诗歌语言的这种复义性极大地增加了诗歌和其他文学艺术形式的表现力。传统的修辞学试图消除诗歌语言的复义性,殊不知诗歌艺术的独特魅力正在于其语词使用的复

---

① [英] I. A. 瑞恰兹:《论述的目的和语境的种类》选自《修辞哲学》,章祖德译,载赵毅衡选编《“新批评”文集》,中国社会科学出版社 1988 年版,第 300 页。

义性。文学批评的真正任务不是压制诗歌语言的复义特征，而是对诗歌语言的多重意义进行充分的挖掘和认识。瑞恰兹的这一点后来被他的得意门生燕卜荪进一步得到发挥而形成了新批评派的一个重要理论贡献。

瑞恰兹的语义学研究的核心是其语境（Context）理论，其理论的展开和形成也是与他分析词语的多义性连在一起的，他认为"意义从最初就有一种原生的一般性和抽象性"[①]，进而运用到词汇的意义上则是更为复杂，故而需要引出"语境"这一概念，瑞恰兹正是用语境理论来说明词汇的复杂含义，他认为语境对于理解词的含义具有十分重要的作用，他说，词汇意义的功能"就是充当一种替代物，使我们能看到词汇的内在含义。它们的这种功能和其他符号的功能一样，只是采用了更为复杂的方式，是通过它们所在的语境来体现的"[②]。那么在瑞恰兹看来，到底什么是语境呢？

> 这里我必须解释一下我赋予"语境"这个词的相当特殊的技术性意思，这是整个定理的一个关键。这个词在"作品语境"这句话中的意思我们是熟悉的。正是这个词前后的其它词确定了该词的意义，而这些词在"语境"中也同样会产生熟悉的感觉。这种"语境"很容易扩展到整整一本书的范围。……
>
> "语境"这种熟悉的意义可以进一步扩大到包括任何写出的或说出的话所处的环境；还可以进一步扩大到包括该单词用来描述那个时期的为人们所知的其他用法，例如莎士比亚剧本中的词；最后还可以扩大到那个时期有关的一切事情，或者与我们诠释这个词有关的一切事情。但我对"语境"这个术语的技术性用法不同于上述的任何一种理解……
>
> 现在我们来看一下"语境"是什么意思。最一般地说，"语境"是用来表示一组同时再现的事件的名称，这组事件包括我们可以选

---

① ［英］I. A. 瑞恰兹：《论述的目的和语境的种类》选自《修辞哲学》，章祖德译，载赵毅衡选编《"新批评"文集》，中国社会科学出版社1988年版，第294页。

② 同上书，第294—295页。

择作为原因和结果的任何事件以及那些所需要的条件。①

从瑞恰兹的论述中我们可以很清晰地看出，他对语境的理解既包含了以往的传统对这个词、这个概念的规定，但是他又不同于也不满足于以往的传统的解释。在传统的理解中，语境指的是词、句、段与它的上下文的联系，也正是这种与上下文的关系决定着这个词、句、段的意义，必要时甚至"整整一本书的范围"也可以作为其语境。但是瑞恰兹的努力却是尽可能地对传统的语境概念进行拓展和扩大，他认为语境不再仅仅是一个词的上下文，而且可以扩大到与这个词有关的一切事物，对此他在两个方向上进行着尝试和努力。首先是从共时性上加以拓展，这样"语境"这一词就可以扩大到与所要阐释的单词或对象的"那个时期有关的一切事情"，为此，他所举出的"莎士比亚剧本中的词"这个例子。那么对"莎士比亚剧本中的词"的理解就势必涉及作者即莎士比亚写作它们时所处的时代、氛围、环境等要素，还有莎士比亚时期人们对它们的种种用法以及与它们有关系的莎士比亚时期的一切事件。其次是从历时性上加以拓展，"'语境'是用来表示一组同时再现的事件的名称，这组事件包括我们可以选择作为原因和结果的任何事件以及那些所需要的条件"。由此可见，瑞恰兹的努力是颇有成效的，他对语境概念的理解视野是十分开阔的，所以当他用语境来确定词语的复杂含义时就能比较有效地去把握了。

在瑞恰兹看来，一个词的意义就是"它的语境中缺失的部分"②。这是因为语境有一种"节略形式"，一个词往往需要承担几个角色，这也就是我们在上文提到的词语具有多重含义即复义问题，而在文本中，这些角色不一定需要同时再现，因此，这个词的意义实际上也就是语境中没有出现的那部分。由此可见，一个词的意义从根本上说就是由它所处的语境所决定的，"意义的语境理论将使我们有充分的思想准备在最大范围

---

① ［英］I. A. 瑞恰兹：《论述的目的和语境的种类》选自《修辞哲学》，章祖德译，载赵毅衡选编《"新批评"文集》，中国社会科学出版社 1988 年版，第 295—296 页。

② 同上书，第 298 页。

里遇到复义现象"①。

(2) 布鲁克斯语言的"悖论"与"反讽"问题

瑞恰兹作为新批评派的开拓者和奠基者,其理论贡献是比较突出的,正是在"语境"理论的基础上,新批评派的其他成员又发展了他们的"含混""悖论""反讽"等理论,因此对此后的西方文论的发展也是起到了极为重要的作用,对中国的文论发展也是影响较大的。

"悖论""反讽"理论是新批评的另一贡献。这本是一对修辞学上的古老概念,但是经过克林思·布鲁克斯②的改造却成为新批评理论的重要内容。布鲁克斯理直气壮地承认自己就是形式主义批评的坚定执行者,他曾写有《新批评与传统学术研究》《形式主义批评家》《新批评》等文章对新批评进行自辩,"形式主义批评家主要关注的是作品本身"③ 就是他鲜明的主张而大写特写"形式主义批评"。在《形式主义批评家》一文的开头他就写道:

我赞成下列信条:

文学批评是对于批评对象的描述和评价。

文学批评主要关注的是整体,即文学作品是否成功地形成了一个和谐的整体,组成这个整体的各个部分又具有怎样的相互关系。

---

① [英] I. A. 瑞恰兹:《论述的目的和语境的种类》选自《修辞哲学》,章祖德译,载赵毅衡选编《"新批评"文集》,中国社会科学出版社 1988 年版,第 301 页。

② 克林思·布鲁克斯 (Cleanth·Brooks),1906 年出生于肯塔基州默里市,英国批评家,他是新批评派中最活跃,也是最多产的批评家之一。1928 年毕业于范德比尔大学后进入牛津大学继续深造,1932—1947 年执教于路易斯安那州立大学,并创办了《南方评论》杂志。1947 年起任耶鲁大学教授。1964—1966 年曾担任伦敦美国大使馆文化专员。布鲁克斯为新批评的传播以及在美国高等学校中普及新批评做了大量的工作和卓越的贡献。他与罗伯特·潘·沃伦 (Robert·Penn·Warren) 合著的《怎样读诗》(*Understanding Poetry*) (1935) 是一部非常重要的著作,对新批评的广泛流行和在大学文科里制度化起到了关键的作用,此书长期作为大学教科书,对几代文科学产生了影响,但是公允地说,其僵化的分析方式也导致了新批评的衰落。此后布鲁克斯与沃伦还合作了《怎样读小说》(*Understanding Fictions*) (1943),此外,布鲁克斯还著有《精致的瓮》(*The Well Wrought Urn*) (1947)、《现代诗与传统》(*Modern Poetry and the Tradition*) (1963) 等。

③ [英] 克林思·布鲁克斯:《形式主义批评家》选自《现代批评光谱》(*The Modern Critical Spectrum*) (1962),龚文庠译,载赵毅衡选编《"新批评"文集》,中国社会科学出版社 1988 年版,第 488 页。

一件文学作品的内部形式关系可能包含着逻辑关系，但一定会超出逻辑关系。

对于一件成功的作品，形式和内容是不可分的。

形式就是意义。

文学最终是隐喻的、象征的。

普遍和一般不是通过抽象获得的，只有通过具体和特殊才能达到普遍和一般。

文学不是宗教的代用品。

正如艾伦·退特所说，"具体的道德问题"是文学的题材，但文学的目的不在于说明一个道德标准。

文学批评的原则规定了批评所涉及的范围；文学批评的原则没有规定批评的方法。

布鲁克斯列举了很多观点，而且还是他深深赞同的，所以在他看来文学批评只应该关心作品本身，文学作品应当是一个和谐的整体，内容和形式的密不可分是决定着一部作品成功的关键要素，如此等等。我们可以很清楚地看到，布鲁克斯对文学作品的关注最主要的还是对作品形式的关注，而对形式的关注势必会落脚到对文学作品的构成、语言等方面。

正是出于这样的目的，布鲁克斯对修辞学上的古老概念进行现代阐释，对语言中的悖论与反讽进行细致分析，他的《悖论语言》和《反讽——一种结构原则》这两篇文章就是集中对这两种修辞格的现代意义上的剖析。悖论（Paradox），又可以译为诡论、似是而非等，它原是古典修辞学的一种修辞格，指的是"表面上荒谬而实际上真实的陈述"，它"是诡辩用的冰冷机巧狡黠的语言"①。在各民族的古代哲学和宗教文献中都可以找到和看到大量悖论的存在，中国古代中的"道可道，非常道；名可名，非常名""知者不言，言者不知"等都是其中的典型代表。悖论

---

① ［英］克林思·布鲁克斯：《悖论语言》，《精致的瓮》（*The Well Wrought Urn*）（1947），赵毅衡译，载赵毅衡选编《"新批评"文集》，中国社会科学出版社 1988 年版，第 314 页。

似乎是透过事物表象、绕过语言这一工具之笨拙而表达真理的唯一办法。① 在此文中布鲁克斯显然不是仅仅为了讨论一种修辞格，他的意图是引向新批评，他在文章的开头直接点明"诗的语言就是悖论语言"，所以在他看来"悖论正合诗歌的用途，并且是诗歌不可避免的语言。科学家的真理要求其语言清除悖论的一切痕迹；很明显，诗人要表达的真理只能用悖论语言"②。所以布鲁克斯把悖论看作诗歌的本质特征，也是区别于其他文体的根本特征，所以诗人在创作诗歌的时候与科学采用截然不同的对待语言的态度："科学的趋势必须是使其用语稳定，把它们冻结在严格的外延之中；诗人的趋势恰好相反，是破坏性的，他用的词不断地在互相修饰，从而互相破坏彼此的词典意义。"③ 这就是说诗人在创作时，总是有意对语言进行不合常规的改造，然后再加以利用，他们似乎是用暴力扭曲了词语的原意使之变形，其实也可以说就是所谓的"陌生化"的手段和过程，就是使日常我们习以为常的话语转变或者改换原意。再者在逻辑上也是把看似不相干的甚至是对立的词语联结在一起，让它们相互碰撞产生不一样的效果，在结构上也是别具匠心，如此等等，故而诗意就是在这种破坏与撞击中产生出来了。

反讽是布鲁克斯为现代文论确立的另一个重要概念。"反讽"（irony）来自古希腊文，原为希腊古典戏剧中的一种固定角色类型，即"佯装无知者"，在自以为高明的对手前说傻话，但最后这些傻话证明是真理，从而使对方只得认输。但是后来这个词的意思变成"讽刺""嘲弄"。一直到19世纪初，德国浪漫主义文论家又使这个概念扩大，直到新批评派把反讽概念变成诗歌语言的基本原则，甚至诗歌中的基本思想方法和哲学态度。④ 而布鲁克斯把反讽定义为语境对于一个陈述语的明显的歪曲⑤（着重号为原文所加），这里把新批评派的语境理论也运用其中。其实更

① 赵毅衡写在克林思·布鲁克斯《悖论语言》译文的"编者按"，见［英］克林思·布鲁克斯著《悖论语言》，《精致的瓮》（*The Well Wrought Urn*）（1947），赵毅衡译，载赵毅衡选编《"新批评"文集》，中国社会科学出版社1988年版，第313页。
② 同上书，第314页。
③ 同上书，第319页。
④ 参见赵毅衡选编《"新批评"文集》，中国社会科学出版社1988年版，第333页。
⑤ 同上书，第335页。

明白地去说，反讽表示的是所说的话与所要表示的意思恰恰相反。① 在文学作品中，反讽是由于语词受到语境的压力造成意义扭转而形成的所言与所指之间的对立的语言现象。在布鲁克斯看来，这也是科学语言与诗歌语言的根本区别之一，就如同悖论的意义和作用一样，也就是说，科学语言是稳定的，不会受到语境的压力而随意改变的。反讽在布鲁克斯的意识中是存在于所有时代、所有种类的诗歌中，尤其是在布鲁克斯生活的年代表现得尤为突出，为此他给出了很多例子去论证他的观点。其实有国内的学者指出，布鲁克斯对悖论和反讽这两个术语的使用常常出现混淆的情况，这本身也说明这两个术语之间的区别不是本质性的。②

4. 刘若愚对新批评理论的吸收与改进

如上所述，我们对俄国形式主义派别与英美新批评派的主要理论家及其主要论点进行了简要分析，那么现在我们的视角回到刘若愚身上，他与形式主义文论的关系到底是怎样的呢？下面就是我们要着重分析的地方。

由于刘若愚学习的天时、地利、人和等因素的促成，在他的身上所体现出来的是中国传统文化与西方现代文化的高度融合，而他是纯熟运用汉语和英语的学者，根据后来所从事的行业及其他的学术兴趣点等，对他自身的语言要求也是较高的。他是跨文化的典型代表，其实跨文化背后所隐藏的也就是跨语言、跨国际，毕竟世界如此之大，人种、肤色、信仰、语言等都是各异的，国与国之间、人与人之间的交流其实就是文化的沟通，更进一步说就是语言的交流，所以语言问题在跨文化的研究中显得尤为重要。刘若愚的第一部英文著作即《中国诗学》，可以说是他学术研究的定位之作，在这部书中他全面转向了中国诗学和比较诗学，也就是跨文化诗学的研究模式和思路，采中西各家之长，结合自身的优势，通过中西结合的方式，形成了自身的新观念和方法，"用西方读者易于接受的术语介绍和阐释中国传统诗学，既让西方读者感觉通俗易懂，又以其饱含西方学术素养的系统批评方法为习惯于中国传统文论术语和

---

① 朱立元：《当代西方文艺理论》，华东师范大学出版社 2005 年版，第 111—112 页。

② 同上书，第 112 页。

思维方式的东方读者拓展了视野"①。

　　在此书的第一部分"汉语——诗歌表现的基础"对汉语这一语言形式进行了较为细致的剖析，而作者就是从"汉字的结构""词与字的暗含意义及联想""汉语的音响效果以及诗词格律""诗歌语言的语法特点""中国人的某些观念及其思想、情感的表现方式"② 这五个部分展开论述的，进而把汉语这种语言形式的特点、本质特征等告知于人。其实刘若愚自己也是很深刻地意识到了语言研究的重要性，他在本书的"绪论"中这样谈道："对语言的各个方面不作深入的探讨，就不会有严肃的诗歌批评。犹如绘画，离开色彩、线条、结构，就谈不上绘画鉴评。据此，我们的探讨应自分析语言始，因为它是中国诗歌表现的基础，然后再分析英语。我们应该深入比较两种语言的相似之处，当然更应考察他们的不同之处，并且要谨防由此引起的误解。……语言毕竟是一个民族意识形态和文化的反映，它必然又反过来影响把语言作为母语的那些人们的思维方式及文化特征。在本书的第一部分中，当我们把汉语作为中国诗歌的基础加以探讨时，英汉两种语言所表现的差异将时有所见。"③ 其实从上述的一番话中我们也可以深刻地领会到，在刘若愚的跨文化研究中对语言的重视。

　　以往的文学研究只是一味地从外部入手，例如过分关注年代、写作背景、社会环境、作者的生平等，而对作品本身的认识远远不足，而从俄国形式主义派别开始的 20 世纪的西方现代文论则是一个转变，他们力求突破以往的研究模式而转向内部即以文学作品本身为重心，新批评也以此为目标。而文学作品本身的构成要素是包括很多的，其形式上的文字、词语、语言等也就成了研究的对象，而在上文中我们认真地探讨了俄国形式主义以及英美新批评派的主要代表人物及其主要观点，他们把文学或者诗歌语言同科学语言等进行认真区分，探寻诗歌语言的自身特色及特征，日常语言如何更好地成为诗歌语言，诗歌语言的特点，诗歌语言中存在的种种特异现象如悖论、反讽等，所有的这些都是围绕着语言这一构成要素展开的。在由西方学者所开辟的新领域中刘若愚汲取着

---

① 詹杭伦：《刘若愚　融合中西诗学之路》，文津出版社 2005 年版，第 49 页。

② ［美］刘若愚：《中国诗学》，赵帆声、周领顺、王周若龄译，河南人民出版社 1990 年版。

③ 同上书，第 1—2 页。

营养与精华而为自身的学术研究道路铺就康庄大道。

　　语言问题也是刘若愚研究中的重点之所在，他的第一部英文著作《中国诗学》中的第一部分名为"汉语——诗歌表现的基础"，从其名字上就可以很清楚地看到他的意图，即他努力想向西方读者介绍中国语言文字的特点，打破他们以往的固定的对汉语的偏见，系统介绍汉字的含义及其具有多义性的特点，这就涉及了新批评中所提到的"复义"问题，从而他总结道"汉语最宜于赋诗"①。而在此书的第一部分刘若愚也多次提到燕卜荪的理论观点，更是可以看出其中的渊源。但是刘若愚并不仅仅是拿来他们做理论这么简单，而是结合中国语言的特色进一步发展、推进。他分析了"词与字的暗含意义及联想"问题，把"暗含意义"与"联想"加以区分，他自己也很明确地写道"我对'联想'一词的使用全然不同于燕卜荪教授"②，"在汉语中，关于汉字的使用，还会出现许多错综复杂的问题。这也包括它们自身的'暗含词义'与'联想'"。③ 此书还涉及"诗歌语言的语法特点"问题，他在篇首即写道"语法家与诗人被认为是累世冤家，但事实上他们二者之间并不是水火不相容的。恰恰相反，语法家赋予诗歌语言以妙解，而不必进行枯燥无味的分析。在本章中，我将指出诗歌语言的某些特点及对诗歌的作用，并说明汉语能够超出语法束缚的自由程度及其在这方面优于英语的地方"④。以上种种都是充分表明了刘若愚对燕卜荪或者说是新批评派理论进行突破的表现，深入汉语的实际，厘清汉语语言的自身特色与优势所在，为中国诗歌理论或者说是诗学理论的发展做着不懈的努力。《中国诗学》一书还牵涉"语境""意象""境界""象征"等问题，出于本书写作和框架安排的需要这里就不详细说明了，留待后文中进行分析。

　　刘若愚在《李商隐的诗——中国九世纪的巴洛克诗人》（译名）一书中谈到的很多问题也是以语言为出发点展开的。他把李商隐看作在中国诗人里面语言造诣特别高的，而且其对语言的驾驭和自如程度仅次于杜

---

　　① ［美］刘若愚：《中国诗学》，赵帆声、周领顺、王周若龄译，河南人民出版社 1990 年版，第 8 页。

　　② 同上书，第 9 页。

　　③ 同上书，第 10 页。

　　④ 同上书，第 43 页。

甫，可见他对李商隐的评价如此之高。将李商隐研究的这部书分为三大部分，第一部分即所谓的《绪论》包括《历史背景》《传略》《关于李诗的诠释》《翻译问题》，第二部分是《李商隐一百首诗的翻译及笺注》，第三部分是涉及对李商隐诗的批评研究。其中第二部分是全书的重点，也是主干，我们从书的组成部分就可以很清楚地看到，他更多的是谈及诗歌的翻译问题。不同语言间的诗歌翻译是一项既难又重的任务，在翻译过程中的问题是很多的，尤其是中国的古典诗词，由于中国汉语的特性，古典诗词也是极具中华文明特色的，因而翻译成其他语言可能会造成词语和意义上的歧义或者让读者很费解。刘若愚所选取的李商隐其实在中国古典诗歌史上也是最让人难解的诗人之一，他有很多以"无题"为题目的诗作，后人在赏读的时候不知所指到底为何，也有人推测也许李商隐在写作这些无题诗的时候也不是太清楚自己想表达什么，只是随心、随性抒发罢了，这也是有些道理的。而刘若愚迎难而上，由于他有很高的古典文化的积淀和修养，加之他对古典诗词的偏爱，他又可以创作古诗，这些优势让他把李商隐的诗翻译成英语并达到了"信、达、雅"的效果。他翻译了李商隐一百首诗，这项艰巨而伟大的事业，让西方读者了解中国文化，贡献是永不可没的。在翻译的同时，他也在探索李商隐诗歌的语言问题，其中涉及境界、风格、意象、象征等问题，这里先不赘述了。总之"刘若愚的李商隐研究作为沟通中外李商隐研究的桥梁和范例，必将产生愈来愈大的作用"①。刘若愚结合自己的理论而付诸实践选取个案进行研究，这既是对自己理论的检验，更进一步说，他在实践中又是对自己理论体系进行深入的推进，对理论的发展与完善也极有帮助。

总之，不论是刘若愚自己的学习经历以及后来的学术研究之路都表明了他与形式主义以及新批评派有着千丝万缕的联系，怎么割舍也是割不断的，他的学术之路被此影响，他是不满足于现状的人，在根据中西文化的不同特色而探寻沟通与融合之路上，他就是那永不停歇、不知疲惫的行者。

---

① 詹杭伦：《刘若愚 融合中西诗学之路》，文津出版社 2005 年版，第 134 页。

二　刘若愚与现象学

1. 现象学的兴起

刘若愚在其第一部专著《中国诗学》中就确定了自己的诗学观点，他在此书的第三部分《综合》中这样写道，"诗不仅是对外在和内在各种境界的探索，而且也是对诗歌语言的探索"①，而后他接着对"境界"一词定义为"情与景的统一体""诗歌不仅只描写而且也探索境界"，随后又对"意象与象征"进行剖析②，如此等等。其中既有中国传统文论及传统文论家的影响，也有现象学及其现象学家等影响。出于章节安排的需要，这里涉及的中国传统文论及其文论家的影响先不论及，在以后的行文中再表。而现象学是西方现代影响极大的一个哲学或者文论派别，其实严格意义上说不是一个统一的学说，而且他们的理论关注点也是不一样的，但是之所以这样来称呼其中的精神或理念有其一致性。刘若愚在其《中国诗学》中确立的诗学观点延续到《中国文学理论》再到《语言·悖论·诗学：一种中国观》，可以说虽然有所修改，但基本精神是没有改变的，其中现象学是怎么也无法回避的，这里拟对此进行简要剖析。

提到现象学势必与德国哲学家埃德蒙德·胡塞尔（Edmund Husserl)③的名字连在一起，现象学也是由胡塞尔开创的一种哲学思潮，而

---

①　[美]刘若愚：《中国诗学》，赵帆声、周领顺、王周若龄译，河南人民出版社 1990 年版，第 114 页。

②　同上书，第 107—167 页。

③　埃德蒙德·胡塞尔（Edmund Husserl)，犹太血统的德国人，1859 年出生于当时属于奥匈帝国的摩拉维亚的一座小城——普洛斯理兹，1876 年毕业于奥尔缪兹城的德国公学，于1876—1878 年在莱比锡大学学习物理学、天文学、数学，有时间也会去听冯特的哲学讲座。后去柏林继续学习。1881 年去维也纳大学，后凭其有关微积分的变分的论文获得博士学位。1884—1886 年追随在维也纳大学任教的布伦坦诺（Franz Brentano，1838—1929）学习心理学和哲学，后在其影响下立志于献身哲学，这也成就了一位哲学大师。从 1916 年起到 1928 年退休，胡塞尔一直在弗莱堡大学任教并从事自己的研究，1938 年去世。他的一生著述丰富，但在世时发表的并不是很多，现今经他的学生和后来者整理的《胡塞尔全集》由荷兰出版商正式出版的就有 18 卷。主要代表作：《算术哲学》（1891）、《逻辑研究》（1900—1901）、《现象学的观念》（1907）、《作为严格科学的哲学》（1910—1911）、《纯粹现象学和现象学哲学的观念》（1913）、《第一哲学》（1923—1924）、《笛卡尔沉思》（1931）、《哲学与欧洲人的危机》（1935），等等。

后兴起的现象学美学（以英伽登、杜夫海纳等为代表）、存在主义现象学（以海德格尔为代表）、现象学解释学（以利科尔为代表）等都是与胡塞尔的现象学有着很深的联系，可见它对整个当代西方哲学、文学理论产生的意义和影响是重大的。

现象学在 20 世纪最终形成与当时的时代氛围有着十分紧密的关系，即西方精神文化开始面临全面的危机，这种危机的凸显可以说是西方自然科学的高度急速发展带来的，也是西方政治经济危机另一方面的表现，就如胡塞尔《哲学和欧洲人的危机》一书的书名所透露的信息一样。现代科学的发展可谓空前，尤其是自然科学的进步是突飞猛进的，它带来的物质成果的丰盛和社会的发展进步是意义非凡的。但是不可否认的是，它对人文科学的前进也产生极大的冲击，这就是一把双刃剑，当文学、法学、社会学、政治学等研究领域都在用自然科学的原则和方法来进行各自领域的研究工作时，它混淆与抹杀了人文科学所独有的特性。故而西方精神和文化领域的根基受到了破坏，这也使得人类自身的生存问题面临挑战，两次世界大战的爆发，人们开始对肇始于古希腊文明的未来和前途产生深深的忧虑，甚至对理性精神也失去了信心，人生存在的荒诞性与无意义性、自我精神家园的远逝，如此等等。针对这种危机，西方很多学者都在探寻人类的自我救赎之路，胡塞尔等一批现象学者就是其中的佼佼者，他们提出了一系列全新的思想方法，也对此进行积极的尝试和探索。

2. 胡塞尔的现象学观点

胡塞尔作为现象学真正意义上的创始人这样说过，"作为真正科学的哲学，其目的就在于寻求超越于一切相对性的绝对、终极的有效真理"①。但是在胡塞尔看来，在他以前的哲学家中还没有人提供这种真理，相反，却在这个问题上制造了许多混乱，进而造成了整个科学乃至整个欧洲社会、整个人类文明都陷入一种严重的危机中。因此，现象学哲学的任务，就在于批判种种有关真理的谬论，为人类提供永恒的绝对真理，以拯救

---

① Cf. Herbert Spiegelberg, *The Phenomenological Movement*, The Hague, 1965, p. 81. 转引自王岳川《现象学与解释学文论》，山东教育出版社 1999 年版，第 15 页。

科学的危机和欧洲文明的危机,① 也可以说是在拯救人类自身。所以胡塞尔指出,现象学首先"标志着一种方法和思维态度:典型哲学的思维态度和典型哲学的方法"②,这也就是一种"回到事实本身""寻求绝对真理"的哲学思维态度与方法。

在这里,胡塞尔所指出的"典型哲学的思维态度"是有所针对性的,即相对于"自然的态度"也就是自然主义,"自然主义是随着自然界的发现而来的一种现象,也就是说,自然界被看作是从属于精确的自然规律的时空存在的统一体"③。在自然主义或者说自然的态度里,它往往认为意识中的对象是可以独立意识而客观地存在着,而且坚定地相信所有关于它们的知识是可靠的、可信的。但是胡塞尔认为这一切都是没有依据的,故而不可偏信。所以胡塞尔的"典型哲学的思维态度"对此的处理方式就是要求抛弃自然主义的态度,"对客体的独立自在性问题存而不论,即所谓的'存在的悬置'"④,也就是说"加括号"的方法。悬置也就是怀疑、搁置,而加括号就是要求将一切已有的哲学主张都放进括号里面存而不论,这样就可以追求绝对自明,从而也使得人类把世界是否存在的问题悬置起来不予思考而直观现象本身。

另外,"典型哲学的思维态度"又是相对于"历史的态度"的。"历史的态度"即认定历史加诸思想、事物和观念上的知识也是可靠、可信、正确的,但是胡塞尔要求突破这一固见,即要把既有的思维的历史所教给人类而形成的对世界的思想、观念统统抛弃掉,也对它们的正确与否问题采取存而不论的加括号的方法处理,即为"历史的悬置"。

做到了上面的两种悬置之后,我们就回到了事实本身,也就可以说有可能直接面对事实本身了,在胡塞尔看来就是"纯粹意识"了。所以这一典型哲学的思维态度就是说要认识世界的真实,而不受历史主义和自然主义的干扰,就必须割断与外部世界和传统先入为主的一切观点和

---

① 王岳川:《现象学与解释学文论》,山东教育出版社 1999 年版,第 15 页。
② [德]胡塞尔:《现象学的观念》,倪梁康译,上海译文出版社 1986 年版,第 24 页。
③ 王岳川:《现象学与解释学文论》,山东教育出版社 1999 年版,第 19 页。
④ 朱立元:《当代西方文艺理论》,华东师范大学出版社 2005 年版,第 126 页。

思维的联系，而将外部的一切还原为呈现在人的意识中的"事物本身"也就是"现象"。

上面是对胡塞尔所提出的"典型哲学的思维态度"做了还原，而他的"典型哲学的方法"也就是所谓的"现象学还原的方法"则是保证这走向"现象"的关键所在。胡塞尔的"现象学还原的方法"有三大步骤。第一步是"现象的还原"。即把那种在自然的态度中看作意识之外的客观事物还原为在人类的感知意识中呈现的现象。① 第二步是"本质的还原"。这就是要求我们必须把以往所有的对事物所形成的直观、感性、个别的认识上升为本质的、理性的、深刻的认识，其实这一点与我们通常所讲的由个别到一般、由感性认识上升为理性认识的过程有着一定的相通之处。第三步是"先验的还原"。胡塞尔之所以这样处理，是因为他认为经过本质的还原虽然清除了经验主义的遗留，但是它很容易使人陷进心理主义的泥潭，这一点也是胡塞尔极力想要批判和超越的地方。所谓先验的还原就是要解决上面我们提到的自然的态度的局限问题，即回答对象的客观存在问题，"就是将客体彻底还原为纯粹先验意识的构造，从而消除心理主义那里潜在的主客二元对立"问题，② 所以在胡塞尔看来，现象学经过态度和方法上的处理与还原之后所剩下的就是"纯粹的先验意识"或称为"纯粹的先验自我"，它是所有知识和观念得以可能和形成的确定性基础和保证，也是胡塞尔所谓的"希望之乡"，是走向所谓的真正哲学的入口。

胡塞尔的现象学哲学有时候让人很难理解，就是他的先验意识、先验自我等理论的说明也是过于简单。但是，我们不可否认的是，胡塞尔的苦心努力，他的一生都在不断否定自我、超越自我，但他所提供给后来者的方法、思路都是极为有价值的，英伽登、杜夫海纳、海德格尔、加利尔等，我们可以列举出来的"大家"的名字还有很多、很多。胡塞尔认识到自己是一个永远的哲学的"探索者"和"初学者"。他所走过的探索道路和所发现的问题值得我们深思。③

---

① 朱立元：《当代西方文艺理论》，华东师范大学出版社 2005 年版，第 126 页。

② 同上书，第 127 页。

③ 刘放桐等：《新编现代西方哲学》，人民出版社 2000 年版，第 331 页。

3. 英伽登的现象学文论

师从于胡塞尔的罗曼·英伽登（Roman Ingarden）① 是一位具有实在论倾向的现象学哲学家，他的一生也是一直在现象学和实在论之间徘徊、摇摆。因为他一方面接受了胡塞尔的意向性学说、现象学还原的方法和建立严密科学的信念；另一方面他又力图抛弃胡塞尔的先验经验，希望确立独立于意识的实在，在意识和实在之间确立以实在为基础的对应性关联，从而以实在论的常识性信念来弥补现象学的偏颇。② 为此，英伽登一直很强调和重视被其老师胡塞尔置于一边而不予讨论的本体论为理论突破点和理论依据，把其提升到优先地位，认为其他的研究例如认识论和价值论的各项研究应该建立在本体论研究的基础上，本体论研究要先于它们，否则就是不可信的。就这样，英伽登在其老师开拓的现象学道路上孜孜不倦地展开了自己的思考和研究。

论及英伽登的现象学文论的第一点无疑就是其艺术作品本体论了，这是 1931 年他用德文写成的著作《文学的艺术作品》中所主要涉及的问题，其重点是"文学艺术作品的基本结构和存在方式"③，这样我们就可以很清楚地看到英伽登在其最著名的著作中所思索的关键所在了。对于自己的老师英伽登一直是尊重有加的，他在自己的研究中也是最大限度地接受和吸纳老师理论中的可取部分。主要表现在如下几点：首先，英伽登在研究艺术作品时是不考虑作品是否反映出内在的主观世界还是外在的客观世界，而采用的方法就是其老师的"悬置"法，对这些问题都是存而不论，直接从作品自身的研究开始。其次，他将老师的现象学还原的方法运用到对于文学理论和美学的研究上，即把文学的艺术作品的基本结构和构成要素理清楚，而且对人的审美经验的过程进行完整的描

---

① 罗曼·英伽登（Roman Ingarden）（1893—1970），波兰哲学家、文学理论家、美学家。1893 年出生于波兰的克拉科夫，1912—1917 年分别在波兰里沃夫大学、德国哥廷根大学、弗莱堡大学学习。在弗莱堡大学胡塞尔作为其老师指导他完成了博士论文，英伽登在 1918 年获得博士学位。后来他回到了自己的祖国并致力于哲学本体论和美学研究，在艺术本体论、文学认识论、审美价值论方面做出了较大的理论贡献，并先后在兰姆堡大学和克拉科夫大学任教授。其主要代表作有《文学的艺术作品》（1931）、《对文学的艺术作品的认识》（1937）、《艺术本体论研究》（1962）、《艺术价值和审美价值》（1964）、《体验、艺术作品和价值》（1969）等。

② 朱立元：《当代西方文艺理论》，华东师范大学出版社 2005 年版，第 133 页。

③ 参见王岳川《现象学与解释学文论》，山东教育出版社 1999 年版，第 51 页。

述和阐发，这就是现象学一直所强调的文学艺术作品是呈现在意识的"本质直观"中的这一事实，因而就做到了对文学艺术作品作本体性质的分析。最后，英伽登所强调的意向性活动，将艺术看作纯意向性客体，将艺术活动看作纯粹意向性行为。[①] 在这一点上，虽然是对老师理论的吸收，但是其中也有英伽登自己的坚持，即他不赞同老师胡塞尔的否定有独立于主体意识的客观对象存在的观点，因为在他看来作品就是一种客观存在的意向性实体。

在《文学的艺术作品》一书中，英伽登的文学艺术作品本体论研究首先是探讨文学艺术作品的存在方式这一问题。英伽登批判了以往对文学艺术作品存在方式的两种意见，一为物理主义，这就是把作品看作客观存在的物理实在；二为心理主义，即作品是反映人的观念的客体。因为文学艺术作品虽然是以物质的形式展现于人面前，但是如果把它等同于物质是不可取的，而艺术作品是人的创造物，是人的思想、观念在一定程度上的体现，但是如果就此认为它是观念客体也是不行的，因为观念客体是超时空的，而作品却无法做到完全超越时空。所以，英伽登认为文学的艺术作品是一种既带有物质实在客体性质，又是带有一定的观念客体的一种"意向性客体"（intentional object），这是所谓的文学的艺术作品的存在方式。这里的意向性客体是不同于上文所提到的心理主义认定义学作品就是作者在创作时的感同身受式的内心体验或者是读者阅读时的深有感触式的心理感受，英伽登曾这样说过："作者的全部经历、经验和心理状态完全在文学作品之外。尤其值得注意的是，作品创作过程中的经验不会构成被创作出来的作品的任何一部分。当然，在作品与作者的心理活动及其个性之间存在着各种密切的关系，尤其是作品的产生可能取决于作者的根本经验；或许，作品的整体结构和个性特性在功能上会依赖于作者的心理特质、天分及其'观念世界'和情感类型；因此，作品多少打上了作者全部人格的烙印并以他的方式'表达'这一人格。但是，所有这些事实都绝不能改变那个最为根本而又常常得不到赞同的事实：作者和他的作品是两种异质的客体，它们因其根本的异质性而决然不同。只有确立这一事实，才能使我们正确地揭示它们之间的多

[①]　参见王岳川《现象学与解释学文论》，山东教育出版社 1999 年版，第 51 页。

重关系与依赖。"① 因为归根结底文学作品是一种客体。

就这样英伽登从本体论上对文学的艺术作品的存在方式作出了界定,而后他又展开了对文学作品的基本结构和构成要素的深入分析。在他看来,文学的艺术作品包含着四个彼此独立但又相互依存的层次,即语音(或者称之为字音)及更高一级的语音组合层次;不同等级的意义单元层次;再现的客体层次;多重图式化方面及其方面连续体。其中"语音及更高一级的语音组合层次"是作品的构成要素中最基本的一项,语音及字音组成了单词,单词又要形成句子,这样的单词才是有确定意义的,否则是没有实义的。更高一层的语音组合层次就是他所指的句子。句子形成了势必就要涉及第二个层次即不同等级的意义单元层次,这是作品构成的关键所在,具有决定性的作用。"意义"就是"与字音有关的一切事物,这些事物在与字音的关联中构成一个词"②,而与字音或语音有关的一切事物指的是意向性关联物,因为一个词指称的对象乃是一种意象对象。所谓的不同等级的意义单元就是因为与此相对应的意向性关联物是单个的,而与一个句子相对应的就是意向性事态。还要说明的一点是无论是单个意向性客体还是一种意向性事态都是不同于客观实在的,而在文学的艺术作品中更是区别于客观实在,所以看一部文学的艺术作品的语句是否有意义不是看它与真实世界的关系如何,而是看它与作品虚构世界的关系如何。③ 再现的客体是指作者在文学作品中所虚构出来的对象,虚构的对象就组成了一个不同于现实的想象的世界。再现客体又是不完备的,这里就牵涉另一个重要的概念"未定点"(spots of indeterminacy),这就是需要读者在阅读作品时去填充的不确定、意义无穷尽而又独具个性色彩的点。其实这一点就是重视了读者的再创造性,很容易被理解,故而简略处理。最后一个文学作品的层次是"多重图式化方面及其方面连续体",其实这也就是上一层次所提到的问题。"图式化方面"是指作品中意向性关联物的有限性和局限性问题,这就是说每一部作品都只是用有限的字句表达有限时空中的有限的事物的有限方面,这话有

---

① 参见朱立元《当代西方文艺理论》,华东师范大学出版社 2005 年版,第 134 页。
② 同上书,第 135 页。
③ 同上。

些拗口，但是也是极为有道理的。这些有限性就是只能用图式化的方式进行简单勾勒，之所以又是连续体那也就是读者去填充"未定点"，使一部作品的生命和意义得到延续和深化。所以，从以上的分析可以看出，英伽登总结的文学的艺术作品的层次是相互作用和影响的，不是孤立存在和发展的。

英伽登对文学的艺术作品的分析还有很多，其中也有"主体间性"问题、文学作品的形而上问题、积极阅读问题以及在其后的著作中探讨的对文学艺术作品的认识问题、文学艺术作品的艺术价值和审美价值问题等，这些问题的提出和研究都是极为有意义的，即使到今天很多问题还是文论界关心的重点，只是由于行文的需要故不赘述。

总之，英伽登的现象学文论是较有独创性的，他既吸取了其老师理论的精华，又在努力超越，他强调了文学艺术作品的构成要素，突出了艺术家的创造活动同作品形成以及读者接受再创造之间的必然关系，使文学艺术作品的本体论和认识论问题达到了内在的统一，他的理论对后来的结构主义、符号学、读者接受等流派都产生过一定的影响，今天看来还是很有价值和意义的。

4. 杜夫海纳的审美经验现象学

法国的米盖尔·杜夫海纳（Milel Dufrenne）[1] 是公认为继英伽登之后在现象学美学和文学理论方面成绩较为突出的代表，他在现象学美学领域勤奋耕耘，取得了较大的成就，其《审美经验现象学》被西方学者认为是"现象学美学中写得最为有趣和值得研读的著作"[2]。杜夫海纳通过法国的现象学哲学家梅洛—庞蒂和萨特而接受胡塞尔的理论，另外他也很推崇海德格尔的存在主义现象学，而关于美学的理论他则是受到了英伽登的影响，由此我们可以很清楚地看出，杜夫海纳的理论很明显地

---

① 米盖尔·杜夫海纳（Milel Dufrenne），法国现象学美学家，出生于1912年。他在读大学的时候是非常喜欢柏格森的理论的，研读了其《物质和记忆：身心关系论》《创造进化论》等著作。在阅读柏格森的著作时他隐隐感觉柏格森的直观哲学和胡塞尔的现象学有诸多的相似之处，而这些相似处更多的是体现在内在精神上。而杜夫海纳最终走向现象学之路是在胡塞尔到巴黎大学演讲和萨特留学德国回到祖国之后对现象学大力提倡等多种因素的影响下促成的，因而他的现象学理论受到前辈的影响。其主要代表作有《审美经验现象学》《诗学》《美学与哲学》等。

② 王岳川：《现象学与解释学文论》，山东教育出版社1999年版，第109页。

受到很多人的影响，但是他也是一直在不断突破前人、创新自我的，在这里就仅对其审美经验现象学问题做一简要的分析。

审美经验现象学理论是在其著作《审美经验现象学》中所提出来的，其书可谓卷帙浩繁，他将审美对象与审美知觉相互关联作为全书的中心。他明确表示，他要描述的审美经验主要是欣赏者而非艺术家本人的审美经验。其步骤是先加以现象学的描述，然后进行先验分析，最后从中引出形而上学的意义。① 所以，文学艺术经验就是典型的审美经验，而现象学的全部就是审美经验。

在对审美对象的分析上，杜夫海纳强调了艺术作品与审美对象的区别。在他看来，艺术作品并不构成全部的审美对象，艺术作品是一种感性的情感结构，不再是英伽登所强调的"纯粹的意向性结构"，这样突出了情感在艺术作品中的地位和重要性。审美对象是被审美感知的艺术作品，也就是在艺术作品的基础上加上了审美感知后显现出来的，而这里的审美感知也只是充当了使艺术作品能够审美地显示出来的作用，因而也不在艺术作品中额外添加别的东西，故而审美对象和艺术作品的区别在他看来也就是显而易见的了。

所以在杜夫海纳的理论中，审美知觉是由艺术作品上升到审美对象的关键因素，所以审美知觉是其书分析的另一个重点。他把审美知觉的过程分为三大阶段。第一个阶段他称为呈现（presence）阶段，即对象呈现在知觉中。这一个阶段就是对象与人的感官的首次接触，这时候的接触还只是使主客体达到初步融合，而这时的融合也是没有经过理性渗透的，所以杜夫海纳称为审美感知的真正基础。② 接下来就是审美知觉的第二个即表象与想象（repesentation and imagination）阶段。在第二个阶段知觉把在上一阶段初步感知到的对象在客观化的基础上并加上有想象的介入而进一步形成了表象。审美感知的最后一个阶段就是反思和感受（reflexion and feeling）阶段。由于此时有了理解力的介入而使感知上升为理性反思，这样做的目的是寻求真理。杜夫海纳还进一步指出，审美知觉在这个阶段却要抑制理性反思而进入一种感受性的内省或同感性的

---

① 王岳川：《现象学与解释学文论》，山东教育出版社 1999 年版，第 118 页。
② 朱立元：《当代西方文艺理论》，华东师范大学出版社 2005 年版，第 129 页。

反思，以便直观体验审美对象所表现的情感生活世界。在审美知觉的最高峰，审美对象进入最充分的显现，杜夫海纳强调这绝非观念性显现，而是对象全部感性存在的显现。[①] 就这样，杜夫海纳从审美对象和审美知觉相互关联中研究艺术引起的审美经验的"现象学美学之路"，使他成为法国现象学的真正创始人之一。[②]

此外，杜夫海纳对批评家的三项任务和功能做出了界说，这三项任务即说明、解释和判断，虽然是他认为批评家要去做或者完成的任务，但也不是说这三项任务必然要联系在一起的，也不是每一个批评家都要去做的全部。"说明"就是"回到事物本身"——"回到作品去"，即以一种中立的态度审视作品，进而将作品中作者隐含着而未说明的意义揭示出来，这样就可以使其他的阅读者或者欣赏者能够更好地领略和欣赏作品。而解释与判断则是不同于说明的批评方式，因为"人们总认为作品不是由作品本身来解释的，而是由作者的人格或者由决定这种人格的环境来解释的"[③]。这就是说解释是由批评家独自来进行的，他在做这一项任务时必然要加入作品之外的东西，受到自身很多因素的影响，因而不再是采取中立的了。而判断也是由作品之外存在的价值标准来做高低评判。所以以上他所提出的批评家的三项任务中，由现象学所能带给批评家的启示是第一种，也就是回到作品本身的方法，为此杜夫海纳这样指出："在我们以上所区分的说明、解释和判断这三种功能中，现象学首先肯定第一种，认为它应该指引其他两种。"[④] 但也不是说杜夫海纳是否定后来的两项任务，这也就是意味着现象学的方法在实际的文学批评活动中并不是要被全盘吸收的，而是要根据现实的需要来进行。

总之，杜夫海纳的探索和尝试还是很有意义和价值的，他的现象学文论有人也总结为和英伽登的文论理论基本上还是属于一种哲学性质的文论。他的一生也和其他的学者一样都献给了现象学美学和诗学。相信，

① 朱立元：《当代西方文艺理论》，华东师范大学出版社 2005 年版，第 129 页。
② 王岳川：《现象学与解释学文论》，山东教育出版社 1999 年版，第 130 页。
③ [法] 杜夫海纳：《美学与哲学》，中国社会科学出版社 1985 年版，第 156 页。
④ 同上书，第 169 页。

审美意义产生在人与世界相遇的时刻，世界只有在人的目光或人的实践的自然之光中才能得到阐明。①

5. 刘若愚与现象学美学的关系

刘若愚的《中国文学艺术精华》一书 1979 年在美国出版，后在 1989 年有了汉译本，此书可以说是他对自身所建构的理论的实际运用，也是致力于把自身的诗学理论联系到实际以更好地去完善和发展理论建构，而不是故步自封。在此书的"引言"部分，他就首先提出了"文学"一词意味着什么这个问题，而其中似乎很难做一个人人都能完全接受的公认的界定，故而"仁者见仁，智者见智"。刘若愚的文学观念是基于两个条件："文学是一种艺术以及它是由语言写成的"，所以"文学可以被视作艺术功能与语言结构的重叠"。② 紧接着，他对文学的艺术功能作出自己的理解，这也是从两个方面进行，也就是说具有双重功能。"第一，通过想象世界中的创造（作者方面）与再创造（读者方面）引起现实的延伸；第二，作者与读者两方面创造冲动的满足。'现实的延伸'云云意指文学而非仅仅是现实的再现，因为作者所创造的世界在现实世界中是不存在的，并是从未存在过的。当然，艺术作品中所创造的世界与现实世界有某些联系，但是一旦激发作品创作的现实世界中的真实情景已不复存在时，而艺术作品中所创造的世界却依然存在。……并将与读者共存。"③ 这就是说，作者受到现实的启发而萌发创作的冲动，故而形成了作品，创造了作品中的境界，这份境界来自现实又不同于现实，而且在经过读者的阅读后得到了进一步的再创造。而"创造冲动的满足"也是叙说着一样的过程与经历。

后来在《中西文学理论的综合初探》一文中他对上面提到的问题进一步作出了阐发，他对自身理论的思想来源问题也是作出了说明，其中多次提到的就是英伽登、杜夫海纳等现象学家的名字，他对文学作品的"创境"问题更是倾注了较多的笔力。其实从上文的分析中我们可以很清

---

① 王岳川：《现象学与解释学文论》，山东教育出版社 1999 年版，第 139 页。

② ［美］刘若愚：《中国文学艺术精华》，王镇远译，黄山书社 1989 年版，"引言"，第 1 页。

③ 同上书，第 2 页。

楚地看到，无论是英伽登还是杜夫海纳他们都对作者和读者两方面共同
努力下而形成的境界问题比较赞同，即使英伽登很反对在分析作品时加
入心理学的因素，这也是他的理论中所要竭力避免的，但不可否认的是，
即使极力去避开，事实却是无法摆脱的。而刘若愚也对他与现象学家在
很多时候的不谋而合感到惊奇：

　　在这以前，我对现象学的批评（phenomenological criticism）或
美学（aesthetic）毫无所知，直到两三年前在阅读一些现象学理论
家，尤其是法国美学家杜夫海纳以及波兰哲学家英伽登时，我才发
现到他们的一些观点和我自己的之间的类似点，虽然他们的观念的
发展，其精微和复杂远非我所及。例如，当我写道："每一首诗表现
它独自的境界"，而这境界"同时是诗人的外界环境的反映与其整个
意识的表现"（原杜国清汉译本注"见刘著：1969，第 96 页"，这里
的"刘著"指的就是刘若愚 1969 年出版的《李商隐的诗》一书），
或者当我写道："当诗人寻求表现一个境界于诗中，他在探索语言的
种种可能性，而读者，依照诗的字句结构的发展，重复这过程而再
创造了境界"时（"见刘著：1969，第 202 页"，同上），我并不知道
英伽登和杜夫海纳在描述文艺作品的境界时表现了多少类似的见解。
进而，我写道："在我看来，一首诗一旦写成，在有人读它，且根据
读者再创造那首诗的能力而多少加以实现之前，只具有可能的存在"
（"见刘著：1069，第 202 页"，同上），而不知道杜夫海纳已经一再
认为：只有当被读者所认知，且被读者的认知所神圣化（consecra-
ted）时，一首诗才真正地存在［原杜国清汉译本注"见杜夫海纳
《诗意》（Lepeotique，Paris. 1963），第 6 页；《语言与哲学》（Lan-
guage and Philosiphy，H. B. Veatch 英译，Bloomington，1963），第 80
页；《审美经验的现象学》（Phenomenlogie de experience esthetique，第
二版，巴黎，1967；此后引称"杜夫海纳：1967 年"），第 679 页
（Edwards S. Casey 等英译，Evanston，1973，第 554 页）］；而且英伽
登虽然强烈反对心理主义（psychologism），却承认："任何（文艺作
品的）具体化都属于相应的主观经验，且当，而且只有当这些经验
存在时才存在"［见英伽登《文学作品》（Ths Literary Word of Art，

Goorge G. Grabwicz 英译，Evanston，1973，此后引称"英伽登：1973
年"），第357页。类似的看法见于其他作者，例如 Georges Poulet 在
《阅读的现象学》（*Phenomenplogy of Reading*）一文中，《新文学史》
（*New Literary History*，此后引稿 N. L. H），第一卷第一期，秋季，
1969 年，第53—68 页］……

　　这些类似点，我觉得，并非纯粹是偶然的巧合，而是（尽管我
可能间接地受到这些理论家，或者影响到他们的一些更早的西方理
论家的影响）可能一部分来自这些西洋理论家与某些中国批评家之
间的相似性；而我自己的一些见解自觉或不自觉地来自这些批评
家。……①

　　其实刘若愚自身也很清楚地意识到他的理论与现象学家们在读者参
与创造作品境界的问题上达到了高度的一致。"境界"是中国古典文论中
一个特殊的理论范畴，应该说可以是中国的特色，而其内涵也是较为复
杂多样的，而中国的很多学者都对此做过探讨，其中最有代表性的就是
王国维。到了刘若愚这里他显然添加了西方文论的要素，就像是把英伽
登还有杜夫海纳的理论成果融入中国古典文论的范畴发展中，使其焕发
新的活力。其中他们都是很重视读者在阅读作者创作出来的作品时的再
创作作用，这是对读者的再认识，也是西方文论发展的一大突破，后来
的读者接受等理论就是对此的突出发展。

　　在他们看来，诗歌的境界在现实生活中是永远不会真实地存在的，
它只是作者创作意识的产物，因而也算作对现实的扩展和延伸，所以它
的存在首先是在作者的意识中，但是还要清楚的一点是，作品的境界一
旦被创作出来就会具有超越时空的特性，因而读者的再创作过程也是其
自身完善发展的必要阶段。因此诗歌艺术所表现的境界不完全等同于作
者的生存世界，但是作者的生存世界恰恰为作品的被创作提供了合适的
环境和场合，也是创作体验融化和转变着创作者的生存所在的世界和环
境，这也就是后来很多学者所提到的"创境"问题，艾布拉姆斯的"诗

――――――――――

① ［美］刘若愚：《中西文学理论综合初探》，载《中国文学理论》的"附录"，杜国清
译，江苏教育出版社 2006 年版，第212—213 页。

中别有天地"就是其典型的代表，后来柯灵伍德也提及此问题。①

我们都很清楚，刘若愚一直是在走着融合中西的道路，因而他不是对哪一方的理论或者学说有着特别的偏爱，而是从自身的文化基础、研究的需要等方面出发，做到博采众长、为我所需，因而在他的《中西文学理论综合初探》一文中也是处处体现着这种精神。

这些相似性也可能来自现象学与道家之间根本哲学的相似性，而后者对上述中国批评家具有深远的影响。这种相似性是什么，我在《中国文学理论》（Chinese Theories of Literature）中已指出一些，在此只能给予很简短的概要。

第一，认为文学是宇宙之"道"的表现，这种中国人的形而上学概念与杜夫海纳认为艺术是"存在"（Being）之表现这种概念是可以并比的，而道家的"道"本身的概念，与海德格尔所阐明的现象学存在主义的"存在"概念（phenomennological—existential concept of Being）是可以并比的。第二，持有形而上学文学理论的一些中国批评家（即使他们可能并非只持有这种理论而排斥其他），主张物我合一和情景不分，正像有些现象学家主张"主体"（"subject"）与"客体"（"object"）合一，"知觉"（"noesis"）与"知觉"对象（"noema"）不分一样。第三，受道家影响的中国批评家与现象学家都提倡一种二度直觉，那是在对现实中止判断之后达到的。最后，两者都承认语言的矛盾性（paradoxical nature）——作为一种不充分而又必需的方式用以表达难以表现者，以及再发现主观性与客观性的区分并不存在的、概念之前与语言之前的意识状态。（原书注：见《中国文学理论》（Chinese Theories of Literature，Chicago，1975）此后引称"刘著：1975"，第57—62页。）②

在这里，刘若愚对此的分析是较为好理解的，这也是他的独特发现

---

① ［美］刘若愚：《中西文学理论综合初探》，载《中国文学理论》的"附录"，杜国清译，江苏教育出版社 2006 年版，第 220 页。

② 同上书，第 213—214 页。

和见解，而这种将中国道家与西方文论的相关点进行比较的思路后来影响到了著名的比较文学学者张隆溪①教授，他的主要代表作《道与逻各斯》的书名后的解释语为"东西方文化阐释学"，他在其书的汉译本的封面上有这样一段话颇有意味"我始终不相信任何文学和文化传统的独特性主张——不相信那种把东方和西方看得如此迥乎不同，以致其思维和表达的方式竟不能彼此理解，因而一种知识也就必须始终置身于另一种知识之外的看法。我在本书中决定做的一件事，恰恰是去拆除种种学术领地之间的栅栏，这些学术领地被称为领域和学科，它们被包围在学院和系所的重重藩篱之中。我宁愿向这种知识的分隔挑战，并展示某些基本的、东西方共有的阐释学关注和阐释学策略"②。其实从他的话中我们可以很深刻地理解到他的努力和坚持，这是与刘若愚的尝试和探索之路有着异曲同工之妙。"逻各斯"是西方学术的典型术语，它承载着西方文明的重任，而在其后的发展过程中也是有所继承和突破，但是其代表的西方学术精神却是一以贯之的，而"道"是中国的典型，而将这两个看起来差异很大的术语罗列在一起，其精神内质也就是东西方文化的融合与沟通，也就是跨文化的努力建构。

总而言之，刘若愚由于自身的文化和学习的经历使他在中西方两种文化之间可以驰骋自如，而现今所谓民族的也应该是世界的，这句话不是简单的口号。很早的时期，民族文学就已经开始溢出民族、国家固守的疆界，不再仅仅滋养那方的狭小领地。因而"世界文学"这个术语产生，随之就是文学理论的世界化与国际性也成为必然趋势。其实，也只有把民族文学理论置放在世界文学理论这一宏大的背景下，把诸种民族文学理论在跨语际中进行审视，民族文学理论的世界性才可能澄明起来，为全球化时代的国际文学理论交流与对话，打造一个共享的平台。因此

---

① 张隆溪，四川成都人，1978 年考入北京大学西语系，为"文革"后第一批研究生。1981 年获文学硕士学位并留校任教。1983 年赴美留学，1989 年获哈佛大学比较文学博士学位。同年受聘于加州大学河滨校区，任比较文学教授。1998 年起，任香港城市大学比较文学与翻译系讲座教授兼跨文化研究中心主任。现为香港城市大学"长江学者计划"客座教授。研究范围包括英国文学、中国古典文学、中西比较文学、文学理论、阐释学及跨文化研究。主要著述有《20 世纪西方文论评述》《道与逻各斯》《走出文化的封闭圈》等。

② 见张隆溪《道与逻各斯》的封底语，冯川译，江苏教育出版社 2006 年版。

像刘若愚这样一位秉有中西文论功底与双语学术能力的优秀学者开始占据欧美学术前沿，在中西文化的对话与融通中书写新的篇章。他的学生林理彰曾这样谈论过："由于他确实精通两国语言，他已经出版的将中国诗歌、散文翻译成英文的著作准确流畅，通常都是句法对等，恰如其分。他的批评方法一直在不断变化，开始同意理查兹、燕卜荪等新批评家的观点，后来转到现象学家像胡塞尔、梅洛—庞蒂、英伽登、杜夫海纳等。象征主义者和后象征主义者诗学批评家如马拉美和艾略特对他也产生了相当大的影响。然而他从来没有仅仅采取西方批评家的观点和方法并全盘套用到中国文学上，相反地，他提出了融这些西方批评方法与中国传统内在方法于一体的批评理论实践体系。"① 刘若愚身处西方文明的顶尖处，故而其思想是复杂的，我们以上是对他的主要西方文化的来源作出了简要分析，就像很多人包括刘若愚自身都曾注意到的他也受到象征主义和后象征主义的影响，在这里我们暂不论述，在以后的论文章节中还会涉及这个问题。

　　在跨文化诗学研究中，究其方法，无论是想让中国学者更好地了解西方文论，或者是让西方学者深入了解中国文论，都应该是在本土文论和外域文论之间寻找一个合理的中介或平台，进而搭建一座交流和对话的桥梁，而这座桥梁或是中介的起点应该首先从本土文论的某一点铺设起来，然后向对方的文论空间进行延伸，然后再到对方的义论空间中寻找能够合理对接这座桥梁的话语材料。这座桥梁就是中西文学理论比较研究的沟通路径，刘若愚就是遵循着这样的路径来做的。但是，需要指出的是，中西文学理论的比较研究视域与路径应该是多元化的，也应该是一个长期的历史性研究工程，而刘若愚只是某一个段阶上，或是从其中的一个维度融合中西文论的优秀学者之一，不能把刘若愚视为全部西方文论与全部中国文论的接轨者与会通者。

---

① 林理彰整理 Jame J. Y. Liu, *Language-Paradox-Poetics*：*A Chinese Perspective*，Princeton，New Jersey：Princeton University Press，1988，"编者前言"。

第三节 刘若愚跨文化诗学思想中后殖民主义
和文化认同的冲突与抉择

一 后殖民主义文化

后殖民主义（postcolonialism）文化思潮是 20 世纪后期所涌现出来的一种全新的理论流派，在具体层面上来说，它其实是一种综合性的理论集合体，涉及政治、文化、文学等多个方面。而它与后现代主义（postmodernism）思潮也是有着千丝万缕的联系，这两种理论流派直到今天还是热度不减的，其受关注和引用的频率还是很高的。它们之间的关系曾有国内的学者这样说过，后现代主义是后殖民主义的理论前导或理论地基，而后殖民主义是后现代主义的政治话语和文化话语的进一步延伸。[①] 后现代主义也是极为复杂的文化思潮，它的出现与影响是世界性的，也是全部文化学科上的，它波及哲学、社会学、文学、美学、教育学等领域，当代世界许多重要的思想家都涉及关于后现代主义理论的阐释、说明、论争等，在朱立元教授主编的《当代西方文艺理论》一书的"后现代主义"一章中，其尝试着对后现代主义主要范围及领域的代表人物加以扫描式的鸟瞰，以期对后现代主义文化的理论与实践获得一个大致的印象。[②] 即使只是列举了哲学和社会学、文学理论和美学领域、文学领域、艺术领域这几个不是很完整的方面，据笔者的统计赫然在内的名字就有 80 多个，故其影响力我们可见一斑。"后现代主义所具有的怀疑精神和反文化姿态，以及对传统的决绝态度和价值消解的策略，使得它成为一种'极端'的理论，使其对资本主义的批判以彻底虚无主义的否定方式表现出来。"[③] 的确是这样，后现代自诞生之日起就以破坏一切传统的面貌立身于世界，它不局限于固定的思维模式，总是在求新求变，其文化理论的逻辑特征：削平深度模式，取消历史意识使其消失不见，主体性的打破丧失，取消距离感，等等。后现代主义是

---

① 王岳川：《后殖民主义与新历史主义文论》，山东教育出版社 1999 年版，第 127 页。
② 朱立元：《当代西方文艺理论》，华东师范大学出版社 2005 年版，第 362 页。
③ 同上书，第 360 页。

在解构主义的基础上发展起来的，相较于后者"怎么都行，怎么都可以"的威力，后现代主义的叛逆性更胜一筹，当然我们对此文化思潮的概括或者尝试着所给出的结论只是一种努力，想要达到极限是根本不可能的。

在后现代主义高举着消解权威、去除中心、力倡多元文化大流中出现了一股新的、具有更为广阔的文化视域和研究策略，并以意识形态性和文化政治批评性来纠正 20 世纪中叶以来专注于纯文本的形式主义研究的偏颇的文化思潮，这就是后殖民主义的研究理念。后殖民主义的"后"字也就是指殖民地时期之"后"，是殖民地文化的延续，而其视角转换到文化帝国主义、文化话语权力、种族主义等，研究方法多样，如解构主义、后现代主义、女权主义、新历史主义等，以揭露帝国主义对第三世界国家的文化霸权主义实质，以进一步探讨在"后"殖民地时代东方和西方的关系由昔日的对抗型到交流对话型的变化、转变。

后殖民主义以葛兰西的"文化霸权"或者称为"文化领导权"的理论为先导，由法农的以人道主义对殖民地黑人所受到的伤害的同情、"民族文化"等理论的推动，以福柯的"权力话语"理论为依据，以亨廷顿的"文明冲突论"为对比和对应，并以杰姆逊关于"后现代主义与第三世界"的研究和汤林森的"文化帝国主义"理论为后续，以及比尔·阿什克罗夫特、加雷斯·格里菲斯和梅伦·蒂芬合著的《帝国反击：后殖民文学的理论与实践》强调所谓的"混成"理论为补充，形成了以赛义德、斯皮瓦克、霍米·巴巴、莫汉蒂为代表的后殖民主义思想理论。可以这样说，后殖民主义的参与者也是多种多样的，但其主体可以说是一批身份特殊的学者，就像赛义德、斯皮瓦克、霍米·巴巴等人，他们的地位在最初的时候较低，本来都是游离于西方主流文化之外的，但是后来他们凭借自身坚持不懈的努力和奋斗而立身于西方文化之内，并发出自己强有力的声音，他们大都具有较为相似的人生经历，即使后来他们的一切都改变了，但是历史记忆和文化之根的印记却是怎么也抹不去的。

二 后殖民主义观点简要剖析

1. 赛义德的东方主义理论

赛义德①以其独特的身份在西方文化圈中站定了位置,他是不同于土生土长的西方人的,其看问题的视角、思路、立足点和归结点都是不一样的,也正是因为这些独特性更使其理论引起广泛的重视。他一直以东方人的思维和眼光去审视和看待西方人的文明和文化,"以边缘话语去面对中心权力话语,从切身的流亡处境去看后殖民文化境遇。这使得他的写作总是从社会、历史、政治、阶级、种族立场出发,去具体分析一切社会文本和文化文本"②。赛义德对政治、历史、社会都是极为关心的,在他的文化和文学的研究思路中更是把上述几项因素紧密结合在一起,其《东方主义》(也译作《东方学》)一书所体现出来的就是这样的特色。

"东方主义"(Orientialism)其原意是指西方对东方人文、社会文化及语言诸方面的研究,也可指西方艺术家、作家以及设计师对东方的描绘及模仿,其中也是包含着他们在其作品中所流露出来的一种对东方文化的同情、欣赏的情绪。而在随后的发展中尤其是在 20 世纪这一名词的运用更多的时候带有了负面意义,这个词的运用是西方世界对东方世界、

---

① 爱德华·W. 赛义德(Edward W. Said),美国著名后殖民主义批评家,也是当今世界上极具影响力的文学与文化批评家之一。他原本是巴勒斯坦人,1935 年在耶路撒冷出生,英国占领埃及期间在开罗曾度过一段不是很长的读书生涯。后来随父母移居黎巴嫩,其后就在欧洲多个国家流浪,1950 年到美国就学。他的人生经历是坎坷的,但他身处逆境却坚忍不拔,刻苦读书,并终于靠自己的坚持与付出于 1964 年拿到了美国哈佛大学的博士学位,后执教于美国哥伦比亚大学英文系,担任英语和比较文学系教授,2003 年因患白血病去世,其间他和病魔斗争了十多年,其坚强的毅力是为人所敬佩的。而他一生也是为争取巴勒斯坦的独立而奋斗,其为"巴勒斯坦之音"的有力呐喊者。他以其较为特殊的身份和人生经历而关注于世界人生与民族社会,从而具有了明显的文化政治批判性。主要著作有《约瑟夫·康拉德与自传体小说》(*Joseph Conrad and Fiction of Autobiography*,1966)、《起始:意图与方法》(*Beginnings: Intention and Method*,1975)、《东方主义》(也译作《东方学》)(*Orientalism*,1978)、《巴勒斯坦问题与美国语境》(*The Palestine Question and the American Context*,1979)、《世界、文本、批评家》(*The World, the Text and the Critic*,1983)、《文化与帝国主义》(*Culture and Imperialism*,1993)等,其中奠定其后殖民主义批评家身份和地位的、影响较为深远的是《东方主义》《世界、文本、批评家》和《文化与帝国主义》三本书。

② 王岳川:《后殖民主义与新历史主义文论》,山东教育出版社 1999 年版,第 42 页。

文化、人文等诸方面的误读，也许是刻意为之的误读，西方世界的文化研究者抱着 18、19 世纪的欧洲帝国主义的态度来理解东方世界，或是对东方文化人文的旧式及带有偏见，他们更多地对东方社会的异域风情、巫神、巫术等方面感兴趣。而在"西方"的知识、制度和政治/经济政策中，长期积累的那种将"东方"假设并建构为异质的、分裂的和"他者化"的思维。在一些激进作品中，东方甚至被认为是西方的对立面，即将所谓的"他们"（They）表现成"我们"（Us）的对立面或反面。东方和西方有着极为明显的分界线，而分界线的两端就是文明与落后、强大与弱小、看与被看、拯救与被拯救的分别，这无异于在凸显和标榜西方社会的霸权地位，而这种自我标榜的霸权神话是体现在各个方面的，包括政治、经济、文化等。

　　赛义德对此是感慨颇深的，他这样说过："东方几乎是被欧洲人凭空创造出来的地方，自古以来就代表着罗曼司、异国情调、美丽的风景、难忘的回忆、非凡的经历。"[1]　"东方被观看，因为其几乎是冒犯性的（却不严重）行为的怪异性具有取之不尽的来源；而欧洲人则是看客，用其感受力居高临下地巡视着东方，从不介入其中，总是与其保持着距离，总是等着看《埃及志》[2] 所称的'怪异的快乐'（bizarre jouissance）的新的例证。东方成了怪异性活生生的戏剧舞台。"[3]　其实，通过赛义德对《埃及志》的分析、引用，我们可以见出在西方人的眼睛里所谓的东方是

---

　　[1]　［美］爱德华·W. 萨义德（即赛义备，后同）：《东方学》，王宇根译，生活·读书·新知三联书店 2007 年版，"绪论"，第 1 页。

　　[2]　《埃及志》（*Description de l'Égypte*）：1798 年，拿破仑率领远征军进军埃及，其目的是打击英国在北非和西亚的势力，并以此来威胁英国与印度之间的连线。拿破仑的军事行动标志着西方世界对埃及甚至整个近东地区的重新发现，它引发并促进了西方对这一地区诸多古老文明的逐步复原、解读和评价。在欧洲列强对埃及的殖民活动中，欧洲人对埃及历史的解读和建构始终与政治上的控制和经济上的掠夺密切联系在一起。法国在埃及的军事失利后，拿破仑意识到大张旗鼓地出版发行随军学者们收集到的有关埃及的资料或许会掩饰在地中海和埃及所遭受的失败，因而这些珍贵的图片和文字资料以"埃及志"为名得以出版，整套书图 974 幅。大量人力和物力的投入使《埃及志》成为系统和详细地描写和介绍古代埃及及史实和当时埃及现状的百科全书，其中也不乏很多对东方社会、埃及极为怪异的、荒诞不经的描写。赛义德在《东方学》一书中，对拿破仑的这次军事行为以及《埃及志》作出了较为细致的剖析，并在自己的书中对《埃及志》中的资料做多处引用。

　　[3]　［美］爱德华·W. 萨义德：《东方学》，王宇根译，生活·读书·新知三联书店 2007 年版，第 135 页。

怎样的，这就是一种严重的误读与被误读，而且这误读与被误读就像其所写到的是"看客"与"被观看"，从其最初的时候就是非常明显的，在其后来的演变中也没有多少改变。他在其《东方学》2003 年版的《序言》中也是这样写道："但是，《东方学》这本书与当代历史的动荡和喧腾是完全分不开的。在书中，我相应地强调无论是'东方'这一用语，还是'西方'这一概念都不具有本体论意义上的稳定性，二者都由人为努力所构成，部分地在确认对方，部分地在认同对方。"① 而赛义德他努力要消除这种由人为因素而造成的误读，方法就是"正读"，究其本质就是要超越以往那种泾渭分明的、非此即彼的、僵硬的二元对立的东西方文化冲突模式，打破西方霸主或权力话语神话，从而达到一种东西方互渗、对话、共生的状态。

在其《文化与帝国主义》一书中，精神实质应该与《东方学》一致，西方世界在文化领域中的霸权地位与其在政治、经济上是如出一辙，这也是西方控制与渗透第三世界国家的新手段和新方式，"帝国主义在今天已不再以领土征服和武装霸权进行殖民主义活动，而是注重在文化领域里攫取第三世界的宝贵资源并进行政治、意识形态、经济、文化殖民主义活动，甚至通过文化刊物、旅行考察和学术讲座的方式征服后殖民地人民"②。这既是两种文化的争斗，更是压迫与反抗的过程。但是于赛义德看来，东方的被误读是他极不愿看到的，故而他一直在倡导一种所谓的交流对话和多元文化共生的方式来处理或调和两者的关系。这种意愿在其《世界·文本·批评家》一书中也是体现出来了，这也是全面阐释其后殖民主义文本理论的著作。在此书的绪论《世俗批评》中他首先界定了文学批评的四种类型。"一是实用批评，可见于图书评论和文学报章杂志。二是学院式文学史，这是继 19 世纪像经典研究、语文文献学和文化史这些专门研究之后产生的。三是文学鉴赏与阐释，虽然主要是学院式的，但与前两者不同的是，它并不局限于专业人士和常在报刊上发表文章的作者。……四

---

① ［美］爱德华·W. 萨义德：《东方学》，王宇根译，生活·读书·新知三联书店 2007 年版，第 3 页。

② 同上书，第 373 页。

是文学理论，这是一门比较新颖的学科。它作为学术界和普通人们的引人瞩目的讨论话题而出现在美国，在时间上晚于欧洲……"① 因而，文本是存在于世界中的，并具有世界性，而文学批评以及文学批评家也是世界性的，就像其书名所揭示出来的一样，这也就是其东西方文化交流、对话的基本前提所在。赛义德作为后殖民主义这一文化的理论先驱，他终生都在为争取巴勒斯坦民族的前途而奋斗、斗争，他是"巴勒斯坦之音"强有力的呐喊者，而他的理论在全世界都产生了重大影响。

2. 斯皮瓦克的文化认同理论

斯皮瓦克②作为一位女性学者，以其自身的经历和细密，把多学科、多流派、多主义等融合起来而形成自己独特的研究思路，"她将后殖民主义理论与她的女权主义、解构主义、西方马克思主义、心理分析学理论紧密相连，并将自己的'边缘'姿态和'权力'分析的策略施于当代文艺理论和政治批判领域"③。也就是说，她在研究过程中对马克思主义、后殖民主义批评、女性主义思潮等西方前沿理论进行一定程度的改造，使那些经她改造过的理论能够描述第三世界边缘群体（也有学者称之为"庶民"，而从事研究底层民众的被称为"庶民学派"，他们坚持用"look from the bottom"即底层视角的方法去透视社会、人生④），尤其是境遇更为悲惨的底层妇女的经历，她现今是后殖民

① ［美］爱德华·W. 赛义德：《世界·文本·批评家》，李自修译，生活·读书·新知三联书店 2009 年版，第 1 页。

② 佳亚特里·C. 斯皮瓦克（Gayatri C. Spivak），美籍印度裔学者，当代著名的文学理论家和文化批评家，也是因为她的努力使得后殖民主义的理论和研究真正关注到印度次大陆。1942 年出生于印度的加尔各答，1963 年移居美国。她早年师承美国解构批评大师保罗·德曼取得了美国康奈尔大学的博士学位，现为美国哥伦比亚大学阿维龙基金会人文学科讲座教授、比较文学与社会中心主任，也是北京语言大学客座教授。她在 1974 年曾翻译了解构主义大师德里达的《文字语法学》一书。后又以演讲的雄辩和批评文风的犀利而驰骋于 20 世纪 80 年代、90 年代的英语文化理论界。她著述甚丰，论文散见于当今各主要国际英语人文学科的权威期刊。代表著作有《在他者的世界里》（1988）、《后殖民理性批判：通向正在消失的现在的历史》（1999），而她的代表性论文有《移植作用与妇女的话语》（1983）、《阐释的政治》（1983）、《爱我及我影——她》（1984）、《独立的印度：妇女的印度》等。

③ 朱立元：《当代西方文艺理论》，华东师范大学出版社 2005 年版，第 423 页。

④ 此为中山大学人文科学学院比较文学博士研究生、武汉理工大学外语学院讲师，现为印度德里大学访问学者、尼赫鲁大学东亚研究中心客座教员的陈义华老师的观点。

主义批评阵营中的理论先锋。

另外，斯皮瓦克由于自身特殊的身份及人生经验，她一直坚持以学术介入社会来进行改造。"历史记忆""身份认同""女性"等字眼是斯皮瓦克研究的重心所在，也正是这些构成了她不同于其他后殖民主义者的所在之处。历史记忆是同文化之根联系在一起的，每一个民族、每一个人一生都在与之纠缠、不可分离，它是经过岁月的洗礼之后所留存的"根"，是连接着过去、现在、未来的基点。20世纪兴起，继而在全世界掀起热潮的文化寻根运动就是在全球化的趋势下人类找寻自我的过程，其中就有历史记忆的痕迹。作为在殖民地生存的人，他们的文化和历史记忆不可避免地有着"臣属""屈辱""歧视"等，他们先辈的悲惨经历在后代人的身上也会有所残留和体现，而在文化方面体现得更是突出和深刻。斯皮瓦克作为在西方世界的美国生活和任教的一名东方女性，她自身的压力是要多于其他人的，这体现在：在面对"西方"时的"东方人"的困窘、面对"第一世界"的中心话语权力的"第三世界"的孤立与无助，以及面对男权社会的话语霸权的女性的愤恨与无援，这三重压力使她的生存与呼喊显得尤为艰难。即便如此，她也不愿消隐自身与生俱有的历史记忆与文化身份，她宣称自己作为第三世界挤入西方社会的女性学者，她要为第三世界的人们尤其是女性代言，更要以此为出发点去重新寻找自我和书写民族历史。

斯皮瓦克在某种程度上与赛义德达到了理论共识，他们都认识到东方世界的历史"被看"与"被误读身份"，"东方人的世界之所以能为人所理解、之所以具有自己的特征却并非由于其自身的努力，而是因为有西方一整套有效的操作机制，通过这些操作机制东方才得以为西方所确认。于是我们所讨论的东西文化关系的两大特征就汇合到了一块。关于东方的知识，由于是从强力中产生的，在某种意义上创造了东方、东方人和东方人的世界。……东方被描述为一种供人评判的东西（如同在法庭上一样），一种供人研究和描写的东西（如同在教学大纲中一样），一种起惩戒作用的东西（如同在学校或监狱中一样），一种起图示作用的东西（如同在动物学教科书中一样）。问题是，在上述每一种情况下，东方都被某些支配性的框架所控制和表述……"① 赛义德和斯皮瓦克都是坚持从自身后殖民的经验出发，从第三世界的立场去思考本土的一些问题，为自己的民族、第三世界生存的人们争得话语权利，只是后者还夹杂了女性自主地位以及话语权利的争夺问题。而且这两位后殖民主义的代表人物的人生经历以及后来在西方社会的经历有着某种相似性，也有着一定的典型性。作为在第三世界出生和成长起来的人，他们在其后的人生选择中都是较为成功地进入西方文化和社会的中心，在英美的学术空间和社会政治空间内部发出自己的声音，他们成为一群西化了的东方人，而这样的双重地位也让他们感到尴尬。

在他们的意识中，第一世界与第三世界的所谓划分就是带有明显的帝国霸权主义色彩的，他们在西方社会生存，在西方建构起来的知识和话语框架中操用西方第一世界的语言和理论来反抗着霸权主义，理论术语的西方化和单一性就容易导致他们成为霸权主义的无意维护者和同谋者。他们这类出生在第三世界而生活和定居于第一世界的后殖民主义知识分子有着自己的民族文化根基，他们在后来也是按照自己的认识论和主体性即自身的体验和想象来代表第三世界，进而构成他们对西方文化霸权的批判。但是从另一个角度可以说，他们并没有真正或者说彻底了解第三世界，其中或是由于他们的西方学术定位，或是由于与第三世界知识分子存在着的权力—利益关系等，所以他们所呼喊和所争取的并不能完全代表着第三世界的真正利益和立场，这也是后殖民主义文化批判所带有的局限性。这也正像国内的学者所指出的那样："他们是定居在第一世界宗主国的第三世界学者，并持有宗主国护照在宗主国高校享有教职，他们每天都浸润在第一世界宗主国基督教文化传统世俗化后的后现代抚摸中，享受西方后工业文明及世俗化的后基督教对他们生活带来的快适，但在学术上又拒斥西方的文化传统与后工业文明对他们原住国落后的启蒙；他们自己在宗主国高校获得博士学位，操着一口地道的宗主国语言写作或言说什么的，如赛义德在《东方学·导言》所承认：

---

① ［美］爱德华·W. 萨义德：《东方学》，王宇根译，生活·读书·新知三联书店 2007 年版，第 50 页。

'我在那两个殖民地（巴勒斯坦和埃及）和美国接受的全部教育都曾经是西方的，而且这种早期产生的意识一直深深地持续到现在。'但他们时时居高临下地教诲其同胞学者要坚持本土文化的民族主义，不要被西化，但归返本土来讲学时又佯装着一副西方学者的傲慢。其实本土学者看不起的倒不是那些血统纯正的西方学者，而是巧借原住国落后与贫穷在欧美获取东方之另类身份，学成后归返讲学的西化了的本土学者。"①这一番话可谓深刻而且一针见血，他们在面对西方时有着本民族根的自卑感，但是在面对自己民族时却又有着一股也许自己也没有意识到的傲慢与偏见，他们时时处于尴尬的境地，有着"双重阐释的焦虑"，因而难以正确书写自我身份。

如何摆脱这种尴尬的地位，真正找到自身的地位，斯皮瓦克是这样做的：她认识到必须抛弃自己在面对本土时的特权地位，不是简单用激进的话语来反权威、反霸权，而是就整个西方话语体制和政治体系进行意义深远的、观念全新的调整，以此来修正和改变"历史记忆"的不堪与卑微，当然在返归自己的母国时也不能摆出一副高贵、权威的架势，而是真正融入自己文化的根。具体做法就是首先运用解构主义反中心、去中心的方法解析宗主国文化对殖民地的文化和人民所造成的内在的伤害，进而对帝国主义在新时期所运用的在意识形态领域采取的策略进行深刻揭示，从而将文化研究贯彻到政治、经济诸方面以恢复历史记忆的本来面目和真实性。其次，运用马克思尤其是西方马克思主义的批判理论对帝国主义进行深刻揭露，使宗主国与臣属国本来错位、颠倒的历史再重新颠倒过来，以形成正确的定位和评判。再次，斯皮瓦克强调要强化后殖民批评的人文话语，使其成为解构帝国主义霸权话语权的最有力的力量。最后，她还强调在后殖民批评中对第三世界的妇女地位和发言权问题的重视，这是由于其女性学者的身份和敏感性决定的，而成为在男权社会中一道亮丽的风景。

总之，斯皮瓦克是作为美籍印度裔女学者而发出强有力的声音，她以其独特的思维、理论建构框架、跨学科和文化的视角、极具批判性的实践，对深埋在民族文化之下的历史记忆进行深入剖析，对文化

---

① 杨乃乔：《后殖民批评及其世界宗教背景》，《中华读书报》2002 年 10 月 29 日。

认同的强化，对第三世界妇女的关注，以重新创造和建构东方女性话语权，等等，都成为其个性的显现和张扬，而她的勇气和努力也是值得赞赏的。

三　刘若愚在文化冲突中的抉择与尝试

刘若愚的成长经历与其他从事后殖民主义批评的学者如赛义德、斯皮瓦克等人有着一定的相似之处，都是在原住国接受了一定水平的教育，而后在西方社会继续深造，并选择了在西方世界打拼也是取得了较大的成就，他们也都是在西方学术界发出属于自己的声音。但是，刘若愚也与他们有着很大的不同，他没有涉及诸如政治、民族独立等敏感问题，这是与其原住国——中国不像印度、巴勒斯坦等国，是不需要做这方面的呼号、呐喊有极大的关系。中国对于此类的问题是几乎没有的，故而在西方社会的中国学者不需要利用手里的笔为自己的民族和国家争得自主和民族独立的权利，这让他们有着一份极大的安慰，也给予他们一份学术研究的净土。

但正如我们上文所提到的那样，任何一个生存的个体都有本民族和国家的文化之根在里面，而这些也都凝聚成历史的记忆在一代又一代中传承，而在刘若愚身上也是有所体现的，他汲取着中国文化的营养，民族的特色在他身上得到凸显，他的目标一直都是将中华文明和文化向西方的读者介绍，以将其发扬光大。但从其实际的经历来看，他在国内读书的时候主修的是英语，而后得到去英国深造的机会，之后在英国、中国香港、美国等地有着或长或短的教学生涯，其实无论是选择在哪里教书、搞学术，只要是非中国本土，刘若愚还是处于一种劣势的地位。他的英语造诣可以说是极高的，其中既有家庭教育的影响和熏陶，也有自身的努力和付出，甚至超越一些母语就为英语的人，即便如此，他在求职的过程中是无法完全将其语言优势展示出来，在西方人看来他只是会说英语的东方人。而他不可能在西方学校的讲台上教授汉语，也不可能用汉语写作，虽然刘若愚对此的解释是为了便于西方读者和学生更好地接受中国文化，而他也没有时间在英文和中文的转换中来回折腾，但也有他的朋友对此深刻地指出：

刘若愚说"没时间"虽然不能说强词夺理，但不是好的借口。人的聪明才智有异，可说是上天的偏心，但在时间上却绝对公平；每人都有二十四小时。真正的理由是，刘若愚做了美国的过河卒子，生性要强，也只有不断出版英文著作才能出人头地。做了罗马人，就守罗马风俗。英美大学的中文系，我尚未听说有一家开明到可以用中文著作论贡献的。系同事看得懂没用，到了院长办公室就变成了"死文字"。刘若愚靠了一个英国的硕士学位，可以由夏威夷、匹斯堡、芝加哥，"辗转"到了史丹福大学，靠的就是自己七本英文书。这七本书，既然是为西方读者写的，今后也只有在英美大学写论文的人，偶然到图书馆尘封的架上取阅。如果他能看开点就不会做了别人价值系统的奴隶。①

刘绍铭此番话读来不免感觉他将刘若愚学术研究的功利性说得过于严重，于刘若愚本人来说也许他有着想在西方学术界争得一份领地的目的，但对他的赤诚热血也是不可忽视的，其中也有着他不得不这样为之的原因，毕竟那是在西方世界首先必须求得个人的生存，其后才可谈及发展问题。

在这一点上，我们也可以从他由中国香港来到美国以后在英语的发音和拼写方式上所刻意做的改变看出来，我们在以上的论述中也曾提到这个问题。刘若愚自己是这样说的："来到美国以后，我先后在夏威夷、匹茨堡、芝加哥以及斯坦福大学教授中国文学。我共撰写并发表了六部有关论述中国文学的专著，此外，还有不少论文。其中有的已译成了汉语，有的译错了，有的根本就没经我同意。日语、朝鲜语也有译文。我并不是不愿再用汉语著述，只是说我没有工夫把以往用英语写成的东西再译成汉语，更何况我的多数作品都是专门为西方读者而写的。现在，作诗我更乐意使用古汉语，除此之外，在多数情况下用英文著文，抑或用汉语都无关紧要。就英语而言，我不得不在

---

① 刘绍铭：《孤鹤随云散——悼刘若愚先生》，载《台湾时报》1986 年 7 月 24 日。转自詹杭伦《刘若愚　融合中西诗学之路》，文津出版社 2005 年版，第 13 页。

发音、词汇以及拼写方面作些校正。"① 其实这可以说是在语言方面的一种妥协，因为作为异乡人他们在奋斗的过程中是备受煎熬的，虽说在罗马就要守罗马人的规矩，那也只是不得已为之的事情，他们民族的、文化的根在这里就被硬生生地截断了。在后殖民的语境下可以说几乎每一个在西方生存的异乡人都要经历这一过程，就是从语言到思维习惯的转变，其间既是为了生存和发展的需要，也是西方文化霸权的体现。

在刘若愚看来，西方的学生和读者对中华文明和文化是不了解的，也有着极大的误读和误解，其中既有东西方文化和思维的确实差异，当然也有像后殖民代表赛义德所指出的那样，为了他们新的殖民主义政策而有意为之，故而在西方普通民众或者读者那里他们是无法正确理解东方、中国的。刘若愚的第一部著作《中国诗学》的开篇就指出了这一矛盾和问题：

> 人们都知道，汉语使用的是方块字，而不是用字母组成的单词，这是中国诗歌最显著的一个特点。然而，在西方读者中，除去那些养之有素的汉学家外，存在着一种错觉：认为所有汉字都是象形的，或者是表意的。这种错误的见解所以出现，在于热衷于中国诗歌的西方文人往往持一种怪诞的论调，例如欧内斯特·芬诺洛萨（Ernest Fenollosa）在其《汉字是中国诗歌的媒介》（*The Chinese Character as a Medium for Poetry*）中就表现出他对汉字错误的看法，并对汉语所谓的象形化大加称道。当人们一旦认识到芬诺洛萨所以热衷于某一语言是为了摆脱现代英语在逻辑上索然无味的倾向，或者觉察出他把诗歌的优美绝伦归之于母语是意出奉谀之时，就会意识到这一结论是不正确的。失误的原因在于他拒不承认汉字结构中尚有"声"的成分。然而这篇文章，通过埃兹拉·庞德（Ezra Pound）的介绍，对一些英美诗人和评论家产生了巨大的影响。这或许是一种学问催化作用的范例吧！但作为对中国诗歌的概述，芬诺洛萨的探索，至

---

① ［美］刘若愚：《中国古诗评析》，王周若龄、周领顺译，河南大学出版社 1989 年版，第 12 页。

少可以这样说，它把读者引入了歧途。①

　　而刘若愚正是充分认识到了这一问题，所以为了避开这种误解，他采取了认真考察汉字结构规律的方法而展开自己的论述。西方学者误解汉字结构的目的就是凸显英语的优势，进而张扬文化的优劣理论，实现在意识形态上的控制。这是其文化霸权策略的表征，由于其在经济上的优势地位而步步为营使得第三世界的国家和人民无时不在受其文化和思想上的侵扰，也许很多时候在第三世界生存的人对这份侵扰的意识不强甚至说是没有。但是对那些选择在西方生存和发展的第三世界的人来说，尤其是学者和思想者则是体会得尤为强烈，他们要求打破这种侵压而在稀薄的西方文化控制下的空气中剥离出来一块属于自己的天空，这是他们的努力所在，虽然在通向理想的路上苦难重重，但是他们毫无所惧，只为心中的自由，而刘若愚同样也是这样做的。

　　由于自然物质环境的不同、历史的差异、各民族思维的不统一等因素必然造成文化的多样性和不同性，因而文化在人与人的交流、交往、对话等中也必定会有着冲突，强调其中的差异和不同不是文化相对主义的观点。文化相对主义的理论是有一定道理的，其中就要求尊重各民族、各国家文化之间的多样性，不可划分谁优谁劣，但是如果一味地强调相对主义也会走向另一个极端，因为只是认同任何一种文明都有其特殊性和特殊价值，而普遍性和普遍价值不适用于任何民族和文化中，那就使得在出现问题时就以此为借口拒绝合作和沟通，那么无论怎样都无法找到一个共同合作的平台和基点，那么人与人的合作、交往也会变得异常困难。文化相对主义是承认文化上的差异存在，反对文化价值评判标准上的统一性，所以今天我们要采取的也是前者，摒弃后者，就像国内有学者这样指出："同质化"，即全球化与普遍化；"异质化"，即追求民族性、本土性和文化特性的权利。对抗全球化的统治力量必须站在文化平等的立场上诉求异质文化的特殊权利。② 的确是这样的，中国自近代以来

_____

　　① ［美］刘若愚：《中国诗学》，赵帆声、周领顺、王周若龄译，河南人民出版社1990年版，第3页。

　　② 曹顺庆：《跨越异质文化》，山东友谊出版社2007年版，第16页。

一直在"东化"还是"西化"的问题上纠缠着，而今文化研究中的主流观点是主张东西文化应该在互相尊重的基础上平等交流，互取所长，互补所短，以期达到综合创新的效用。

在今天采取这样的研究方法和策略，都存在着一个如何看待中国古代文化的问题，这也是很多学者为之思索和努力的地方，张岱年先生可以说是较早提出"综合创新"这一观点的著名学者。在他的理解中一方面对那些一味提倡东方文化优越论的人是不赞成的，因为时代和社会的发展已经不同于以往；对于全盘西化更是不可取，那在实际上只能培养一个民族或国家殖民地奴化思想，对其后的发展是极为不利的。因而要兼收并蓄东西方文化之优点而创造出新的不同于任何以往和一方的新的中国文化。在他的观点中，新的文化是结合现代的发展需要，以马克思主义普遍真理为指导，综合东西文化贡献，"今中为体，古洋为用"，此口号不再纠结于文化体用问题，而是文化建设的取向问题。综合借鉴也是为了进一步创新，"所谓创造的综合，即不止于合二者之长而已，却更要根据两方之长加以新的发展，完全成了一个新的事物"①。在全球化的今天，其中不仅仅是经济和科学技术上的交流、在文化方面更是显现得突出，不同地区、不同民资、不同国家的交往日益频繁起来，那么坚持文化相对性基础上的综合创新越发显得重要了。

刘若愚在其所生活的时代和背景下做着自己对中西文化交融、融合的理解和尝试。他是使者，是建构桥梁者，也是古今文化传承和中西文化沟通实践的开拓者，而以上都是在 21 世纪的今天文化发展的重要组成部分。乐黛云先生曾指出："21 世纪，世界文化正面临一个新的转折。为反对文化霸权主义和文化原教旨主义，必须大力推进多级制衡和文化的多元发展。在这个过程中，中国文化必然成为世界新文化建构的一个重要组成部分。这就要求我们一方面要对传统文化进行现代诠释，以利于其现代发展并有益于世界进步；另一方面又亟须总结过去在中国文化的基础上吸收西方文化的经验和教训，对百年现代文化进行总结，以便为建构未来的世界新文化作出贡献。这一总结的核心无疑是百年古今中西

---

① 张岱年：《张岱年文集》第 1 卷，清华大学出版社 1989 年版，第 206 页。

文化的冲突激荡及其酿成的发展趋势。"①

全球化的态势势不可挡，而中国与欧美等西方的文化交流也是日益密切，中国古代传统的文化精华怎样在今天更为璀璨，这是多少学人倾其一生为之努力奋斗的目标，其中也包括那些身在国外，却心系中国的学者，当然也包含刘若愚。所谓民族的也应该是世界的，而且必须是世界的，这已经不再只是简单的一句标语或是口号。在人类文明的早期，民族文学就已经越出了人为的一个国家和民族固守的疆域，不再仅仅是那块拥挤和狭小领地的养料。"世界文学"这个术语也就随之产生，进而就是文学理论的世界化与国际性这一必然走向。其实，只有把民族文学理论置放在世界文学理论这一宏大的背景下进行审视，民族文学理论的国际性和世界性才有可能变得澄明起来，从而为全球化时代的国际文学理论的交流和对话打造一个共享的平台。因此像刘若愚这样一位秉有中西文论功底与双语学术能力的优秀学者开始占据欧美学术前沿，在中西文化的对话与融通中书写新的篇章，他在自身辛勤的努力中寻找和建立起文化身份，也在争取着一份他人的认同，而刘若愚生前及身后的"东夏西刘"的美名就是对中国文化和他最好的肯定和褒扬。

---

① 乐黛云：《跨文化沟通个案研究丛书》，文津出版社，"总序"。

第 三 章

刘若愚跨文化诗学理论体系的
建构与实践

第一节　刘若愚跨文化诗学理论体系的建构

一　《中国文学理论》一书的写作背景和意图

刘若愚的学术身份是海外汉学家，这是由其学术研究方向、学术成果，还有其背景和经历所决定的。所谓的海外汉学家就是指那些置身于西方的学术背景和语境，主要从事的是中西文学和诗学比较研究的学者。他们是一个特殊的群体，有的是第一母语为汉语而后来定居于西方的中国人，也有的是第一母语不是汉语但后来学习汉语并较为精通汉语的西方学者，所以他们都有着较为深厚的中国文化积累或者是汉学功底，对中国的语言、文学以至文化都有着较深入的了解。他们生活在西方文化氛围中，在西方学术语境中从事自身的研究和写作，所以他们都是兼采中西文化的精华，吸取中西文学理论的可取之处进行中西文学和诗学的比较研究，走的大都是跨语际、跨文化、跨语言的道路，并试图创造出能够阐释中西文学思想，具有包容性和共同性、独特的文学理论体系。这是很多汉学家终其一生的目标所在，当然也包括刘若愚。这些汉学家有着国内的学者所不具备的优势，即他们跳出了中国文化固定的圈子，是站在外界和外围，也可以说是异质文化的角度和立场，以一种他者的眼光和视角来观照和审视中国的文化、文学和诗学，并将中国的、古代的与西方的、现代的进行对照和比较，从而能够客观地、清晰地看出两种迥异的文化中的文学和诗学之间的不同，因此对于中国的传统文学和文论研究有着极为重要的影响和价值。

刘若愚可以说是海外汉学家中的杰出代表，他的跨文化诗学思想对中国比较文学、比较诗学的兴起和发展是意义非凡的，同时也对中国传统文论和诗学走向国际化发挥着不可轻视的作用。乐黛云说："刘若愚教授对中西诗学都有相当深的造诣，他的思考给了我多方面的启发。首先是他试图用西方当代的文学理论来阐释中国具有悠久历史的传统文论，在这一过程中确实不乏真知灼见，而且开辟了许多新的研究空间。但是，将很不相同的、长期独立发展的中国文论强塞在形上理论、决定理论、表现理论、技巧理论、审美理论、实用理论等框架中，总不能不让人感到削足适履，而且削去的正是中国最具特色、最能在世界上独树一帜的东西。其次，我感到他极力要将中国文论置于世界文论的语境中来进行考察，试图围绕某一问题来进行中西文论的对话，得出单从某方面研究难于得出的新的结论。事实上，这两方面正是我后来研究比较文学的两个重要路向。"① 乐黛云先生的一番话表明她不赞成刘若愚对中国传统诗学进行条分缕析式的框架限制，但她同时也说出刘若愚所走的两个研究路向还是很有借鉴和启发作用的：一是"用西方当代的文学理论来阐释中国具有悠久历史的传统文论"；二是"将中国文论置于世界文论的语境中来进行考察"，"进行中西对话，推出新的结论"。以上都是毋庸置疑的，中国比较文学或是比较诗学的发展在全球化的大背景下是极力向前迈进的。

刘若愚跨文化诗学理论体系建构的努力主要是体现在其《中国文学理论》一书中，此书的形成是有一定的背景和渊源的。自20世纪50年代起，一批具有世界性和全球化眼光的学者试图以"整个人类走向大同之域"（季羡林语）的"诗学理想"为追求，并能以开放的姿态、崭新的视野通过对中西不同诗学进行深度的探索和阐释，激活"中国的文学理论"的比较研究。② 而其中的一些海外汉学家以西方的文艺理论为参照系，寻求中国的文学理论和西方的文学理论的对话点，以此来促成中国传统的文学理论走向世界，以形成真正意义上的"世界性诗学"，而刘若

---

① 乐黛云：《我如何走上比较文学之路》，载《跨文化之桥》，北京大学出版社2002年版。
② 曹顺庆：《中西比较诗学史》，巴蜀书社2008年版，第357页。

愚的《中国文学理论》就是在这个大背景下所进行的探索以及所取得的成果之一。

　　刘若愚作为一个学者他似乎有着很明确的写作目的和意图，几乎在他的每一本书的"导论"部分他总是开宗明义地说明自己是为什么写、为谁写、写作的目的是什么之类的问题。就像在他的《中国古诗评析》一书中他就"那一系列的用英文撰写的著述、文章、专题论述以及学术论文……或含蓄或直率地宣称是对中国诗歌所进行的批评性的研究。那么，这些作者是些什么人？他们著文的动机何在？他们又是为谁而命笔呢？"① 这些问题给出自己的理解和看法。同样地，在《中国文学理论》一书中他首先指出其书的主题是中国传统的文学理论，继而说道："在写作这本书时，我心中有三个目的。第一个也是终极的目的，在于提出渊源悠久而大体上独立发展的中国批评思想传统的各种文学理论，使它们能够与来自其他传统的理论比较，从而有助于达到一个最后可能的世界性的文学理论（an eventual universal theory of literature）。"将在历史发展的进程中互不相干的批评思想传统如中国的和西方的作比较分析和研究，这是具有极为深远和重大的理论意义的，即通过这样的比较研究揭示出"世界性的批评概念"，继而在实际的文学作品中发现"所有文学共有的或某些文学独具的特征"，以形成"世界性的文学理论"。虽然有些看起来无法实现或者是不切实际，但是就如作者自己所指出的那样"事实上，我并非如此天真，以致相信我们终会达到一个普遍接受的文学定义，犹如我并不相信我们将会达到一个普遍接受的人生意义的定义；但是，正像我们无法希望找到一个普遍接受的人生意义的定义这种认识，并不导致我们放弃寻求人生意义的尝试一样，关于文学的这种认识，并不一定阻碍我们企图以试验的方式，提出比现存的更适切、应用更广的文学理论"② 的确是这样的，即使目标看起来难以实现，但是我们不能放弃心中的理想和追求，还有我们为此而做出的孜孜不倦的努力，这样将来的结果也会远远好于现在，也正是这种理想的驱策，为当今诗学工

---

① ［美］刘若愚：《中国古诗评析》，王周若龄、周领顺译，河南大学出版社1989年版，第4页。

② ［美］刘若愚：《中国文学理论》，杜国清译，江苏教育出版社2006年版，第2—3页。

作者提供了一种思路和方向，那么这就足以让他们去做出各种各样的尝试。

"我的第二个也是直接的目的，是为研究中国文学与批评的学者阐明中国的文学理论。……因为中国的文学理论，很少得到有系统的阐述或明确的描述，通常是简略而隐约地暗示在零散的著作中。……但我们需要更有系统、更完整的分析，将隐含在中国批评家著作中的文学理论提取出来。"这项工作刘若愚指出，已经有中国本土的一些学者"尤其是郭绍虞和罗根泽，从这些不同来源中搜集在一起，整理出一些秩序来"，他们的成绩是值得肯定和褒扬的，但是我们还是不能止步于此，还是需要做得更好，这既是对自身的严标准，也是对中国整个文学理论、文学研究的高要求，这一点也是中国现今和以后的文论研究工作者需要努力的地方。① 这样就可以尽可能地从多种不同的文学传统角度阐述和剖析文学理论方面的问题，以进一步探寻中国传统文学理论特有的、隐含的意义和价值，在世界的舞台上发出自己强有力的声音。

"我的第三个目的是为中西批评观的综合铺出比迄今存在的更为适切的道路，以便为中国文学的实际批评提供健全的基础。"他紧接着指出，无论是谁要想对中国的文学和文学理论做出较为全面和客观的认识就不能忽略中国本土的批评家和理论家的观点，对于西方那些理论和方法不可以生搬硬套地、完全地应用在中国文学和理论的评析和认识上面。但是，他还说道，在世界一体化和全球化的大氛围下，无论是西方的汉学家还是中国本土从事这一领域研究的学者，如果只是一味地"仅采用任何中国传统文学理论作为必要的或者充分的批评基础，也许不会感到满意"。所以，在刘若愚看来，中西批评概念、方法还有标准加以综合是十分必要和可行的，而且在这个方面和领域也取得了一定的成就，但是如果再对中国传统文学和文学理论有更深、更透的了解，那么更大的进步也是很快就可以看得见的。② 这方面的努力也是为在全世界范围内研究中国文学和文学理论的学者提供一个可资借鉴的方法和视角，毕竟就如上文所说的，中西文学理论的批评和阐释在诸如理念、方法等方面存在很大的差异，甚至有时是隔膜的，

---

① ［美］刘若愚：《中国文学理论》，杜国清译，江苏教育出版社 2006 年版，第 5 页。
② 同上书，第 2—6 页。

但是如果放之自流，那么中西永远没有交流和沟通的机会，"世界性的文学理论"的构想就只能是空中楼阁了。

此外，刘若愚也回答了这样一个疑问，那就是关于中国古文论是直觉的、感性的、诗话的，而不是抽象的、思辨的、分析的，因而对中国传统批评的分析到底是不是应该的？需要的？他进一步重申了自己的立场和观点，即不是为了分析而分析，而是为了以后的综合而所做的准备，因为综合之前的分析是必要的。刘若愚还希望西方的一些学者，比如从事比较文学的研究者还有文学理论的研究者能够认真体悟他在书中所介绍的中国文学理论，抛开以往固定的西方经验，因为这不仅仅是一本用西方文论的架子来介绍和分析中国文学理论的书。

二　《中国文学理论》建构跨文化诗学理论体系的努力

自 20 世纪八九十年代起，中国古代文论的现代化转型、体系建设、走向世界等问题日益得到重视，也是很多学者为之努力的目标，而刘若愚的《中国文学理论》一书在此期间始终扮演着一个既有启发性又广受批评的角色，[①] 这一方面可以看出刘若愚这部著作在中国国内的深远影响，另一方面也可以看出，在中西比较的理论视野下中国诗学理论系统化、体系性的艰难和复杂，所以对于刘若愚在《中国文学理论》一书中所做的努力我们也是既要给予肯定和赞扬，对于其中的不足我们也应有着较为清晰的认识。"只有通过这种'互文性'的烛照，经由内在学理的发掘与反思，'中国文论体系'论题才能较为深入地凸显其理论价值以及复杂层面。"[②]

刘若愚对书中的研究重点所在即文学研究项目和文学批评的研究列出了一个较为明晰的列表，如下：

　　一、文学的研究

　　A 文学史

　　B 文学批评

　　① 张旭东：《全球化时代的文化认同——西方普遍主义话语的历史批评》，北京大学出版社 2005 年版，第 5 页。

　　② 韩军：《跨语际语境下的中国诗学研究》，华中师范大学出版社 2009 年版，第 46 页。

1. 理论批评 （Theoretical criticism）

a 文学本论 （Theories of literature）

b 文学分论 （Literary theories）

2. 实际批评 （Practical criticism）

a 诠释 （Interpretation）

b 评价 （Evaluation）

二、文学批评的研究

A 文学批评史

B 批评的批评

1. 批评的理论批评 （Theoretical criticism of criticism）

a 批评本论 （Theoretical of criticism）

b 批评分论 （Critical theories）

2. 批评的实际批评 （Practical criticism of criticism）

a 诠释 （Interpretation）

b 评价 （Evaluation）①

    刘若愚的诗学观点其实在其早前出版的《中国诗学》一书中已经初露端倪了，只不过那时还是较为简略的，在《中国文学理论》一书中则是作出了更为详尽和系统的阐述和修正。他首先是借鉴了西方文论界对各种文学研究的划分，例如文学批评和文学史的二分论，韦勒克和沃伦关于文学史、文学理论、文学批评的三分理论。而刘若愚主要是从文学本身、文学批评的研究这两个层面做出了较为细致的区分，其主要用意也是在于对中国传统文学理论进行定位，"其性质主要是分析与解释，其次是历史的，虽然，在讨论批评的性质时，也涉及批评的理论"②。另外，从上面他所给出的项目列表中我们可以看出，他对文学理论的研究做出了"文学本论"和"文学分论"的区分，其中"文学本论"重点讨论的是文学的基本性质以及功用问题，属于本体论（Ontological）的范畴；而"文学分论"涉及文学的不同层面，即包括形式、风格、类别、技巧等方

---

① ［美］刘若愚：《中国文学理论》，杜国清译，江苏教育出版社2006年版，第2页。

② 同上。

面，属于现象论（Phenomenological）或者也称作方法论（Methodological）
的范畴。文学本论和文学分论并不是两个独立的个体，而是紧密联系、
互相影响的，例如，一个理论家或者说是批评家对文学风格和类别的划
分和理解必然会受到他对文学本体概念认识的影响；另外，在他对风格
和类别的分论观点的研究中也是能够形成他的文学本论观的，这都是相
辅相成，或是相得益彰的。

　　在刘若愚的研究中我们可以看到，他在对中、西这两种历史上几乎没
有沟通与交流、互不关联的文学批评传统作比较研究时，认为在理论层面
上能够达到的高度和深度是要超越在实际操作层面上所取得的成就的。这
是因为语言、文化差异、思维习惯等诸多方面的不同使文学作品的形态是
完全不一样的，而对每一部作品的实质性理解也是多角度的，但是在对属
于不同文化传统的作家和批评家的文学思想作比较时，可以较为清楚地展
示出哪种批评概念是世界性的，哪种只是属于特定的某几种的文化思维和
传统的，哪种又仅是限于某一种特殊的文化传统的。通过一系列在理论层
面上的比较研究与深度剖析，可以进一步帮助我们了解文学所具有的世界
普遍性和民族特殊性问题，进而可以对各式的甚至是所有类别的文学都会
有更为深入、透彻的了解。所以刘若愚在他的《中国文学理论》一书的
"导论"部分就指出他的研究兴趣点和重点是在"文学本论"部分，在觉
得有必要时兼及"文学分论"，而对"实际批评"则是一般不予以讨论。
依据他的思路，他的系统论也是可以划分为两大部分的，一是系统本论，
是借鉴西方文学理论对中国传统诗学观念加以理论定位、建立研究框架结
构以及探讨中国传统诗学话语的解析方式；二是系统分论，是对所建构起
来的中国诗学系统的各个部分在和西方文学理论的比较中做较细致的阐发
和解释。以此，刘若愚建构跨文化诗学理论的尝试，也就是"世界性文学
理论"的目标一步步走向明晰化。

　　《中国文学理论》一书共分为七章，第一章就是导论，我们已经略微
知道了其中的内容，第二章到第六章就是分门别类地对中国传统文学理
论即传统诗学进行介绍和剖析，分别是"第二章形上理论，第三章决定
理论与表现理论，第四章技巧理论，第五章审美理论，第六章实用理
论"。其中他是把决定理论和表现理论放在了一起进行论述，据刘若愚自
己的想法，这两个方面都是比较重要的，但是它们是属于不同的文艺流

程和阶段的，放在一起总是令人费解。有学者黄庆萱统计了刘书各章的页码，发现原来是"决定理论"只有四页的篇幅，不便单独立章，若合上"形上理论"（有 47 页），显得太长，只好往下与"表现理论"拼合成一章，凑成 25 页。① 黄先生从这个方面来推测此书的格局和结构也可以说是不无道理的。刘若愚在他的书中分别从纵向和横向两个角度考察了以上列举出来的六种理论的发展、演变、相互之间的关系、作用，并将其与西方的理论进行比较。在进行中西文学理论或诗学的比较时，他先从纵向探究中西这两种不同文化背景下的源、流问题，在这样一个基础上再进行横向的比较和分析，这可以说是他行文的基本思路。

我们以上也曾提到过，刘若愚的这本《中国文学理论》在中国本土一直是扮演着双重角色的，那就是既给国内学者带来启发和帮助，但同时又是饱受批评和争议的，而之所以会有这样的意见，其最根本的还是他在这部著作中借鉴和吸收西方的理论框架模式来对中国传统文学理论或诗学理论进行条理化和系统性分类的努力，他所列出的"形上理论、决定理论、表现理论、技巧理论、审美理论、实用理论"这六大板块就是根据美国教育学家艾布拉姆斯②在其著作《镜与灯——浪漫主义文论及批评传统》（*The Mirror and the Lamp：Romantic Theory and Critical Tradition*）中所提

---

① 黄庆萱：《刘若愚〈中国文学本论〉内容析论》，载《与君细论文》，（台北）东大图书公司 1999 年版，第 294 页；载詹杭伦《刘若愚　融合中西诗学之路》，文津出版社 2005 年版，第 167 页。

② M. H. 艾布拉姆斯（Meyer Howard Abrams，1912—2015），美国当代文学理论家、教育家。他于 20 世纪 30 年代入哈佛大学，受过"哈佛文学史学派"的严格训练，其间曾赴英国剑桥大学师从 I. A. 理查兹，后于 1940 年毕业于哈佛大学，获博士学位，这种严格的训练为他日后的理论研究奠定了坚实的基础。他在哈佛的博士论文就是那经过不断修改扩充并在日后产生巨大影响的《镜与灯》。艾布拉姆斯毕业后长期在康奈尔大学任教，现任 1916 级英文荣休讲座教授（Class of 1916 Professor of English Emeritus）。他一生著述甚丰，其中最有代表性的著作除了《镜与灯》外，还有《自然的超自然主义：浪漫主义文学中的传统与革新》（*Natural Supernaturalism：Tradition and Revolution in Romantic Literature*，1971）、《相似的微风：英国浪漫主义文学论集》（*The Correspondent Breeze：Essays on English Romanticism*，1984）、《探讨文本：批评和批评理论文集》（*Doing Things with Texts：Essays in Criticism and Critical Theory*，1989）、《文学术语词典》（*A Glossary of Literary Terms*，1957）等。此外他还长期担任不断修订、扩充、再版的权威性《诺顿英国文学选读》（*The Norton Anthology of English Literature*）的总主编和浪漫主义分卷的主编，这套具有权威性的教科书不仅长期以来一直是英语国家大学的文学学生的必读教科书，同时也是非英语国家专攻英语文学专业的学生的必读教学参考书目。

出的作品、艺术家、世界、欣赏者"四要素"说①的基础上进行改进、修正而得来的。

艾布拉姆斯的名著《镜与灯——浪漫主义文论及批评传统》是其在1940年于哈佛大学获得博士学位的论文基础上进一步修改和扩展以后完成的，于1953年出版，其英文版出版后很快就被翻译成多种语言在全世界范围内发行，并一次又一次不断地重印，这部书因其极为深刻的理论分析性和可操作性奠定了他在学术界不可动摇的权威地位。而他最重要的贡献就是提出了"四要素"说的分析框架结构，它不仅成为西方文学研究中的重要理论指导，也是非西方文学研究界以及西方汉学界研究中国文论的重要方式，广为东西方的学者们用于比较文学和文学理论研究，并为学者讨论和引用。"可以说，艾氏的四要素框架不仅是20世纪引用率最高的分析框架之一，亦是20世纪文学研究发展进程中的重要事件。"② 由此可以看出，艾布拉姆斯理论影响的深远性。

艾布拉姆斯以一种宏观的视野统视着全书并以此展开自己的论述。他说，在西方理论界占据主导地位的模拟说是将艺术及其作品看作对世界不同层面的模拟，实用主义理论重视艺术对读者的影响，而客观理论则更关注艺术作品本身。对于文学诸多的纷繁复杂的现象以及理论要旨，在他看来都是在自己所提出的"世界—作品—艺术家—欣赏者"四要素框架结构的范围和统摄之内，也就是说，每一部艺术作品总是要涉及四个要素，而几乎所有的那些力求周全严密的理论总会对这四方面的要素加以辨析。第一个要素就是作品，即艺术生产本身。由于作品是人为的产品，所以第二个共同要素就是生产者，也就是艺术家或者是作家。第三个要素，在通常的理解中一般总会认为作品有一个直接或间接地导源于现实事物的主题——总会涉及、表现、反映某种客观状态或者与此相关的东西。这第三个要素便可以认为是由人物和行动、思想和情感、物质和事件或者生命感觉的本质所构成，经常用"自然"这个通用词来表示，我们不妨换用一个含义更广的中性词——世界。最后一个要素就是

---

① ［美］M. H. 艾布拉姆斯：《镜与灯——浪漫主义文论及批评传统》，郦稚牛、张照进、童庆生译，北京大学出版社1989年版，第5页。

② 王晓路：《艾布拉姆斯四要素与中国文学理论》，《文学评论》2005年第3期。

欣赏者，包括听众、观众、读者。①

艾布拉姆斯看到了文学现象总是复杂多样的这一事实，因此他指出用一种单一分析模式去剖析和解释文学的软弱无力和缺少权威性，"因而将文学理论各关联点加以有机的联系，显示了其深厚的学养和理论洞察力。艾氏在批评了先前理论的单一性或孤立性缺陷后，进一步指出了自己的结构框架在分析文学诸要素的作用"②。

> 尽管任何像样的理论多少都考虑到了所有这四个要素，然而我们将看到，几乎所有的理论都只明显地倾向于一个要素。就是说，批评家往往只是根据其中的一个要素，就生发出他用来界定、划分和剖析艺术作品的主要范畴，生发出借以评判作品价值的主要标准。因此，运用这个分析图式，可以把阐释作品本质与价值的种种尝试大体上划分为四类，其中三类主要是用作品与另一要素的关系来解释作品，第四类则把作品视为一个自足体孤立起来加以研究，认为其意义和价值的确不与外界任何事物相关。③

文学研究的方式是多样的，但是人们大多从两个角度进入文学。其一从文学内部而言，这就是指以某一种文学现象作为研究对象，对其本质、规律、特征、作用、意义等方面进行不同角度的探讨，并按照一定的审美标准、尺度和理论观点对作家、作品、思潮、流派等进行评价、分析；其二从文学外部入手，指对文学产生的机制、观念、组织、机构、传播、接受等进行阐释、分析、透视等。艾布拉姆斯的"四要素"理论框架是在总结以往理论的基础上将不同的要素与理论发展及其指向对应起来，探索其中的规律，并且有着清晰、严谨的论证过程，这的确不失为一种有力且便捷的分析模式，具有一定的实用性和可操作性，故而其影响深远也是在情理之中。正如北京大学李赋宁先生在《镜与灯——浪漫主义文论及批评传

---

① ［美］M. H. 艾布拉姆斯：《镜与灯——浪漫主义文论及批评传统》，郦稚牛、张照进、童庆生译，北京大学出版社 1989 年版，第 5 页。

② 王晓路：《艾布拉姆斯四要素与中国文学理论》，《文学评论》2005 年第 3 期。

③ ［美］M. H. 艾布拉姆斯：《镜与灯——浪漫主义文论及批评传统》，郦稚牛、张照进、童庆生译，北京大学出版社 1989 年版，第 6 页。

统》的中译本序言中指出，《镜与灯》虽然着重讨论西方浪漫主义文学理论和文学批评，但对西方文艺理论做了一个全面的回顾和总结，从历史发展的角度阐述了"模拟说""实用说""表现说"和"客观说"在各个历史时期的兴衰和实际运用的利弊，使读者对西方文艺理论和文学批评有了一个明晰的、全面的印象。①

艾布拉姆斯用一个三角形的框架对世界（也可称为宇宙）、作品、艺术家、欣赏者这四个要素加以排列，图式如下：

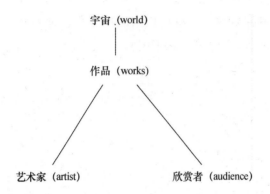

这个图式是以作品为其三角结构的中心，其中作品与世界或者宇宙的关系即为作品对世界的模仿，称作"模仿理论"；作品与欣赏者的关系即以欣赏者为中心而产生出来的作品接受就是"实用理论"；作品与艺术家的关系即以艺术家的内心活动和心灵属性作为作品的本质和主要表达内容的就是"表现理论"；从作品本身导出的即只是孤立地考察作品这种关系就是"客观理论"。艾布拉姆斯凭借其才华和努力概括出来的"四要素"说及其框架结构应该是大致囊括了西方文论史上各种理论流派的批评特征，并且对这一领域内的流派发展、历史演变、论争、当今状况都有着提纲挈领式的介绍、说明，这样就使《镜与灯——浪漫主义文论及批评传统》一书超出了题目所展示的只是对浪漫主义文论的评论，而对整个文学理论界产生了普遍而又深远的意义。这种影响力也涵盖了中国传统丰富且复杂的文论和诗学的研究，其中极强的理论框架、简要的分

---

① ［美］M. H. 艾布拉姆斯：《镜与灯——浪漫主义文论及批评传统》，郦稚牛、张照进、童庆生译，北京大学出版社 1989 年版，序言。

析模式对很多学者都有着直接的影响，最具代表性的人物就是刘若愚了。

如果仅从数量和规模上来看，在总体上研究中国传统文学理论的北美汉学家或者说是西方汉学家并不是很多，但其中一些学者都在不同程度上将艾氏的理论框架用于中国文学理论的研究①。就像刘若愚自己所指出的那样，有些学者曾将艾布拉姆斯这一值得称赞的图表应用于分析中国文学批评，如吉布斯（Gibbs）、林（Lynn）、波德拉（Pollard）与王靖宇（John Wang）等②，刘若愚却是这样说的："可是我个人的研究认为：有些中国理论与西方理论相当类似，而且可以同一方式加以分类，可是其他的理论并不容易纳入艾布拉姆斯的四类中任何一类。因此，我将这四个要素重新排列如下。"③（如下图）

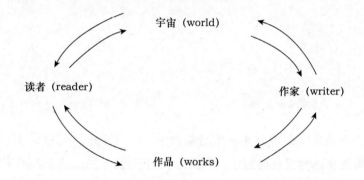

这就是刘若愚所列举的"宇宙—作家—作品—读者"的双向流动过程，将艾布拉姆斯的"四要素"理论框架中固定的模式改变为流动的，而且由以往的单向改为双向，在具体阐释方面也是有所改进。刘若愚对此做这样的处理既是出于中国传统文学理论的实际情况，也是由其阅读对象来决定的，因为他是在西方高校从事教育和研究工作的，其对象主要是西方的学生和普通读者，做这种改变也是旨在向西方学界说明中国传统文学也存在理论要素，这一点是毋庸置疑的，即使是套用西方的理论体系加以分析也是可行的。另外，他的研究表达了从事中国文学研究

---

① 王晓路：《艾布拉姆斯四要素与中国文学理论》，《文学评论》2005 年第 3 期。

② ［美］刘若愚：《中国文学理论》，杜国清译，江苏教育出版社 2006 年版，第 13 页及其注释部分。

③ 同上书，第 13—14 页。

的学者，既有本土学者也有西方学者，当然也包括刘若愚在内对中国理论话语体系的诉求和渴望。对刘若愚的研究，他的学生，也就是加拿大汉学界的林理彰教授曾对此做出如下的评价。

　　中国诗学的现代学者面临的一个难题，是如何创造出一种分析方法，以便能够涵盖中国传统文学批评的各种诗学理论，因为传统的中国文学批评流派众多，——不是只有一种"中国诗学"，而是有许多诗学理论，有的相为互补，有的则互相对立。最成功的分析方法是以艾布拉姆斯的"艺术批评协调法"（客观存在，作品，作者和读者之间的协调）为出发点，经过不同程度的调整和增益，利用他的分类法来分析中国诗学理论：模仿说（作品和客观存在的关系），实用说（作品和读者的关系），表达说（作品与作者的关系）和客观说（把作品看作客观实体）。到目前为止以艾布拉姆斯理论为基础对中国传统诗学理论进行最深入分析的，是刘若愚的《中国文学理论》。他把中国诗学理论分为六个大类：玄学类理论①，讨论客观存在和作者之间的互动关系；决定论类理论，也用于客观存在和作者之间的互动关系；表现类理论，作者与作品之间的互动关系；技巧类理论，作品作为客观实体；审美类理论，也用于作品作为客观实体；以及实用类理论，作品与读者的互动关系。②

　　这应该是对刘若愚所做出的努力和贡献比较公正的评价，当然我们要指出的是刘若愚本人对用西方的文学理论框架、结构来分析中国的传统诗学或文学理论所采取的态度是比较谨慎，也是有所警惕的，不过他也是用西方的理论框架来分析中国传统文论最为清晰、详尽的一个。他是在肯定艾布拉姆斯的理论框架的基础上，对中国传统诗学或文论进行

---

　　①　在杜国清的译本中把"玄学理论"改译为"形上理论"，以后都是从杜本翻译，这里是引用作者原文。

　　②　Rachard John Lynn，"Chinese Poetics"，in Alex Preminger and T. V. F. Brogan et al. eds. *The Princeton Encyclope-dia of Poetry and Poetics*，Princeton，New Jersey：Princeton University Press，1993，p. 188；祝远德译，王晓路校，《东方丛刊》2004 年第 3 期。

重新分类，得出了形上理论、决定理论、表现理论、技巧理论、审美理论、实用理论六方面结论，并在其书的最后一章进行"相互影响和综合"的分析，其最终的目的就是"为中国文学的实际批评提供一个坚实的基础"，这样看来他的目的可谓达到了。因为从刘氏此书最初进入中国，到后来被广为介绍和称颂，而且对中国本土研究的冲击也是很大的，下面我们具体分析之。

也许正是在自己的研究和发现中，刘若愚既肯定艾布拉姆斯"四要素"说的合理性、可操作性，也看到了文学本身和从事文学研究的复杂性，尤其是中国传统文学、传统文学理论或诗学，这也是仅凭艾氏的框架不能解决的中国文学的实际问题，在对此问题的认识上，叶维廉也是深有感触：

> （这四种理论）是从西方批评系统演绎出来的，其含义与美感领域与中国可能具有的"模拟论"、"表现论"、"实用论"以及至今未能明确决定有无的"美感客体论"，有相当历史文化美学的差距。这方面的探讨可见刘若愚先生的《中国文学理论》一书中拼配的常识及所呈现的困难。①

艾氏理论的局限性在分析中国传统文论时是显而易见的，刘若愚明白的是，中国传统文论中的某些理论和西方的理论有一定的相似性，但有些理论很难归结到艾氏四要素结构中的任何一种。所以有必要对艾氏的框架给予一定的调整、修正、排列与改进，进而从艺术过程中四要素的关系维度重新确立和建立一个封闭的、双向的、循环的结构。刘若愚对此的解释是这样的：

> 我所讨论的只是文学理论，因此我用"作家"代替"艺术家"，用"读者"代替"观众"，虽然此一图表可适用于文学乃至于其他的艺术形式。此一安排表示出四个要素之间的关系，何以能够被视为

---

① 叶维廉：《叶维廉文集》第 1 卷，载《比较文学丛书》"总序"，安徽教育出版社 2002 年版，第 9 页。

构成整个艺术过程的四个阶段；我所谓艺术过程，不仅仅指作家的创造过程与读者的审美经验，而且也指创造之前的情形与审美经验之后的情形。在第一阶段，宇宙影响作家，作家反映宇宙。由于这种反映，作家创造作品，这是第二阶段。当作品触及读者，它随即影响读者：这是第三阶段。在最后一个阶段，读者对宇宙的反映，因他阅读作品的经验而改变。如此，整个过程形成一个圆圈。同时，由于读者对作品的反映，受到宇宙影响他的方式所左右，而且由于反映作品，读者与作家的心灵发生接触，而再度捕捉作家对宇宙的反映，因此这个过程也能以相反的方向进行。所以，图中箭头指向两个方向。在"宇宙"与"作品"之间没有画出箭头，因为没有作家，作品不能存在，而且，如果作家不能对宇宙先有感受，作品不可能展示宇宙的真实。同样地，"作家"与"读者"之间没有画出箭头，因为这两者之间只有透过作品才能彼此沟通。当然，这个必定简略的图表，只是帮助分析的一个设计，不是真正代表整个实际艺术过程的图解。①

在刘若愚随后对这六种理论模式的分析中，我们可以得知，只要是表达或表现宇宙原理的，即"包括以文学为宇宙原理之显示这种概念为基础的各种理论"② 就都可以归到"形上理论"（metaphysical theories）中去。而"有些中国文学理论阐明文学是当代政治和社会现状不自觉与不可避免的反映或显示这种概念。……主要地集中在艺术宇宙与作家之间的关系"③ 的就是"决定理论"（deterministic theories）。体现作家与文学作品之关系的称为"表现理论"（expressive theories），而且进一步可以发现，"表现的对象不一：或认为是普遍的人类情感，或认为是个人的性格，或者个人的天赋或感受性，或者道德性格"④。至于"技巧理论"（technical theories）则是认为"文学是一种技艺，正像他种技艺，例如木

---

① ［美］刘若愚：《中国文学理论》，杜国清译，江苏教育出版社 2006 年版，第 13—14 页。
② 同上书，第 20 页。
③ 同上书，第 93 页。
④ 同上书，第 98 页。

工,唯一不同的是,它是以语言,而不是以物质为材料"①。这是一种着重于探究作家与作品的关系,也就是说作家如何更好地创作出作品来。而"审美理论"(aesthetic theories)则是"认为文学是美言丽句的文章(beautiful verbal patterns),这种概念是中国审美文学理论的基础,而与技巧概念有着密切的关系,甚至可以说是这两者是一枚硬币的两面",只是"审美概念更主要是着重于文学作品对读者的直接影响"②。"实用理论"(pragmatic theories)"是基于文学是达到政治、社会、道德,或教育目的的手段这种概念。由于得到儒家的赞许,它在中国传统批评中是最有影响力的"③。在具体分析每一章和每一个不同的文学理论模式时,刘若愚也会在中国传统文学理论或诗学话语的著作、代表思想家等中寻找到证据和依靠,为自己创建出来的体系的完善和合理不停地努力。

下面我们简要分析一下刘若愚建构起来的框架与艾布拉姆斯的框架的不同:其实就在上面的图表以及刘若愚自己的解释中我们已经可以较为清晰地看出其中的差异所在了。第一,艾布拉姆斯的图表结构是三角形的,而且是以作品为中心,是四要素中最为根本的要素,故而处于三角结构的最中间,而其他三个要素是分别在三角的位置。艾氏的框架中作品与世界形成"模仿理论",但是刘若愚却认为作品与世界是没法直接构成关系的,必须通过作家这一中介。这是因为如果作家对所生活的世界没有感触,那么是不会创作和产生作品的,也就意味着不可能展示和重现世界的真实。所以在刘若愚那里,他取消了"模仿理论",也就取消了在艾氏那里作品与世界的那根直接连线。

第二,在艾氏的三角结构中,作品与欣赏者之间是"实用关系",但是在刘氏那里转换为读者与作品是"审美理论",而读者与世界的关系为"实用关系"。可见他们两个人对实用的理解是不一样的,刘若愚认为"实用"就是读者对作品的阅读、理解,受其影响进而作用于对世界的感受和理解,因此这里是指作品对读者和世界有作用;艾氏却认为是作品

---

① [美]刘若愚:《中国文学理论》,杜国清译,江苏教育出版社2006年版,第133页。
② 同上书,第150页。
③ 同上书,第160页。

对欣赏者的作用。

第三，在艾布拉姆斯看来，艺术品是一个与外界的参照物隔绝的特类，因此可以孤立地只按照其内部的构成要素来分析和评判，这就是一个自足体，因此"客观理论"就在此基础上形成；但是刘若愚却认为，对文学及其作品的讨论、研究、理解必须是站在某一立场，或是作者，或是读者，那么就不可能存在艾氏那样的解析方式，所以"客观理论"的存在只是纯学理基础上的，而不具有实际操作性，所以没有列出的必要。

第四，刘若愚改进了以往艾氏框架结构的封闭性、单向性的固定模式，创建了流动性、双向性的循环系统，这一点是显而易见的。整个系统可以说是逐层推进的，遵循的是有序性或者有机性的原理，其运行过程是循环往复、周而复始，正是这样一个流动不息的运动中产生出纷繁多样的文艺或文学世界，因而也有了对文学实践更有价值的观照意义。

有了这样一个较为清晰的框架和结构，那么对于中国传统的诗学或文论话语，刘若愚进一步给出了六条原则或曰"可以提出的一系列问题"，以便更好地去解读、阐释、分析中国传统文学理论。

（1）批评家关于文学的理论属于哪种层次：他的评论相当于文学本论还是文学分论？

（2）他专注于艺术过程四阶段中的哪一阶段？

（3）他是从作家的观点还是从读者的观点来讨论文学？

（4）他论述的方式是描述性的（descriptive）或是规范性的（prescriptive）？

（5）他对艺术的"宇宙"抱有何种概念：他的"宇宙"是否等于物质世界，或人类社会，或者某种"更高的世界"（higher reality），或是别的？

（6）对于他所专注的阶段中两个要素间之关系的性质，他的概念如何。①

---

① ［美］刘若愚：《中国文学理论》，杜国清译，江苏教育出版社2006年版，第15页。

　　这六点可以说是刘若愚跨文化诗学理论系统化本论的主要内容，依此，那么中国传统相对零散而又含混的文论话语可以得到解析而走向明朗化。

　　刘若愚系统化、体系论的研究模式对我们有着颇多的借鉴意义和价值，中国文论的现代学科建设之初就把系统性提上日程，并且是作为重中之重的工作来进行，其目的就是突破传统中国文论话语的不足。但是我们也要看到的是，此项努力一直受到历史梳理的纵向工作的影响，而这一直接影响就是大量的中国古代文论史、批评史的出现，其中的积极影响和价值我们就不赘述了，但是其局限性也是显而易见的，即无法取得更大的突破和成绩。"1946 年傅庚生先生的《中国文学批评通论》才首次突破了'纵观'的定势，站在'横观'的角度较为系统地梳理了中国古代文学理论批评中的'感情论''想象论''思想论''形式论'，以及'个性时地与文学创作''文学之表里与真善美''中国文学之文质观'等问题，令人耳目一新。"① 不过，实事求是地说，该书中存在的问题也是比较明显的，书中所体现出来的框架结构是从西方引进的，中国古代的文学批评材料被筛选、组织进已有的框架中，所以这样的处理方式使中国古代文论的特色泯于众人，没有任何自己的独特性和价值，只是西方文论的注脚，这是我们任何人都极不愿意看到的。在此后的相关中国文论研究中，虽然资料可谓不断丰富，视野也是不断开阔，但总体仍没有改观。所以我们回视 20 世纪 70 年代的刘若愚的研究，其所体现出来的跨文化、跨语言、系统化、自觉的比较态度是值得我们赞扬和肯定的。

　　刘若愚在自己的实际研究中并没有简单地、生搬硬套地采用西方的理论框架模式，而是对中国传统文论中每一种理论的特征、理论与理论之间的异同、中国传统文论与西方某些理论的相似和不同之处等方面做出了条分缕析的分析和说明，因而他的理论框架与随后所做出的细致阐释之间是互为所用的。如在《中国文学理论》一书的第二章对"形上理论"的研究和阐释，他首先是从"文学的形上概念界说"入手，继而对"形上理论"的起源、初期表现、全盛发展做具体分析，梳理清楚其在中

---

① 韩军：《跨语际语境下的中国诗学研究》，华中师范大学出版社 2009 年版，第 51 页。

国古代文论中的发展脉络，具体从"与道合一之概念的起源""文学中与道合一的概念""形上传统的支派"等方面着手，将其与"模仿理论""表现理论""象征主义""现象学理论"等西方特有的理论进行横向比较①。通过对中西方关于"表现理论""实用理论""技巧理论"等理论各自的特征的比较，呈现出中国传统文论或诗学所具有的独特性以及中西文论可以互相参照、互为裨益的丰富内涵。

三　《中国文学理论》建构跨文化诗学理论体系的评价

虽然以上我们对刘若愚研究的价值和意义做了极大的肯定，但并不是说他的研究就是完美无缺的，没有任何问题。我们都知道凡事都是具有两面性的，其出众恰恰也是其弱点和弊端所在。其研究中存在的问题正在于他努力为之追求的过于理论化过程。刘若愚的体系、框架如前所述是在参照艾布拉姆斯的结构之后经过一系列的外部推演而确定起来的。其中有自己独有的感性经验。但我们也知道，艾布拉姆斯的理论体系是建立在西方文论内在的、历史的脉络以及理论逻辑之上的。这样框架式的比较研究可以为我们带来较为清晰和明确的分类以及定位问题，有利于我们对中国传统文论或诗学系统化的理解，但是问题就是在于此，因为"一旦以这个理论推论建立的框架作为根本的衡量标准，特别是当难以在具体理论文本和框架之间达成逻辑的一致性时，就容易导致某种中国文论表达'混乱'的认识"②。就像国内有年轻学者拿刘若愚在书中分析刘勰及其《文心雕龙》的例子来说明问题所在。

《中国文学理论》一书的最后一章是"相互影响与综合"，其意图是"在本章中，我将更详细地讨论各种不同理论间的相互关系，并举出一些例子说明各批评家之间的矛盾或不合逻辑之处，以及试求协调和综合不同理论的种种意图。且用一个带有中国传统味道的比喻：将一件织锦五

---

①　在这一点上刘若愚后来也有进一步说明，他在撰写《中国文学理论》一书时就已经广泛阅读和浏览有关现象学者的著作，并对英伽登、杜夫海纳在文学上的观点与自己理论的某些相似之处感到震惊。此说可参见［美］刘若愚《中国古诗评析》，王周若龄、周领顺译，河南大学出版社1989年版，第13—14页。

②　韩军：《跨语际语境下的中国诗学研究》，华中师范大学出版社2009年版，第52页。

颜六色的丝线拆开以后，我们可进而再将它们并在一起，看看它们形成什么花样"①。本着这样的目的刘若愚做了很大的努力，其中涉及"刘勰的综合主义"一节，他这样说道："假如我们能够替刘勰声称他试图调和不同文学理论的意图完全成功，那将是令人高兴的事，可是这种声称事实上是不可能的。"② 他之所以作出这样的评价和结论显然还是受到了艾布拉姆斯的影响，因为后者曾这样说：

　　好的批评理论自有其存在的理由。其衡量标准并不是看该理论的单个命题能否得到科学的证实，而是看它在揭示单一艺术作品内涵时的范围、精确性和一致性，看它能否阐释各种不同的艺术。当然，以这么一种标准来衡量的话，行之有效的理论就不止一种，而是有多种，每一种不同的理论都能首尾一致地、合适地、相对充分地解释一整套的审美现象。③

　　其中艾布拉姆斯所代表的西方批评理论逻辑系统对刘若愚有着不小的影响，当然，逻辑性强、清晰有序是西方文论的特色和优点所在，但正如有学者指出的那样，"这特点也离不开西方文论发展中所形成的主要趋向于某一要素的结构特征"④，故而中西文论上的差距和不同是由来已久的，刘若愚在对刘勰的分析中也深刻意识到这一点。刘勰的论述融会贯通并包含着不同理论的要素，而且做到了理论阐述随着艺术阶段的转移而转移，但是如果我们拿艾布拉姆斯所定义的"好的批评理论"来看待刘勰的《文心雕龙》是很难得出让人满意的答案的。后来的一些批评家在对刘若愚尝试进行评价时也是从中、西两种不同的思维方式之间的差距以及在分析、利用时存在的困难入手，他们指出，刘若愚虽然在跨文化、跨语言的比较视野中较为清醒地认识到中西文论从根本上和骨子里的种种差异，但是从总体上来看，他还是没有摆脱西方文论的思

①　[美] 刘若愚：《中国文学理论》，杜国清译，江苏教育出版社 2006 年版，第 177 页。
②　同上书，第 188 页。
③　[美] M. H. 艾布拉姆斯：《镜与灯——浪漫主义文论及批评传统》，郦稚牛、张照进、童庆生译，北京大学出版社 1989 年版，第 3 页。
④　韩军：《跨语际语境下的中国诗学研究》，华中师范大学出版社 2009 年版，第 52 页。

辨性和分析性的传统模式，还是立足于西方文论的框架之上。但是由于
中国传统文论体系的复杂性、具体操作和建构起来的种种困难，故而他
最终没能在文论的差异中寻找到合乎中国传统文论自身特点的最合理阐
释，因此他的跨文化诗学体系的建构还是受到了诸多批评。

第一，有学者认为刘若愚建构起来的框架不够完备，还有可以进一
步改善和补充的地方。例如中国台湾学者张双英、黄庆萱就是这样的态
度。张双英在其《文学理论产生的架构及其运用举隅》一文中曾表达了
这样的意思，就是艾布拉姆斯和刘若愚的图式与结构都存在一个明显的
缺陷，即在"作家"与"读者"之间没有直接的连线，而被他们忽视的
这两者之间是有可能产生文学理论的直接关系的。为此他这样说道："在
中国文学史上，这情形却是屡见不鲜，最有名的例子如唐代作家元稹与
白居易之间，或是白居易与刘禹锡之间的有关文学的讨论；另外如建安
时期文人的讨论也都有，但却被这两个图表忽略掉了。"① 他又说："某个
（些）读者以直接的口语或间接的书信等方式与作家讨论其作品——不论
这读者是作者的亲人、师友，或是毫无关系的批评家。这个关系，慎重
思索之后，不难发觉它也是对作家创作作品时颇有影响的。"② 而黄庆萱
在其《刘若愚〈中国文学本论〉架构方法析议》一文中指出，刘若愚的
诗学系统在"宇宙"与"作品"之间没有直接连线，因而他就取消了
"模仿理论"，这是极为不妥当的，也是一个失误。他还指出刘若愚在研
究方法上也有"强调归纳，实属演绎""选择资料，武断矛盾""辗转引
用，未据原典"等瑕疵。③ 这些批评有作者自己的看法和见解，有的地方
还是有一定的可取之处，但是对于一些过于严苛的论断应该说还是没有
深入刘若愚研究的骨髓，只是隔靴搔痒，也没有充分体会到刘若愚的苦
心和努力，很多时候还是依附于西方文论的色彩更为浓重一些，故而要

---

① 张双英：《文学理论产生的架构及其运用举隅》，载《古典文学》第七集下册，（台北）
学生书局 1985 年版，第 1056 页，转引自詹杭伦《刘若愚 融合中西诗学之路》，文津出版社
2005 年版，第 186 页。
② 同上。
③ 黄庆萱：《刘若愚〈中国文学本论〉内容析论》，载《与君细论文》，（台北）东大图书
公司 1999 年版，第 276—278 页，转引自韩军《跨语际语境下的中国诗学研究》，华中师范大学
出版社 2009 年版，第 53 页。

区别对待。

第二，有学者批评刘若愚的中国传统文论系统化的尝试是"以西释中"，其中以国内学者曹顺庆教授为代表。曹顺庆先生在其《中国文学理论的世纪转折与建构》一文中就这样批评道：

> 刘若愚的《中国文学理论》，这是一部典型的以西释中之著，该书根据艾布拉姆斯（M. H. Abrams）《镜与灯》（*The Mirror and the Lamp*）中所提出的艺术四要素，对中国文学理论加以梳理排列，总结出六种理论，即"形而上的理论"、"决定的理论"、"表现的理论"、"技巧的理论"、"审美的理论"、"实用的理论"。这样的理论梳理，的确前无古人，"可以说在架构方面有重大的突破"。刘若愚的这部论著，几乎成了中国文学理论研究的典范之作，在海内外产生了巨大影响。

> 但平心而论，由于以西释中，完全以西方理论话语来切割中国文论，不可避免地会曲解中国文论，甚至弄得面目全非，失去了中国文论应有的特质。刘若愚的《中国文学理论》，由于运用艾布拉姆斯之文论话语，将中国文论加以切割，牵强之处似乎无法避免，全书为迁就架构而寻找证据的味道非常浓。甚至有一些论证不准确，例如说《文心雕龙》没有"决定的理论"，事实上，《文心雕龙·时序篇》讲的就是"文变染乎世情，兴废系乎时序"，这就是刘若愚所谓"决定的理论"，奇怪的是为什么刘若愚说《文心雕龙》"没有决定的理论"。或许，刘若愚这种以西方文论话语来切割中国文学理论的以西释中，有着其先天不足，注定了这种研究方式必然带来的不可避免的缺憾。①

曹顺庆教授所指出的刘若愚在他的研究过程中和在其《中国文学理论》一书中的错误和疏漏确实是存在的，他在其之后出版的《跨越异质文化》一书中指出中国文论当代出现的"失语症"问题时，指出"失语"是失去了自己的学术规范，而其矛头所指向的也是刘若愚及其《中

---

① 曹顺庆：《中国文学理论的世纪转折与建构》，《中州学刊》2006 年第 1 期。

国文学理论》。他说："刘若愚以西切中，常常不顾及中国文论实际，甚至扭曲了中国文论，将中国文论机械地切割到他的六种不同的理论中去，往往削足适履，将中国文学理论硬套入西方文论话语框架中，在刘若愚的解构下，中国文论已不复是中国文论，而是西方理论话语中的一堆材料，是阿布拉姆斯（注：此处是'艾布拉姆斯'的另一种翻译）理论的注脚文本。这是典型的失语。"[①] 这时曹教授的批评就过于严苛了。他抹杀了刘若愚在中国传统文论走向现代化和国际化的转型过程中的作用和贡献，而一味地放大其不足和缺陷，将刘若愚的努力归于"以西释中""失语症的典型代表"之类是对其定位的错误，这种错位的定位将刘若愚为之一生的奋斗和努力遁于无形，而对刘若愚在西方话语体系下传播中国文化的苦心也看不见了。

但是我们都知道"金无足赤，人无完人"，同理，任何一种理论的产生、发展都有一个过程，即使在完成其基本建构以后也是要不断完善和发展的，缺点和不足固然存在，但是我们要全面去看待，"瑕不掩瑜"，看其所代表的大趋向如何，对后来者的意义和价值所在。而同样地，我们今天来看待刘若愚及其研究，我们要看到其所运用的研究方法和思路恰恰是西方汉学界或者说是中西比较诗学领域的选择。我们试分析之。

国内比较文学和比较诗学的开拓者或者说是领军者乐黛云先生曾为西方著名汉学家宇文所安的著作《中国文论：英译与评论》的中文译木作序，她是这样说的：

> 看来宇文先生对于如何找到一个好的办法来向美国学生讲解中国文论也是颇费斟酌的。他不大赞成刘若愚先生的办法，即把中国文学理论按西方的框架分为几大块再选择若干原始文本分别举例加以说明；他既不满足于魏世德（John Timothy Wixted）所著的《论诗：元好问的文学批评》那样，从一个人的著作一直追溯到诗歌和文学讨论的源头，也不满足于像余宝琳（Pauline Yu）的《阅读中国传统意象》那样，选择一个核心问题，广泛联系各种文论来进行深入讨论；他创造了第四种方法，在"要么追求描述的连贯性，不惜

---

① 曹顺庆：《跨越异质文化》，山东友谊出版社 2007 年版，第 47 页。

伤害某些文本", "要么为照顾每一特殊文本的需要而牺牲连贯性"的两难中毅然选择了后者,即通过文本来讲述文学思想,仅以时间为线索将貌似互不相关文本连贯起来。他的讲述采用统一的形式:一段原文(中文),一段译文(英文),然后是对该段文字逐字逐句地解说(不是概说)和对所涉及问题的评述。这就轻而易举地真正做到了从文本出发。这样从文本出发,根本改变了过去从文本"抽取"观念,以至排除大量与"观念"不完全吻合的极其生动丰富的文本现实的错漏,并使产生文本的语境,长期被遮蔽的某些文本的特殊内容,甚至作者试图弥缝的某些裂隙都生动地呈现在读者眼前。①

乐黛云在这篇序言里总结出西方汉学家研究中国传统文论所走的四条不一样的道路,他们各自代表着不同的研究方向和方法,宇文所安的优点就像是乐先生所指出的那样是值得肯定的。但是我们也要正视的是,该书的性质接近文学思想史或者文学批评史,它所呈现的以时间为线索的流程是清晰的,但是正是横向研究所带来的不足,此书很难展现文学理论的系统性以及结构框架。故而,宇文所安本人也这样说,他所开创的研究中国传统文论的第四条道路,即翻译加解说的研究思路和方法,只是对前面所开拓的三种方法的"补充",而不是替代。② 从以上列举的西方汉学界研究中国传统文论的方法和思路来看,只有刘若愚是致力于体系建构的勇敢开辟者,是对中国传统文论全方位的系统建构,这应该是以后研究的方向。研究的思路和方法固然不能局限于某一种,每个人的研究也都像钱锺书一直秉承的"人同此心,心同此理","东海西海,心理攸同;南学北学,道术未裂"的原则那样,为的是阐述中西共同的诗心文心③,《易经》也说过"天下同归而殊途,一致而百虑",故而后来者可以在前面所走过的道路上根据研究需要以及自身的兴趣选择既有

① 见乐黛云为宇文所安的《中国文论:英译与评论》一书所写的"序言",上海科学院出版社 2003 年版。

② 宇文所安:《中国文论:英译与评论》,上海科学院出版社 2003 年版,"导言",第12 页。

③ 钱锺书:《谈艺录·序》,复旦大学出版社 2009 年版。

方法或者尝试创新，但要互相尊重，做到和谐发展，共同进步，而不是固执己见。

第二节　以语言为中心的方法论转向

一　自觉的语言文字贯通达至文化贯通的意识

西方当代文学理论从俄国形式主义学派开始，有意识地突出语言的中心地位，开启其语言论转向的征途，后来者也是筚路蓝缕，而刘若愚的跨文化研究中也凸显了这一特征。在他的第一部著作《中国诗学》的第三部分"综合"，其开篇第一章"诗歌是达物练句的学问"，而且他也说"诗是不同境界和语言的探索"，在他看来，"诗不仅是对外在和内在各种境界的探索，而且也是对诗歌语言的探索。当诗人字斟句酌地来表现原来的体验时，对语言的探索也就在进行着。无论他考虑的境界是什么样的，而目前最关心的却是字与词，即对字、词及其意义的推敲。据此，写诗应是一个双重的探索过程：寻求适当的词、语来表现其所体验的新的境界；发掘新的字、句以状述已经熟悉的境界"①。其实在刘若愚看来即使是对诗歌境界的探索其基础或是最根本的还是对语言的驾驭和操控能力，"由于优秀的诗作总是创造出新的境界，所以一定还有迄今为止尚未发现的运用语言的途径……能高度驾驭语言的诗人，如莎士比亚和杜甫，不仅对人类所体验的各种境界进行了更广阔、更深入的探索，而且也扩大了语言使用的领域"②。这两个方面是相互联结在一起的，也是相互影响的，故而提出对新境界的追求与探索也是对语言的更高标准。

其实刘若愚对语言问题的重视在他的其他著作中也是有所体现的，在他的《中国文学艺术精华》一书"引言"部分，对文学观念的提出基于两个条件："文学是一种艺术以及它是由语言写成的。……由于文学的媒介是语言，而语言有它自身的结构，因而文学的结构不同于其他艺术。

---

① ［美］刘若愚：《中国诗学》，赵帆声、周领顺、王周若龄译，河南人民出版社1990年版，第115页。

② 同上书，第118页。

由此，文学可以被视作艺术功能与语言结构的重叠。"① 接着在其《中国古诗评析》一书中他对"跨语际批评家"的各种不同身份定位进行了较为细致的剖析，其中有着对作为译者的批评家的理解，而翻译问题的出现更是对语言问题在更细、更小方面的要求。而他的最后一部著作《语言·悖论·诗学：一种中国观》，从其书名上可以直观地看出其选取语言诸种现象中的一种作为考察对象，更是得出语言与诗学之间的关系。其实我们今天说刘若愚是跨语际、跨文化地进行研究，那么究其跨语际问题的最根本所在也是在语言方面，语言背后承担着文化、思维、文学作品、日常生活等方面的内涵，"语言毕竟是一个民族意识形态和文化的反映，它必然又反过来影响把该语言作为母语的那些人们的思维方式及文化特征"②。

对于文化的确切概念在学术界一直没有定论，因为文化本身的复杂性和难以规定性就决定了对其下一个能为全体大众所接受的定义是难之又难的。而不同地域、不同民族、不同生活习性的人们的文化也是不一样的，故而文化之间的交流与沟通是一件既必要但又带有一定难度的事情，古往今来很多人都在这方面做着努力。社会发展到今天，其全球化的程度愈益加深，那么文化之间的取长避短也成为趋势所在，文化归根结底是由语言和文字组成的，不同文化的特异性也体现在语言和文字上，就如同汉语和英语是两种完全不同的语系一样。语言和文字构成或诗歌，或散文，或小说，或文学评论等，进而就是文化的重要组成部分，绘画如果离开色彩、线条和结构就无从称为绘画，文化也是同样的道理。所以，刘若愚在进行跨文化诗学研究的时候心中秉承的就是自觉地由语言文字的贯通达至文化贯通的思想，在这条道路上进行了艰苦卓绝的努力和探索。

综上所述，我们可以很清楚地看出刘若愚对语言问题的关注，其背后的"语言论转向"问题是 20 世纪以来文学理论界的显著特征，它所信

---

① ［美］刘若愚：《中国文学艺术精华》，王镇远译，黄山书社 1989 年版，"引言"，第 1 页。

② ［美］刘若愚：《中国诗学》，赵帆声、周领顺、王周若龄译，河南人民出版社 1990 年版，"绪论"，第 2 页。

奉的是打破以往对语言的忽视，仅仅认为语言是一种表意工具。对语言重新进行定位，将其置于根本性位置，语言创造出价值与意义等。而语言除了我们上文所提及的以其独特的方式构成文化系统的多样性外，在其他方面也有其重要地位，就如伊格尔顿曾说过的那样，"想象一种语言就是想象一种完整的社会生活"①，那么语言在社会、日常生活等层面也是有着丰富的蕴涵。

二　纠正西方学界对中国诗学的误读

欧洲中心主义或者说是西方中心主义的思想不仅仅是体现在文化霸权上，语言以及文学理论或是诗学方面也处处有所显现。在跨文化和跨语际的诗学研究中，其首要的问题也就是语言问题，而中英两种不同语言的区别、比较、评析等也就成为诗学研究或者文学研究的前提，而这个时候从西方中心主义的角度和立场对中国诗歌语言的偏见、误读或者谬见也就不再新鲜了。西方中心主义的形成由来已久，它以现代知识话语产生的特权和优势地位表现出一副高高在上的态度，也就是把其他民族在文化方面与其差异和不同直接定义为其先天的不足和弱势，并进一步表现出蛮横和冷漠，对其他民族的文化大加指责，这些已经受到越来越多学者的批评。但是西方中心主义还有一种复杂的情形我们要认识到，它以己文化在现代取得的优势地位而对其他民族的文化类型进行肆意的分割，或是局部分解，或是凭己想象任意改变，或是放大，这样他文化也就只是沦为为自身文化所需的某种补充或调适。正如西方现代文学理论的大家德里达对中国的汉字一味赞赏甚至提出向慕汉字，他甚至认为"东方文化中物我通明的诗性认知特征，是给被符号的任意性折磨得无可奈何的西方人指出了一条希望之路"②。"真心转向东方寻求灵感，他征引卢梭《论语言的起源》中的一段话：人类最初的说话动机是出于情感，最初的表达是比喻，这生动勃发的、形象的语言，就是东方的语言。"③

---

①　[英]特雷·伊格尔顿：《二十世纪西方文学理论》，伍晓明译，陕西师范大学出版社1987年版，第68页。

②　朱立元：《当代西方文艺理论》，华东师范大学出版社2005年版，第305页。

③　同上书，第305—306页。

德里达认为汉字超越了时间和空间，从而可以摆脱西方传统的逻各斯中心主义，其实究其根本，德里达还是为了以中国的汉字来抵抗西方传统二元对立模式，这还是有其自己的目的，不是对汉字彻底的了解。他对汉字就有误解和误读的成分在内，东西方的思维习惯确实有着不同，但是我们今天再来审视这些时，其中的差距并非泾渭分明，所以德里达在开始的时候就设定了两者之间巨大的鸿沟并不是恰切的。德里达对汉字或者说是中国文化、文明的褒扬是站在自身的文化立场和背景上，也是为了宣扬西方文化和文明，因而采取的方法是掺杂了自己的想象而研究。

不只是德里达，还有很多西方汉学家在从事研究中国文学、文化、文明时也会有着真知灼见，也有着独特的见解和看法，但是深入其背后，我们还是可以看到他们根本没有脱离西方传统文化的背景，"没有离开西方传统中的问题与需求、文化间的比较与区分，因此只能称其为文化之'异'的片面放大与区分"①。在中西文化的比较中，"还明显存在着话语权力的不对称现象，他文化对于西方文化而言，总要受到那种西方中心论式的'凝视暴力'的左右，从而在知识话语的生产中流于边缘化、专门化的尴尬处境。于是，跨语言、跨文化的交流也就有了更深层的障碍"②。国内学者的这一番话是很有见解的，其一针见血地指出现今西方汉学界对中国文化或者说其他民族文化的误读甚至肆意修改，他们也许无意深入其他类型文化的根底，其研究还是为了自己文化的需要。

刘若愚当然在西方文化的背景下也是对此感受颇深的。西方的学者、学生、读者对中国传统诗学或者文学理论也是误读的，他在其第一部学术著作《中国诗学》中开篇就指出西方读者对汉字的错觉和误解：在他们看来，中国汉字都是象形的，或者是表意的。

这种错误的见解所以出现，在于热衷于中国诗歌的西方文人往往持一种怪诞的论调，例如欧内斯特·芬诺洛萨（Ernest Fenollosa）在其《汉字是中国诗歌的媒介》（*The Chinese Chaeacter as a Medium for Poetry*）中就表现出他对汉字错误的看法，并对汉语所谓的象形

---

① 韩军：《跨语际语境下的中国诗学研究》，华中师范大学出版社 2009 年版，第 34 页。
② 同上。

化大加称道。当人们一旦认识到芬诺洛萨所以热衷于某一语言是为了摆脱现代英语在逻辑上索然无味的倾向，或者觉察出他把诗歌的优美绝伦归之于母语是意出奉谀之时，就会意识到这一结论是不正确的。失误的原因在于他拒不承认汉字结构中尚有"声"的成分。然而这篇文章，通过埃兹拉·庞德（Ezra Pound）的介绍，对一些英美诗人和评论家产生了巨大的影响。这或许是一种学问的催化作用的范例吧！但作为对中国诗歌的概述，芬诺洛萨的探索，至少可以这样说，它把读者引入了歧途。①

从以上的叙述中我们可以看到，刘若愚对西方世界对汉语的误解认识得非常清楚，而且对此产生的原因也剖析得较为深刻，对其进行根源探索，就是要从根源上对这种错误进行纠正。西方学界对汉字"象形化"的大力鼓吹在表面上看是在指出汉语所具有的不同于其他语言类型的特点，尤其是不同于英语，但是从一方面来看，还是以西方为中心，以其自己的标准去衡量而得出的结论，故而刘若愚所做的纠正这种偏见和误读就是从分析汉字的构造原则开始的。

《中国诗学》第一章"汉字的结构"从考察汉字结构的规律谈起，用中国传统的文字学对汉字的构成原则作出总结，即为"六书"，英语译为"The Six Scripts"，刘若愚指出这不是说汉字共分六类，而是指有关汉字构成的六条原则，因而也可以翻译为"The Six Graphic Principles"，他也提出关于六书的排列顺序问题，这在中国学界也是争论不休的问题，只是这不是他要讨论的问题所在，所以可以不必考虑。②"六书"即是"象形""指事""会意""形声""转注""假借"，最后两条原则不再是新字的构成，而是有了汉字扩展使用的意味，因此只有其余四条算作真正意义上的汉字构成规律，刘若愚对此作出了分类：纯粹象形字、纯粹表意字、复合表意字、复合表音字，"属前两种类别的汉字为数不多，但由于它们所表示的或者为普通的物体（诸如日、月、林木等），或者系基本

---

① ［美］刘若愚：《中国诗学》，赵帆声、周领顺、王周若龄译，河南人民出版社 1990 年版，第 3 页。

② 同上书，第 4 页。

概念（类似数字，上、中、下等），因之给人以幻觉，似乎它们并非少数。汉字的绝大多数属于带有音符的最后一类。即使那些起初是依据象形原则所造的字，大多数也都失去了其象形的特征，它们现在的字形与其所代表的事物相似之处已所剩无几了。我们前面所列举的某些古体与今体的对比足以证明这一点。据此，芬诺洛萨及其追随者所持观点的谬误是显而易见的"①。从刘若愚以上的分析我们就可以看出，他正以自己的努力驳斥着西方学者的误解和他们头脑中所形成的固定思维。

纠正西方学者对汉字的误读还表现在另一个方面，就是关于书面汉语的误解即把词（word）和字（character）混为一谈，造成这一误解的深层原因就是他们固执地认为汉语是一门由单音节构成的语言。对此刘若愚说道："汉语的一个词，也恰如其他语言一样，是一个语言单位，它可以由一个乃至几个音节构成，因之可以与一个音节相符构成一个词，或者构成一个词的一部分。从理论上讲，每一个字都有其意义，然而在实际上某些字却不能单独使用，只能与其他的字一起组成一个词。"② 对此他还举出了一些例子对此类的误解进行反驳和纠偏。汉语中的复合词是很多的，甚至可以说，一个单音节词代表一个意思的已经很少了，在古代汉语中还存留一些，但是汉语越是往前发展，就越少有单音节词了，更多的时候就是大量具有多种含义的复合词了，这和西方学者或读者的理解是完全不一致的。尤其是汉语中还有很多是具有约定俗成或者是含有隐含意义的复合词，就如《论语》中孔子曾说："吾十有五而志于学，三十而立，四十而不惑，五十而知天命，六十而耳顺，七十而从心所欲，不逾矩。"对于其中的"志于学"一词如果仅从字面上去理解就是"有志于学，好学"，但是如果我们拿到全文上看就不是这样，孔子讲的是自己的学习经历和人生经历，故而"志于学"就是指的"十五岁"。还有很多这样的例子，因此对此绝对是不能仅从字面上去理解的，一定要知道这些词形成的背景和条件以及所代表的特殊含义和用法，这样才不会出现望文生义和南辕北辙的错误。

---

① ［美］刘若愚：《中国诗学》，赵帆声、周领顺、王周若龄译，河南人民出版社 1990 年版，第 5—6 页。

② 同上书，第 6 页。

三　方法论转向的探索和创新

方法论问题也是中国学术界关注的焦点所在，即，用一种什么样的思维和态度去对待和研究问题，中国自古就有注重方法的传统，而到了现代，尤其是随着西方文学理论的进入和冲击，我们也一直在结合古今、中外探索自己的方法论。而这里所讲到的以语言为中心的方法论转向问题就是其中的突出所在，刘若愚正是利用西方文学理论结合中国的实际进行自觉探索和创新，对此，有学者这样说道："评论中国诗歌时方法论水平的提高则要归功于 I. A. 瑞恰兹和威廉·燕卜荪"（这里就是对刘若愚学术之路的一个分析）[1]，这里我们仅以他对中国诗歌语言的细致考察中的一个方面为例进行剖析和说明。他在考察中国诗歌语言的时候曾从以下四个方面进行，即词与字的暗含意义及联想、汉语的音响效果以及诗词格律、汉语语言的语法特点、中国人的某些观念及其思想和情感的表现方式，而这里我们以第一部分词与字的暗含意义及联想为重点进行分析。

在汉语中，并不是说每一个词的意义都是固定不变和非常明确的，一个词往往具有很多种含义，有时候这些不同含义不是相关的，甚至是完全相反的，故而有时候难免会出现歧义现象，这也是汉语的特色所在。对于这一点，西方的学者，新批评派的先驱和代表瑞恰兹在他的《人们心目中的孟子》（*Mencius on Mind*）一书中就已经发现了汉语这一特点。"这种现象对散文来说可能是一种障碍，但对于诗歌来说却是得天独厚之物。它有言简意赅之利，诗人可以用以充分表达自己的思想情感：尽可能地把数种不同的含义都汇注于一个词中。这样，读者就不得不去捕捉最有可能首先浮现于诗人脑海中的那一层含义，其次才是次要的一层，并最终舍弃那些适用于别处而与本文无关的意义。"[2] 进而他得出了汉语是最宜用来赋诗的，这也充分说明了汉语语言的特色以及中国诗学的魅力所在。

---

① 韩军：《跨语际语境下的中国诗学研究》，华中师范大学出版社 2009 年版，第 25 页。

② ［美］刘若愚：《中国诗学》，赵帆声、周领顺、王周若龄译，河南人民出版社 1990 年版，第 8 页。

　　我们在以上的行文中曾分析了新批评学派对刘若愚学说的影响,刘若愚作为燕卜荪的学生对其著作进行过细致的研读。燕卜荪的学说在当时可谓有划时代的意义,尤其是其《复义七型》一书,兰色姆对此评价说"没有一个批评家在读此书后还能依然故我"。甚至有人说,西方文学应分成"前燕卜荪(Pre-Empsonian)时期"和"后燕卜荪(Post-Empsonian)时期"①。所以刘若愚在其《中国诗学》一书中就多次提到燕卜荪的名字和观点,但是我们不是说刘若愚只是生硬地去套用其现成的理论,而是在借鉴其方法的基础上结合中国汉语和诗歌的实际进行研究。

　　首先,众所周知,燕卜荪的最著名理论就是"复义","复义"在日常言语中也存在,但对于诗歌表现尤其具有重要意义,燕卜荪对此下的定义是"任何语义上的差别,不论如何细微,只要它能使同一句话有可能引起不同的反应"②。对此刘若愚也指出中国汉语的词具有多义性而且对一个词的不同含义在很多时候往往难以进行抉择,认为是"模糊含义"(ambiguity),在这里他所说的"模糊含义"一词就相当于燕卜荪用到的"复义"一词,但是两者的内涵是不一样的。刘若愚说:"当一个词的几种意义同时出现时我们可以把其中的一种看成是主要的,而其余则属它的暗含意义(implication)。我是在一般意义上使用'模糊含义'一词的,不包括燕卜荪所说的那七种类型。"③ 从以上的话中我们可以看出,燕卜荪的"复义"是诗歌语言在被进行语义分析以后得出的,其结果不会超出他所总结的七型;而刘若愚指的是中国诗歌语言的特殊所在,其含蓄、多义的特征是不同于英语的。

　　其次,他紧接着分析"暗含意义"和"联想"(association)的相异之处,"联想"在刘若愚的理解中是指"可以在我们头脑中与一个词联系在一起的东西,它既不是该词的一部分,也不是它的某一种含义"。他为此举出的例子就是说到"桌"很多人就会联想到"餐"④。这里他也说到

　　① [英]威廉·燕卜荪:《复义七型》(选段),麦任曾、张其春译,"编者按",载赵毅衡编选《"新批评"文集》,中国社会科学出版社 1988 年版,第 304 页。
　　② 朱立元:《当代西方文艺理论》,华东师范大学出版社 2005 年版,第 114 页。
　　③ [美]刘若愚:《中国诗学》,赵帆声、周领顺、王周若龄译,河南人民出版社 1990 年版,第 9 页。
　　④ 同上。

对"联想"这一词语的使用不同于燕卜荪，前者是大多数人所具有的最广泛意义上的想象，不具有个别性；而后者则是重点指个人的不同想象，强调的恰恰是个体的差异所在。

最后，他又对词的暗含意义进行分类，主要分为三种。（1）一个词同时可能具有一个占主导地位的意义和几个作为暗含意义的次要意义。"孝"（finial piety）有着"爱上""驯顺""尊长""侍亲"等，在一定的场合下，所列举出来"孝"的每一种含义都有可能成为占主导地位的含义。如果借用燕卜荪的象征符号法，词的主导意义和暗含意义可以写成 A/1，2，3……而"孝"可以写作：孝＝爱上，驯顺，尊长……①（2）"占主导地位的"意义并不一定是该词的初造时意义，即为最初的意义也叫作"原始"意义；也会不同于该词的常用意义即为"通常的"意义。在这里他拿"木"做例子，它的原始意义是"树"，但发展到现在通常意义演化为"木头"，而占主导地位的意义也就是"麻木""木讷"这种复合词中所具有的"僵化"含义。②为此，他也进一步与燕卜荪的术语和含义进行区分和比较，这也类似燕卜荪等新批评派所倡导的语义分析方法，固然有着烦琐之嫌，但是在带来麻烦的同时对学习汉语和进行汉语翻译的工作者有着一定的帮助和启迪作用，这就是刘若愚所秉承的原则和方法。（3）有时，不给占主导地位的意义增添任何次要的含义，因为暗含意义也许会限定它的意义，这样，其应用范围就受到了限制而不是扩大。③在分析此要点时他还是与燕卜荪进行了对比，在中国这样情形的出现是有着历史性的因素，也同诗歌的上下文休戚相关，故而不可以偏概全。

刘若愚还对联想进行分类，分为三种类型：抽象联想、谐音关系、上下文引起的联想，在这里我们就不再一一详细分析了。

其实我们大致可以看出刘若愚的思路和方法，他更多的时候是在依赖西方的方法，以语言为中心的方法论转向问题也是意在于此。但是我

---

① ［美］刘若愚：《中国诗学》，赵帆声、周领顺、王周若龄译，河南人民出版社 1990 年版，第 10 页。

② 同上书，第 11 页。

③ 同上。

们不能说依赖西方的分析框架就是不值一提的，而应采取辩证的思路，他只是用其可用之方法，结合了中国诗歌和语言的自身特色所在，而且是呈现其优势，故而运用西方的理论和方法模式是为了更好地达到这一目的。伊格尔顿曾说过一段话，我们引用在此也许可以更清晰地讲明这一问题。他在剖析燕卜荪的语义分析法时说道，与艾略特或布鲁克斯那种象征主义的神秘论不同，燕卜荪的语义分析则体现了老式的自由派理性主义态度。因此，他并不像"新批评"那样把作品的语言形式封闭、隔绝起来，而是强调"应当把诗歌当成能够被理性阐释的普通语言的一种类型，一种与我们通常说话习惯及行为习惯相连贯的话语类型"①。所以我们可以进一步地说，刘若愚对西方学术派别的借鉴与利用并不是套用其现成的模式与方法就完结了那么简单，这也不是其最终目的，而"根本性的开放宏通的语言观以及语言观背后的理性态度对于他则更有参考价值"②。

的确是这样的，刘若愚一直立足于中国传统诗歌和语言的特征，同时借用燕卜荪等西方理论家的细致剖析的批评方法，在进行语言分析的同时注重文化、历史、文本的上下行文等因素，使他对语言的规律作出一定的总结后，对中国传统语言和诗歌的丰厚宝藏可以在西方先进理论的观照下突破自身的局限，以完成现代语境下的转型。只要这样做，就是把语言作为分析的中心和重点所在，将西方理论成果与中国传统实际相结合，努力拓展研究的深度和空间，让理论不是只在此时有价值和作用，而是为理论的进一步深入和发展创造动力，这也是他执着地将语言论作为其理论方法的原因所在。

第三节　跨文化诗学理论体系的实践

一　翻译理论

在刘若愚的八部著作中，除去《中国之侠》一书不在本书的讨论范

---

① ［英］特雷·伊格尔顿：《文学原理引论》，刘峰译，文化艺术出版社1987年版，第64—65页。载韩军《跨语际语境下的中国诗学研究》，华中师范大学出版社2009年版，第37页。

② 韩军：《跨语际语境下的中国诗学研究》，华中师范大学出版社2009年版，第37页。

围所在以外，其余的七部可以大致分为两大类，即理论建设部分和具体作品分析即实践部分，前者包括的著作有《中国诗学》、《中国文学理论》、《语际批评家：阐释中国诗》（中文译本为《中国古诗评析》）、《语言·悖论·诗学——一种中国观》，后者则涵盖了《李商隐的诗——中国九世纪的巴洛克诗人》《北宋六大词家》《中国文学艺术精华》，所以我们能够很清晰地看出，刘若愚本身不是一个仅仅拘泥于理论的学者，他是将理论建构与实践结合起来，在实践中形成理论，进而在理论体系和框架形成后，不是将其僵化与封闭，而是再次将其用于实践，那么使理论得到更好、更完美的发展。

其《跨语际批评家：阐释中国诗》，也就是《中国古诗评析》一书就有专门关于"批评家—译者"的章节，主要是探索翻译的理论。既然说到跨文化的诗学，那么语言问题就是突出的首要问题，而中西学者、读者进行交流、合作的平台就是依靠相互间的语言翻译，如果这一点做不好，就会出现和存在很多甚至很关键的问题，故而只要有跨文化、跨语际，那么语言间的翻译就是怎么也绕不开的关键所在。到了全球化的今天，国家间的文化合作日益频繁与重要，故而语言翻译更凸显了其地位，所以我们研究刘若愚在此方面的努力和成就，也是更好地为今天服务。当然他此书的目的不仅是讲明翻译问题，我们还是要契合他的书名，其英文书名能够更好地说明问题所在，即"跨语际批评家"。在此书的"导言"部分，他就用英文撰写对中国诗歌的批评性研究，其作者是谁、写作的动机是什么、为什么写、为谁而写等问题进行一一的解答，既是给阅读此书的西方学生和读者指明方向，也是对自己的总结和反思。

对于翻译和批评的关系问题，刘若愚的见解是这样的，他反对西方有些学者认为的，用英文撰写有关于中国诗歌的著作只限于翻译和注解，而不应该涉及批评。这虽是谦虚的美德，但却使得学者应尽的批评、解析、阐释的义务失去了，因而也就没有了实用的价值，这对于实际的指导和帮助是无益的。因而，在他看来，翻译从其本身来看就是一种解析，如果只是局限于翻译这件事本身是意义不大的，还需要借助批评家的评论才能使一首诗歌的价值得到最大限度的张扬！

对于批评和翻译所要遵循的原则刘若愚一直都没有改变，这段引文或可以说明原因："我不赞成把现代西方的批评术语、概念、方法及标准不加分析地套用于中国诗歌的研究中，我也不同意那些持另一个极端的批评家的意见，他们力求人们对待诗歌只应采取传统的中国诗观。"① 他一贯坚持和主张中西比较的方法，因为那些主张采用中国传统诗观的学者自身也没弄清楚到底什么才是传统中国诗歌的批评方法，这一问题本身就是纷繁复杂的，其中包含的绝对不是只有一种方法；而中国传统批评所运用的一些特定术语和概念本身就需要评析者的进一步阐释，因此翻译为英语也好或者其他语言也罢都是不可忽略的工作；中国传统古典文学的历史背景和要素已经不同于今天的中西方的任何一个时期，所以还是要加以区别对待和说明；最后，只要是不同语言间的活动一旦开始就是比较主义的形式和活动了。另外，采用比较研究的方法就如乔治·斯坦纳（George Steiner）所说的"文学应用比较的方法教授和解释"，"沙文主义……在文学研究中没有立足之地"。② 中西方的学生和读者应以一种开阔的眼光和视野去认识他国的诗歌和诗学，才可以力争避免狭隘主义和局限性，以获取更深刻的思维去看待文学和诗学，得到新认识和新理解，也正是通过相互间的比较和认识对本国文化和文学的特性和特质才能够体认得更加明显和深刻。

在具体动笔分析"批评家—译者"时，他首先对两种都从事翻译工作但身份不同的人进行区分，一类是作为译者的诗人（也可称作诗人翻译家），另一类就是作为译者的批评家（也可称作批评家译者），其身份不同，从事翻译的目的不同，读者对象也不同。前者以前是诗人即为自己创作诗歌的人，后来也许是因为江郎才尽所以转向翻译中国诗歌，并进一步在理解的基础上达到用英语写出一首好诗的目的，他们主要是为那些不懂汉语但是喜欢阅读英语诗歌的人服务。而后者则是完全不一样的出发点，他们不一定本身就是诗歌创作者，但他们力求展示诗歌的原貌，并将之看作其批评和解析的一部分。他们的读者群有母语是英语但喜欢中国诗的学生，这些人努力攀登中国诗歌这座高峰也付出很多艰辛，

---

① ［美］刘若愚：《中国古诗评析》，王周若龄、周领顺译，河南大学出版社 1989 年版，第 6 页。

② 同上书，第 7 页。

他们需要一定的指导和帮助；还有那些希望把自己对中国诗歌的评析和阐释与他人进行比较的学者和专家；另外还有那些不仅是为鉴赏而是在学术上希望有着更大突破，虽然是不懂汉语但是又对此有着浓厚兴趣的人。① 刘若愚对这些一一进行较为细致的剖析，这也是其学术思想严谨的体现。

在刘若愚看来，他对以上的两类翻译家做了区分，但是这并不意味着这两类就是完全对立、排斥的，事实上正好相反。刘若愚认为最理想的状态莫过于两者是志同道合的，而且能够既是诗人又是翻译家，那样他能更好地体味这两种不同的境界。也许在其创作诗作时也可想到能被其他语言、民族的人去理解，那么在翻译别国语言的诗作时也可以让其中隐含的深意更容易被阅读者体认。但是在现实中能够同时做好这两种工作的人却不多，几乎可以说是甚为罕见，为此刘若愚也努力想找到范例。他找到了加里·斯奈德（Cary Snyder），"能够独立地从中文译作英文而且本身又是公认的诗人"，但是公正地说，他的"译文也不乏误解原文而铸成错误之处，远不到炉火纯青的地步"②。不过即使能做好两者的人很少，但是如果能使翻译出来的中国诗歌具有较强的可读性，而且能表现出或保留着中国原诗所具有的特质和风貌就很不错了，不是很擅长用英语写诗歌的刘若愚也是极力去做到这一点的。

诗人和批评家在具体翻译时其运用的方法也是不一样的，为此刘若愚给出两个例子来说明。第一，在诗歌中遇到一个陈腐的意象时，诗人翻译家可能会把它加以修改，而不是用英语中相应的陈腐意象去代替。但是，作为译者的批评家就不会断然地去修改原作，相反，他们认为有责任指出其只是一个陈腐意象。第二，在中国诗歌中运用典故是非常普遍的现象。甚至有时几乎都是用典写成的，在处理这种情况时诗人翻译家会采取不去作注释，而是在诗作中认为必要时给予一定的说明；而翻译批评家则是运用加注脚的方式把所有的典故都予以保留，甚至有时候他们会解释原诗作者运用典故的用意还有典故的使用在诗歌创作中的作

---

① ［美］刘若愚：《中国古诗评析》，王周若龄、周领顺译，河南大学出版社1989年版，第59—60页。

② 同上书，第60页。

用和功能。① 所以在此基础上，刘若愚认为无须再纠缠于直译还是意译此类长久以来都不能解决的问题，相反，应该追寻什么样的汉语语言结构能够更好地实现诗学的功能以及什么样的英语语言结构可以起到和汉语类似的作用。因此诗人翻译家和批评家译者关注的重点也是不一样的，前者对第二个问题更为关心，即在英语中使用任何一种他认为最能充分实现他所期望的诗歌功能的语言结构，对此后者则是不太关心，他们会指出原作中哪些语言结构可以实现相应的诗歌功能。

由以上的分析我们可以很清晰地看出刘若愚的细心和努力之处，在对两种不同的翻译家进行分类和分析的基础上就有了"破格"和"归化"两种原理的出现。"破格"（barbarization）是指为保留中国诗歌的语言结构及其基本的思维与感觉方法所进行的尝试；而"归化"（naturalization），其实依其英文我们也可以看出其用意，即在不破坏英语语言现存常规的基础上把中国诗歌译成英语诗歌，有提倡者曾这样说过："对译品最主要的要求是它听起来不像译作"②，那么相反对应提倡"破格"法的人来说，要使得译品听起来像是译作而不是原始的英文诗歌，当然我们不可贸然就断定哪种更科学，其实在实践中都是各有利弊，所以这也不是绝对的，因为中国语言的特性以及古今汉语的变化也是较为明显的，所以也要结合具体实例进行具体分析，如果只是拘泥于某一方法和原则，未必会使中国诗歌的特色得到体现，也未必会让西方世界的读者接受和理解。

当然我们也知道，从刘若愚自身来说，他的本意是赞赏和肯定作为批评家的翻译者，他认为其作用更为关键，这不是否认诗人翻译家的作用，但是从刘氏自己的研究兴趣和重点来说他更倾向于另一种身份。批评家译者是要努力在诗歌中的世界和读者的世界之间架起一座桥梁，即使不能再现原诗的世界，那么也要努力去描述和体现原诗境界的语言结构。这也是因为此类翻译者的读者更多的时候是为了追求知识而不是仅仅为了寻求刺激和快乐，所以批评家译者的任务也要尽可能地为他们的

---

① ［美］刘若愚：《中国古诗评析》，王周若龄、周领顺译，河南大学出版社1989年版，第61页。

② 同上书，第62页。

读者传导更多的知识，翻译也是为了达到此目标。另外，刘若愚还指出，对于诗歌的翻译也是仁者见仁，智者见智，不可能有确定的标准、答案以及定论的，这就像任何诗歌都不会有确定的阐释一样，不过这样说并不是肯定所有的译本、译作以及曲解、误解都是可以的，还是要有所判断、区别对待。

二　翻译实践及尝试

1. 《李商隐的诗——中国九世纪的巴洛克诗人》（译名）一书简介

刘若愚要做一个批评家式的翻译者，所以他的翻译也是为阐释、评价服务的，这一点在其《李商隐的诗——中国九世纪的巴洛克诗人》和《北宋六大词家》书中体现得较为明晰。在这里我们拟就其对李商隐的研究为重点展开分析。

我们在前文已论述了刘若愚对写作语言的重视，这一点不仅是他对自己的要求，在从事研究、创作、翻译时也是对语言的精益求精，所以那些古往今来对语言的驾驭和运用极为出色的诗人、作家也是他仰慕和赞赏的对象，也许可以这样推测，他与他们有着共同点，所以那些人也就被纳入他的重点研究范围，李商隐应该就是这样的。在其第一部著作《中国诗学》第三部分"综合"中他这样说："由于优秀的诗作总是创造出新的境界，所以一定还有迄今为止尚未发现的运用语言的途径，诸如：新的表现方法、字义与字音新的组合形式、新的词语结构以及新的意象、隐喻、象征等。能高度驾驭语言的诗人，如莎士比亚和杜甫，不仅对人类所体验的各种境界进行了更广阔、更深入的探索，而且也扩大了语言使用的领域。二流的诗人，他们或者，比起语言来，对人类体验的不同境界作了更广泛的探索，例如华兹华斯和白居易；或者情况与之相反，如李商隐与马拉美。"① 由此可见，李商隐是被算作对语言方面做出了新的探索的代表，也是仅次于杜甫在语言方面造诣颇高的诗人。而《李商隐的诗——中国九世纪的巴洛克诗人》是刘若愚完成于 1969 年年底的一部学术专著，并于同年由芝加哥大学出版社出版发行，而在此书之前，

---

① ［美］刘若愚：《中国诗学》，赵帆声、周领顺、王周若龄译，河南人民出版社 1990 年版，第 118 页。

他发表了几篇关于李商隐的研究文章，如 1964 年发表的《李商隐的〈韩碑〉诗》、1965 年发表的《李商隐的锦瑟诗》、1968 年发表的《李商隐诗的多义性》、1969 年发表的《李商隐诗评析》①，这些都可以看作为系统研究李商隐及他的诗做的积极的准备。

《李商隐的诗——中国九世纪的巴洛克诗人》一书迄今为止国内还没有中文译本刊行，故而在这里需要对其书中的重点简略进行介绍，其实刘若愚在他的这本书的"前言"部分对他的写作意图、此书主要讲述的重点是什么、为何做这样的安排与考虑、体例与用语问题等做了一定的交代和说明，故而我们也在这里引用其中的部分以说明。

关于写作此书的目的和意图，刘若愚是这样说的，此书对中国历史上最有吸引力和魅力的诗人之一李商隐的诗歌研究做出了一定的学术贡献。如果严格来说，他研究的是中国诗人，那么应该用其母语——汉语进行写作，但是考虑到他现在生活与工作在讲英语的国家，而他本身也有着极为强烈的意愿让更多的西方世界的学生与读者了解中国这个美丽的诗的国度，再加上很多西方读者并不熟悉汉语，即使对于那些专门学习中国文学的学生来说阅读李商隐的诗歌也有一定难度，故而他还是选择了英语写作，并对其进行了较为详尽的翻译、解释。另一方面，如果读者在读此书以后还想有进一步的思考和探索，那么在这本书的注脚及最后部分也有一些补充说明②，可见作者的用心良苦。

在刘若愚看来，也许有些专业化的讨论对一些读者意义不大，所以他只是在翻译时做些必要说明，而对作者的身世、历史背景等的介绍可以帮助读者更好地去理解原作者的诗作，所以在他的这本书的第一部分也做了这方面的说明，其中还涉及以往不同的各种对李商隐的诗的理解，然后形成自己的观点。还有一些中国传统诗歌翻译为英语的问题，其中就包含刘若愚自己在进行翻译工作时所遵循的原则、方法，在此一并展示出来以给读者帮助和启示。

在书中的第二部分他挑选出一百首李商隐的诗歌并把它们翻译成

---

① 詹杭伦：《刘若愚　融合中西诗学之路》，文津出版社 2005 年版，第 102 页。

② James J. Y. Liu, *The Poetry of Li Shang-Yin—Ninth-Century Baroque Chinese Poet*, Chicago & London：The University of Chicago Press, 1969, "Preface".

英语，这一百首诗占李商隐全部诗歌的六分之一，其中既有大家耳熟能详的作品，也有大家平时接触很少的作品，这是整部书分量最重的部分。每首诗的后面都有一定的解释、说明，除非他认为大家都很容易理解不需要特别说明。之所以这样处理是因为李诗中的典故、特殊含义的意象很多，故而对普通读者来说存在一定的难度和障碍，特别是对西方读者来说更是难上加难。一些专家在面对这些典故和暗含的意象时希望能够追根溯源，对于这些人的要求刘若愚也没忽视，他在后面还列出了一系列的相关介绍。对于阅读此书的人来说，也许在最开始的时候理解李商隐的诗感到很晦涩，但是如果坚持下去，那么终会有所斩获，这也是刘若愚对读者的期待所在。而选取的李商隐的这一百首诗并不全部都是最优秀或者是最难理解的，还包含着一些看来似乎比较平常的，之所以这样是想让读者对李商隐及其诗歌有一个相对比较客观、公正的认识。因此这一百首诗中前四十四首是一些不能完全解读、似是而非，或者说是晦涩的诗；第四十五首到第八十八首是一些关于个人和社会的更能被理解、更具传统意义的诗，这些尽可能按时间顺序进行排列；从第八十九首到第一百首是咏史诗或涉及当时现实状况的诗歌，有助于进一步较为清晰地展示李商隐诗歌风格和主题的变化。

书的最后一部分刘若愚选择对李商隐诗歌批评的研究，由于每个从事此工作的批评家没有固定的标准和原则，而刘若愚也不是为了制订所谓的标准，他只是将自己在《中国诗学》中阐明的理论进行实践和例证，在这本书的序言中他第一次明确提到了这样一种意愿和想法。而且他对自己既不盲目信奉和崇拜西方理论，也不迷信和固守中国传统理论的理念进行阐述，说明他是根据需要科学、客观、合理地进行抉择和运用的。在这一点上他借用西方理论中的"意象""象征"之类的词，但是对这些词是旧词新用，赋予它们中国诗学的含义。当然所谓的批评研究是建立在原始诗歌的基础上而不是被翻译后的，但是刘若愚在进行诗歌翻译时不仅是要自己心中了然，而且尽可能做到和原诗接近、再接近，这样就使得读者可以体会到诗歌的原生态和原汁原味，这是他极力要达到的目标。在此部分的最后一章是对李商隐在中国诗坛上的定位及其评价问题，刘若愚将其定位为"巴洛克诗人"。①

2. 巴洛克式语言风格及翻译实践

"巴洛克"（Baroque）一词据学者考证是来自葡萄牙语 Barroco，原意是指怪异的、不规则的珍珠。最初使用它时带有贬义，指自 17 世纪初至 18 世纪上半叶流行于欧洲的主要建筑艺术风格，其主要特点就是华丽、炫耀、色彩浓烈，这被认为是对文艺复兴风格的贬低，但是随着后来的发展与进步，这种风格发展出一种激情、浪漫、幻想等含义。国内有学者对这一词的释义为"巴洛克式：十七世纪风靡意大利等国的建筑装饰风格，其特点是追求堆积的装饰和艳丽的色彩，多采用雕刻、镜面及大理石，给人以厚重华丽之感"②。了解了"巴洛克"一词后，我们似乎可以知道为何刘若愚用这样一个看似不通的词来形容李商隐的诗歌了，这里所指的也就是其语言风格和特点以及带给人的感觉。巴洛克最突出的特点就是豪华，强调的是艺术家丰富的想象力，带给人的冲击力是巨大的。而李商隐诗歌的用语就是华丽丰富、极尽语言的美。

在刘若愚的理论中对语言的探索是与其对境界的追求分不开的，它们是一首诗的同一方面的两种说法，但是由于此章是以语言为重心，故而我们不再对"境界"问题做说明，着重说明语言。在《李商隐的诗——中国九世纪的巴洛克诗人》一书第三部分的第三章"His Exploration of Language"就是分析李商隐的诗歌对语言的探索，这是紧跟着上一章对李商隐诗歌的境界而来的，正是因为诗境的多样化才呈现出语言风格、特色的多样性。刘若愚对李商隐诗歌的语言风格做出了分类：有所谓的口语通俗型、正规用语型、热情洋溢型、简单质朴型、短小紧凑型、扩展型、简易型、离奇型等，而这些不同风格的形成是与其具体的措辞、句法、韵律、意象、象征、暗示等要素分不开的。紧接着刘若愚对李商隐诗歌中常用的不同类型的字、词做出了总结，这些不同的语词表达出作者不同的感情色彩，那些表现出悲伤、愁苦、忧郁、无奈等的

---

① James J. Y. Liu., *The Poetry of Li Shang-Yin—Ninth-Century Baroque Chinese Poet*, Chicago & London：The University of Chicago Press，1969，the whole of the "Preface".

② ［美］刘若愚：《李商隐的诗境界——第九世纪巴洛克式的中国诗人》，沈时蓉、詹杭伦译，载《北京化工大学学报》（社会科学版）2005 年第 1 期。

词似乎是李诗中出现最多的，例如有"无力""愁""泣""憾""恨""忆""泪""寒"等；还有那些暗指着浓烈的感官刺激和欲望的字词，有"眠""床""枕""缠""被"等；当然也有不同于以上的那些例如表现深厚的父子情（用平实、简单的词形容父爱），他的《骄儿诗》就是此类的代表。

李商隐自身有着极为出色的语言功底，而后来他来到令狐楚门下，得到他的赏识，指点其骈文，这些都对其诗歌创作起了极为重要的作用，而他也学习到了大诗人杜甫"沉郁顿挫"的风格，还有李贺瑰奇诡异的格调等，这一切都融合进李商隐的血液形成了他独具特色的风格。他诗歌的语言极尽华美，其主要表现就是他喜用各种色彩来渲染情境，他喜欢在自己的诗用中表示颜色的字，色彩极其鲜明，如碧、红、紫、青等，有学者对此做过统计，他用"金"字 103 次，"玉"字 144 次，[①] 这个数量算是比较多的，例如：

蜡照半笼金翡翠，麝熏微度绣芙蓉。（《无题四首》）
垂手乱翻雕玉佩，折腰争舞郁金裙。（《牡丹》）

其实除了色彩艳丽的字词外，即使是暗淡的词他也能描写得很唯美，例如《无题》中的"春蚕到死丝方尽，蜡炬成灰泪始干"，其中的"灰"色运用一直被称道。其实就如《锦瑟》其"锦"字也是极具视觉上的色彩冲击力一样，它是富贵的、光彩的，所以色彩、颜色的字词在李商隐的诗歌中是处处可循其踪迹的。

字词的华丽、意境的唯美、句法的灵活多样、用韵的高超是其巴洛克风格的最突出表现，刘若愚对此一一做出了分析和阐释，我们就不再赘述了。

上文提到了刘若愚选取了一百首李商隐的诗歌翻译为英语，当然这一百首诗的选取不是严格按照什么标准来进行的，而是希望西方读者对李商隐及其诗歌有个全面的了解，不固定于某一特定的思维，认为诗人的诗歌就是单一的思维和模式。李商隐的诗歌在西方有着大批

---

① 董乃斌：《义山词的语象——符号系统分析》，《文学遗产》1989 年第 1 期。

的读者，即使在中国民众的接受和理解中李商隐也占据着极其重要的位置，在清代孙洙编选的《唐诗三百首》中，收录李商隐的诗作22首，数量仅次于杜甫（38首）、王维（29首）、李白（27首），居第四位，这个唐诗选本在中国算是最普遍的、家喻户晓的本子，由此也可以看出李商隐在民众中的巨大影响。而这一百首诗的第一首就是《锦瑟》，而这也是《李义山诗集》的第一首，全文如下：

> 锦瑟无端五十弦，一弦一柱思华年。
> 庄生晓梦迷蝴蝶，望帝春心托杜鹃。
> 沧海月明珠有泪，蓝田玉暖日升烟。
> 此情可待成追忆，只是当时已惘然。

而刘若愚的翻译是这样的：

The Ornamented Zither

The ornamented zither, for no reason, has fifty strings.

Each string, each bridge, recalls a youthful year.

Master Chuang was confused by his morning dream of the butter-fly;

Emperor Wang's amorous heart in spring is entrusted to the cuck-oo.

In the vast sea, under a bright moon, pearls have tears;

On Indigo Mountain , in the warm sun, jade engenders smoke.

This feeling might have become a thing to be remebered,

Only, at the time you were already bewildered and lost.

紧跟着翻译之后是一些注释，因为在以上的行文中刘若愚拿这首诗的翻译来说明他在具体进行中国传统诗歌的英语翻译工作时所遵循的原则和标准，所以是前后相互对应的。刘若愚还对这首诗的解读进行总结，以往对此诗的解读是五花八门的，有的认为是一首关于爱情的诗，或是为一名叫锦瑟的女子，或是对一名不知名的女子，或是为宫廷的一名乐女；有的认为就是描写在锦瑟上演奏的音乐；也有的认为是诗人怀念其亡妻所作；也有的认为是诗人悲痛自己的不幸；还有的认为是李商隐对诗集的总体介绍说明，当然很多批评家并不是仅仅持一种理解和观点，很多人是几种观点的杂糅。对此，刘若愚一一做出了驳斥，认为以上都不甚明白诗人的深意，很多理解是没有根据的凭空想象。在刘若愚看来，诗人在梦与现实中徘徊，那锦瑟上的琴弦就如同过往的岁月，而一切似乎是在梦中，他所有的爱与悲痛，希望和失望就如同在琴弦上演奏的乐曲，演奏完毕也就随之消逝，唯有琴弦还在，就如同他创作的诗歌一般，这就是他的困惑与不解。而中种种意象、典故、词语的使用都呼唤着若干感觉，使读者在阅读时唤起自己的感觉、情感、想象力与理解力，那么诗作所带来的情感上的冲击力也是不一般的，这就是诗人的成功之处。

对于中国传统诗歌中韵律的使用这一问题是西方不懂汉语的人的弱点，如果纠结于专业化的术语阐释对西方的读者意义是不大的，故而刘若愚避开这样的做法。他想着尽可能地让西方读者对中国古诗多一些感性体认，所以他首先对古诗与律诗的区别做了一定的说明，而李商隐诗歌中五言古诗有 29 首，七言古诗 18 首，五言律诗 146 首，七言律诗 120 首，五言绝句 32 首，七言绝句 201 首，五言排律诗 52 首，由上面的数字我们可以看出，李商隐更喜欢律诗这种形式，更进一步说，对于七言律诗的偏爱又甚于五言，这样的状况也是作者为了更好地抒发自己情感的需要。对于韵律规则、节奏、变化等刘若愚尽量让西方读者有所了解，而对于汉语特定的听觉上的技巧如双声、押韵、反复、拟声等在翻译为英语时更多时候很难被保留下来，故而也很难被体会到的，但是刘若愚还是做出了一些说明，在翻译时也尽量保留，可以看出他的用心之处。

之所以选择对李商隐及其诗歌做重点分析，是因为刘若愚在其书的最后一部分——"李商隐与他的西方现代读者"中所说明了的，这既是他的偏爱，也是李商隐自身的成就，还有李诗的模糊性即多义性和不确解性决定的李诗中的冲突随时可见，这是一种不和谐，也是西方的"怪诞"，以上种种都与西方读者的文化背景、感受等较为贴近，使李商隐相较中国其他诗人拥有更多的读者。

刘若愚探索语言的特性，也是其扩展和深化中国诗学的努力之一，是他对自身理论不断精益求精的表现，我们暂且抛开其不足或有待改进的地方，其精神是值得我们所有人学习的。

第 四 章

刘若愚跨文化诗学理论体系的
当代现实意义

第一节 刘若愚影响下的叶维廉
"东西比较文学中的模子"

一 叶维廉其人其事

刘若愚作为在西方学术界较为有影响力的汉学家,他一直尝试着走向综合性的诗学之路,这对其他汉学家或是从事比较诗学思想研究的学者的影响较大,其中就包括比较文学学者叶维廉。

叶维廉(Wai-lim Yip),1937 年出生于广州中山市,美籍华裔学者、诗人、翻译家。1948 年移居香港,他先后在香港和台湾接受教育,在台湾大学外文系获英国文学学士学位,在台湾师范大学毕业获英国文学硕士学位,1964 年奔赴美国普林斯顿大学攻读比较文学博士,1967 年获博士学位,在美国加州大学圣地亚哥分校任教直到现在,主讲比较诗学、英美现代诗、中国诗、诗创作、翻译。著有《比较诗学》《中国诗学》《饮之太和》《中国现代小说的风流》《历史、传释与美学》《解读现代与后现代》等 50 种中文、英文著作,安徽教育出版社于 2002 年出版了《叶维廉文集》九卷本算是对他在此之前学术著作的一个汇总。他本人还是一名出色的诗人,写了大量的诗,曾于 1979 年荣获台湾十大杰出诗人的美誉。他于 1970 年以客座教授的身份来到台湾大学,探讨中国传统美学在诗中是如何呈现出来及其与西方现代诗之间的汇通关系,1974 年再次到台湾大学讲授比较诗学,并协助建立比较文学博士班。1980 年和

1982 年两次去香港，担任香港中文大学英文系首席客座教授，也是协助该校建立比较文学研究所。而他所培养的比较文学和中国诗学方向的研究生遍及美国各地以及台港澳地区。他 1981 年到北京大学、中国社会科学院讲学、讲演，1986 年在清华大学讲课，在中国大陆的影响也极为深远，乐黛云教授曾高度评价他对北京大学比较文学专业形成硕士—博士—博士后完整比较文学教育体系的重要意义，① 也有国内学者这样说过："叶维廉比较诗学研究暨海外华人诗学研究，是恩师饶芃子教授在文艺学博士点建设上的招牌项目之一。"② 由此可见叶维廉的学术影响非同一般，尤其对于中国新时期以来形成的新学科——比较文学更是如此。

　　叶维廉受到刘若愚理论思维的影响较大，但他也在一定程度上修正和扬弃了刘若愚的理论，他根源性地质疑西方新旧文学理论应用到中国文学研究上的可行性及危机，肯定中国古典美学特质，并通过中西文学模子的"互照互省"，试图寻求更合理的文学共同规律建立多方面的理论架构，著有《东西比较文学模子的运用》一书。那么刘若愚的跨文化诗学思想的理论框架与叶维廉的比较文学的模子有何相同和不同之处？两个人的学术之路又是怎样呢？给予我们现在的启示和意义又是什么？这些都是我们要考察和研究的。

　　从叶维廉的学习和学术之路中可以看出他和刘若愚的经历有着很大的相似点，比如他们都用古汉语作诗，在中国接受正规教育，去海外寻求自身更高的发展，后在西方从事教育和学术研究，也努力在西方的话语天空下开掘中国传统文化、文明的空间，他们也是寻求中西文化的可能会同点，等等。乐黛云先生对此这样说过：叶氏的比较文学研究是从寻求共同的文学规律、共同的美学据点开始的。他致力于找出一些"发自共同美学据点的问题，然后用其相同或近似的表现来印证跨文化美学汇通的可能"。但他从一开始就十分警惕地指出，绝不能用"淡如水的'普遍'来消灭浓如蜜的'特殊'"，不但不能"只找同而消除异"，而且要"藉异而识同，藉无而得有"，做到"同异全识，历史与美学全然汇

---

　　① 叶维廉：《叶维廉文集》第 1 卷，安徽教育出版社 2002 年版，乐黛云为此书系所写的《序》，第 2 页。

　　② 刘圣鹏：《叶维廉比较诗学研究》，齐鲁书社 2006 年版，"后记"，第 232 页。

通"。在这个基础上，他第一次提出了有广泛影响的"东西比较文学中模子应用"的理论。① 乐先生所说的确是恳切的。

二　叶维廉"东西比较文学中的模子"

在叶维廉《东西比较文学中模子的应用》一文中，他首先就模子的先入为主问题即文化的根源所在着手，他用一个寓言展开自己的论述，为更好地了解他的行文，现把其寓言展示如下：

> 话说，从前在水底里住着一只青蛙和一条鱼，他们常常在一起泳耍，成为好友。有一天，青蛙无意中跳出水面，在陆地上游了一整天，看到了许多新鲜的事物，如人啦，鸟啦，车啦，不一而足。他看得开心死了，便决意返回水里，向他的好友鱼报告一切。他看见了鱼便说，陆地的世界精彩极了，有人，身穿衣服，头戴帽子，手握拐杖，足履鞋子；此时，在鱼的脑中便出现了一条鱼，身穿衣服，头戴帽子，翅挟手杖。鞋子则吊在下身的尾翅上。青蛙又说，有鸟，可展翼在空中飞翔；此时，在鱼的脑中便出现了一条腾空展翼而飞的鱼。青蛙又说，有车，带着四个轮子滚动前进；此时，在鱼的脑中便出现了一条带着四个圆轮子的鱼……

叶维廉在这里的用意是显而易见的，无论哪个人只要他有国家、国籍、民族，那么必然会受到文化模子、思想模子的牵制或指导，所以模子的力量体现在文化、文学的方方面面。在叶氏看来，西方的文化模子是从古希腊柏拉图和亚里士多德开启和形成的，其主要特色是"'关闭性'的完整、统一，亦即是：把千变万化的经验中所谓无关的事物摒除而只保留合乎先定或预定的逻辑关系的事物，将之串联、划分而成的完整性和统一性"②。也就是说，西方的思维模子是以其字母语言系统为基

---

① 叶维廉：《叶维廉文集》第 1 卷，安徽教育出版社 2002 年版，乐黛云为此书系所写的《序》，第 7 页。

② 乐黛云：《比较文学丛书》"总序"，载《叶维廉文集》第 1 卷，安徽教育出版社 2002 年版，第 5 页。

础，注重逻辑性和思辨性。这是完全不同于中国的思维模子，中国文明和文化体系是以传统的儒、道、释思想为基础，"趋向形象构思，顾及事物的具体显现，捕捉事物并发的空间多重关系的玩味，用复合意象提供全面环境的方式来呈现抽象意念"①。这样的区分在现在看来不免有绝对化的意味，但是其中揭示的问题却真实存在，这就是中西文化的显性差异。

叶维廉认为自己是承着五四运动而来的学生与创造者，五四本身便是一个比较文学的课题，五四带来的首先是开放的精神，它使我们接触更多的外国思想和文化，也使学人不断反思自身文化。五四还提供了新理论试验的果实，让后来者沉思和回顾。② 但是无论怎么样，即使外来的文化的冲击力再怎么激烈，但是其文化背后的"模子"是任谁也不能抹杀的，就像那寓言中的鱼一样，由于它没有见过人，所以它的任何想象都是基于和依赖于它自身的"模子"，它只能用它最熟知的样式去构思人。因而"模子"是一种构思的方式，是一种结构行为的力量，使用者可以用新的素材来拼配这样一个形式，而体现在文学中的作用就是所谓的"文类"（Genre）对诗人及批评家所起到的作用。模子对一个国家和民族所起到的凝聚力是意义非凡的，从另一个角度去说，它也会禁锢一个民族的发展，因为身处模子之中受其影响就不知道此模子以外的世界，也就无从知道他世界的一切，因此"跳出自己的'模子'的局限而从对方本身的'模子'去构思，显然是最基本最急迫的事"③。这就是叶维廉为之努力的目标和方向所在。

此"模子"和彼"模子"是不同的，其中的原因和组成要素是不同的，既有语言的差异，也有民族思维的不同，还有价值取向和核心的不一样等，不一而论。但是现在世界文化的交流、合作等必然使不同文化间的比较与沟通日益频繁，叶维廉很清楚地看到"文化交流正是要开拓

① 乐黛云：《比较文学丛书》"总序"，载《叶维廉文集》第 1 卷，安徽教育出版社 2002 年版，第 7 页。

② 叶维廉：《比较诗学》"序"，载《叶维廉文集》第 1 卷，安徽教育出版社 2002 年版，第 20—21 页。

③ 叶维廉：《东西比较文学中模子的应用》，载《叶维廉文集》第 1 卷，安徽教育出版社 2002 年版，第 28 页。

更大的视野，互相调整，互相包容，文化交流不是以一个既定的形态去征服另一个文化的形态，而是在互相尊重的态度下，对双方本身的形态作寻根的了解"①。所以寻求东西方模子的会通也是必要和迫切的。"一个思维'模子'或语言'模子'的决定力，要寻求'共相'，我们必须放弃死守一个'模子'的固执。我们必须要从两个'模子'同时进行，而且必须寻根探固，必须从其本身的文化立场去看，然后加以对比，始可得到两者的面貌。"② 为了进一步说明其问题，所以叶维廉用两个圆来说明，A 圆代表一模子，B 圆代表另一模子，这两个模子是不同的文化和文明的象征，两者只有一部分相似，也就是这两个圆相交叠的地方我们称为 C 部分，C 才是我们对 A 与 B 进行比较、进行沟通然后建立基本模子的地方，所以我们既不能把 A 圆中的全部模式用在 B 圆上，反之亦然。两者不相交叠的地方并不意味着就是毫无价值，这两个相异的部分正是我们思考与探索为什么会出现文化与文明差异的根源所在，也只有先探明了两者的基本差异之后我们才可以着力进行"基本相似性"的建立。"文化的交流正是要开拓更大的视野，互相调整，互相包容，文化交流不是以一个既定的形态去征服另一文化形态，而是在互相尊重的态度下，对双方本身的形态作寻根的了解。"③ 这就是叶维廉一直探寻的模子——寻根之路。

　　寻根就是要从文化的最根部进行，本着最忠诚、真实的态度，不带任何偏见，当然这样的要求有些过于理想化，但是我们之所以要进行比较、交流、沟通，就是相信有所谓的超脱文化异质限制的"基本形式及结构行为"，这也是从事此一领域研究的学者要努力实现的目标。"毕加索在穴居的初民的壁书中惊觉其超脱时空的活生生的律动，这都表示文学艺术中具有此种超过文化异质、超越语言限制的美感力量，好比其自成一个可以公认的核心。"④ 的确是这样的，所以今天我们探讨东西方文化的模子问题，不是说随便拿两个国家不同的人或诗进行对比，得出不

---

　　① 叶维廉：《东西比较文学中模子的应用》，载《叶维廉文集》第 1 卷，安徽教育出版社 2002 年版，第 42 页。

　　② 同上书，第 38—39 页。

　　③ 同上书，第 42 页。

　　④ 同上书，第 43 页。

同的结论就行了，其实这一问题很多学者都指出过，比较文学、跨文化比较不只是单纯地随便拿两个人物进行比较完事，其深层次的内涵需要我们加以清醒认识。"'模子'的自觉在东西比较文学的实践上是非常迫切的需要，尤其是在两方的文化未曾扩展至融合对方的结构之前。"① 故而文化和文明的寻根显得非常重要，其中涉及民族、国家、人们的思维、地理环境、信仰、价值取向等诸如此类的问题。不仅如此，还要有着较为清醒的历史意识和自我反思意识，不可盲目自大，更不可妄自菲薄。就如非洲黑人领袖激烈地要求美国黑人文化和文学的研究必须由黑人最好是来自非洲本土的原生态的黑人来主持，其原因是以往的黑人文化形象都是透过白人的有色眼镜去看的，所以一直没有摆脱白人观念的左右，一些在白人世界生活的黑人也是深受白人文化的影响因而也不能真正做到客观公平。

任何事物都是在不断发展变化的，文化、文明及其中的"模子"问题也不例外，当我们在对"模子"进行寻根探固工作时，并不是意味着任何一个理论家都不会让自己的研究、理论停滞不前，"一个真知一个新的'模子'建立以后不是一成不变的，所有的'模子'都在不断变化和改进、修正、成长。'模子'建立以后会激发诗人或批评家去追求新的形态。在他们创作或研究时，他们增改衍化，有时甚至会用一个'相反的模子'。"② 灼见的理论家心里应该明白他理论正反的两面：当他肯定理论的中心性的同时，他已经暴露了理论的负面性，他的理论不过是沧海一粟，其最终将被视为一种讨论的方便而预设的、暂行的理念，甚至只是一种假定，只不过从许多元素中独钟其一来取得所谓统一感。③ 这就是一个理论家、学者的清醒和明智之处。

《东西比较文学中模子的应用》一文中所体现出的看待西方和中国的文明、文化问题上的态度也是一致的，坚决不以西方的文化评价标准为准则，"我们另辟的境域只是异于西方，而不是弱于西方"。"重新肯定东

---

① 叶维廉：《东西比较文学中模子的应用》，载《叶维廉文集》第 1 卷，安徽教育出版社 2002 年版，第 44—45 页。

② 同上书，第 40 页。

③ 叶维廉：《批评理论架构的再思》，载《叶维廉文集》第 1 卷，安徽教育出版社 2002 年版，第 48 页。

方并不代表我们应拒西方于门外"①，叶维廉在这里显现出无比的自我肯定，而这正是我们需要的。对此国内比较文学的领军者乐黛云先生对此做出了很好的诠释，比较诗学、跨文化诗学在 21 世纪是在平等的基础上进行对话、交流已然成为一股风尚和趋势。首先，从事对话与交流的双方都是从各自的文化传统和历史积淀出发，不再是以一方的标准、系统来强加给另一方。而且更为可贵的是，双方都是以对方为参照系来重新整理和认识自己的历史，这样就既能发现共同规律也能发现两者之间的差异所在，使发现的差异为双方所利用，以至于促成新的发展。其次，将东、西双方之间的对话引入时间轴，并不再是时间性的平面比较，所以这样东、西方的诗学对话有了历史的深度。在对话中，中、西诗学可谓全面开放，不受时间和空间的任何约束，具有更强的自由。最后，全面开放就有着历史的全面开阔，所以东、西双方的诗学和文化相互选择和吸收的范围更为广阔。对话本身是一个复杂的概念，它包含着多层面的内容和多元化的理解。平等对话并不排斥有时以某方体系为主，对某种理论进行新的整合，也不排除殊途同归，从不同文化体系出发进行新的综合性体系的建构；它有时是有关重大问题的思考，有时也只是一些管窥蠡测的意见互换。②

　　所以东、西方的文化间的对话与沟通是对双方都有益的，而"模子"的创造与自觉运用也是在其中发挥重要作用，除了我们上文提及的双方互相影响、共同进步外，而它对新的文学、文化的产生也是有着积极价值。因为我们要跳出自己的固定模子，而且也想要模子进一步发展，所以在这样一个过程中就会慢慢衍化着一种新的模子———一种对还在传统模子影响下的读者而言，尚无法认可的新的模子，我们此时把另一个文化下的"模子"介入，譬如相异于西方初民的诗，或非洲民族，或东方的诗，这个介入的对比与比较可以使他们更清楚他们传统"模子"的强处和弱点，而同时了解到正在成形中还未能命名的新的美感范式，及此

---

①　叶维廉：《比较文学丛书》"总序"，载《叶维廉文集》第 1 卷，安徽教育出版社 2002 年版，第 6 页。

②　乐黛云：《中西诗学对话的必要性和可能性》，《中国比较文学》1993 年第 1 期。

新的范式所提供的领域如何可以弥补传统"模子"之不足。① 叶氏的这番
话正是指明文化与文明进步与发展的关键之所在,"文化交流的真义是,
而且应该是,一种互相发展、互相调整、互相兼容的活动,是把我们认
识的范围推向更大圆周的努力"②。

　　叶维廉的"东西比较文学模子"的确是他在自己创作和学术研究中
看到和发现一些问题而进行的思考和探索,这是极有价值和借鉴作用的,
它可以让我们走出固定的思维和研究模式,看到自身存在的问题,而且
也为我们跨文化、跨语言研究提供了相当有深度的思考。他努力在西方
中心论的话语权威下打破其统治地位,为中国文化、文学进入世界、走
向国际而奋斗。但是我们也要看到的是,叶维廉对思维模式、语言等方
面的研究不可避免地存在着绝对化的色彩,认定东、西方的差异是绝对
存在的,在上文中乐黛云先生也是指出过这一点。而且即使他一再强调
一定要走出固定的圆圈和"模子",但是真正操作起来也是不免带有以往
模式的痕迹,就如有学者指出,叶维廉自身的山水诗研究,多少就存在
着"以一个中国文化的现象与理想作为标准来衡量西方文化与英美诗"
的问题,③ 对于这些我们要有清醒的认识。

第二节　叶维廉"东西比较文学中的模子"与
刘若愚跨文化诗学体系的比较

　　我们在上文中也提到过,叶维廉是受刘若愚影响但后来也是走上不
同于刘若愚研究道路的学者,他们两个人身上有着很多相似和不同之处,
其各自的研究也是,下面我们拟就此二人进行简略比较,找出相同和不
同的地方。

---

① 叶维廉:《东西比较文学中模子的应用》,载《叶维廉文集》第1卷,安徽教育出版社
2002年版,第47页。
② 叶维廉:《批评理论架构的再思》,载《叶维廉文集》第1卷,安徽教育出版社2002年
版,第51页。
③ 柯庆明:《现代中国文学批评论述》,台湾大安出版社1987年版,第152页。载韩军
《跨语际语境下的中国诗学研究》,华中师范大学出版社2009年版,第100页。

一　对艾布拉姆斯"四要素"说的借鉴与超越

艾布拉姆斯发现和创立的文学研究"四要素"说影响了很多中外学者，刘若愚对此进行中国古典文学理论体系的建构就是其代表，我们已经在上文中做出了一定的分析与阐释，在这里就不再重复，而叶维廉对艾氏的这一理论点也是有所感悟和体会，并也作出了自己的理解和阐释。

为了寻求"模子"以外的新起点，叶氏也是借用"艾布拉姆斯所提出的关于一个作品形成所不可或缺的条件，即世界、作者、作品、读者四项，略加增修，来列出文学理论架构形成的几个领域，再从这几个领域里提出一些理论架构所形成的导向或偏重"。但是叶维廉对此有着自己的见解，必须做出必要的说明即"我们只借艾氏所提出的条件，我们还要加上我们所认识到的元素，但不打算依从艾氏所提出的四种理论；他所提出的四种理论：模拟论（Mimetic Theory）、表现论（Expressive Theory）、实用论（Pragmatic Theory）和美感客体论（Objective Theory，因为是指'作品自主论'，故译为'美感客体论'），是从西方批评系统演绎出来的，其含义与美感领域与中国可能具有的'模拟论'、'表现论'、'实用论'及至今未能明确决定有无的'美感客体论'，有相当历史文化美学的差距。这方面的探讨可见刘若愚先生的《中国文学理论》一书中拼配的尝试及所呈现的困难。……""经验告诉我们，一篇作品产生的前后，有五种必需的据点：（一）作者。（二）作者观、感的世界（物象、人、事件）。（三）作品。（四）承受作品的读者。（五）作者所需要用以运思表达、作品所需要以之成形体现、读者所依赖来了解作品的语言领域（包括文化历史因素）。这五个必需的据点之间，有不同的导向和偏重所引起的理论，其大者可分为六种。"[①] 对此叶维廉既列出了较为详尽的表格，还在随后进行细致、周密的分析与阐释。

从以上我们所引的叶维廉的观点中可以很清晰地看出，他既借鉴艾布拉姆斯的基本要素，也努力去超越，他在基本的四要素上着重突出"作者所需要用以运思表达、作品所需要以之成形体现、读者所依赖来了

---

① 乐黛云：《比较文学丛书》"总序"，载《叶维廉文集》第 1 卷，安徽教育出版社 2002年版，第 8—9 页。

解作品的语言领域（包括文化历史因素）"这一项，语言成了联结作者、作品、读者的关键所在，如果没有语言，那么作者何以组织自己的构思，又何来作品，那么读者又怎能去接触、了解各具特色的世界与人生？所以对语言的关注与重视体现出现代人的新思维，而且语言中包含着的文化与历史的因素也是不同的民族与国家的显现，而这一点在以前的研究过程中也不是非常注重的。而对语言的关注也是与刘若愚有着相似之处，其实就其二人的从学与研究道路上分析，我们也曾指出过，都是极为相似的，他们都是被称为西方世界的汉学家，研究的重心也是在中国文化上面。心理历程也极为相似，曾经的骄傲在到了西方社会以后被边缘化，从形式语言到思维等的改造以适应全新的环境，同时对自己的祖国和母语也是念念不忘，选取自己的研究兴趣所在，努力让更多的西方读者、学生更深入、深刻体会和了解中国文明与文化的精华，而对语言尤其是母语的执着也是在表达对故土、祖国的深情厚谊，而这一点也是新时期文学理论转向的突破所在，应和了文论发展的新方向。

对艾氏"四要素"刘若愚和叶维廉都是有所针对性地吸收和利用，并不是完全接受而没有任何质疑，刘若愚是在"四要素"说的基础进行结构性改进，把以往艾氏的三角单向形状改为圆环形的双向结构，并把原来的文学系统的四类改为中国文学理论的六类：形上理论、决定理论、表现理论、技巧理论、审美理论和实用理论，其中有继承也有超越，这就是刘若愚建构跨文化诗学理论的尝试，也使"世界性文学理论"的目标一步步走向明晰化。叶维廉不关注于框架结构和形式，因为前面已经有开拓者（如刘若愚）做过了，他曾说过："为了活泼泼的自然和活泼泼的整体生命，自动自发自足自然的生命，我写诗。为了活泼泼的整体生命得以从方方正正的框限解放出来，我研究和写论文。"① 故而叶维廉为了让文学挣脱那所谓的框架和局限而得以呈现生命的最本真状态，所以，他和刘若愚的出发点以及落脚点是不一样的。但是二人所体现出来的不

---

① 叶维廉：《为了活泼泼的整体生命》（艺术、自然与后工业时代的反省：Kaprow，Lebel，Harrison，Shimamoto 与叶维廉的台湾展演专辑），载《艺术观点》春季号，总第 2 期，（中国台湾）台南艺术学院出版，1999 年 4 月 1 日，第 10—15 页。载叶维廉《叶维廉文集》第 1 卷，安徽教育出版社 2002 年版，乐黛云为此书系所写的《序》，第 1 页。

以西方的文学理论概念、原则等为标准，从实际出发，从中国文学、文学理论的实际出发，只为中国诗学的明天更美好。

二　从道家文化寻求新思路、新发展

刘、叶二人都注重从中国传统文化中寻找现代发展的新思路，而且都是不约而同地看向中国的道家文化。

刘若愚最后一部著作《语言·悖论·诗学——一种中国观》就从语言的悖论现象入手，指出建立在语言悖论上的诗学是诗歌艺术表达必不可少的重要组成要素，中西方学者一直为之探索但又似乎说不清、理还乱。悖论诗学是建立在语言悖论的基础上的，那么"语言悖论"到底是指什么？为此刘若愚给出的解释有两种基本表达形式，就如同一枚硬币的两面一样：第一，许多东西方的诗人、批评家、哲学家都或是最真诚或是最虚伪绝望地表达过这样的看法，那就是语言是难以表达最真、最深、最美的一切。但是，无论怎么样，这些哲学家、诗人、批评家说出这意见其所运用的恰恰正是他们认为这不够完美的语言。第二，他们还认为最真、最深、最美的一切又是无须语言就可以表达的，但就是这样一个断言也是用语言来说出的。① 刘若愚把这种具有悖论性质的语言进行追根溯源，那就是中国的道家思想，即由哲学家老子和庄子创立的道家学说，而不是中国的道教。老子是和孔子同时代但又稍长于孔子，庄子生活在公元前4世纪，他们两人就是刘若愚认为对悖论语言进行讨论的最早的中国哲学家。老子的"道可道，非常道，名可名，非常名""知者不言，言者不知""大辩若讷""正言若反""信言不美、美言不信"等都是一种语言上的悖论表现。而庄子的"夫道未始有封，言未始有常""大道不称，大辩不言""终身言，未尝言；终身不言，未尝不言"，还有庄子擅长的寓言如"轮扁斫轮""得鱼忘筌，得兔忘蹄，得意忘言"等也是语言悖论的深刻体现。② 道家思想所表现出来的一直是一种辩证思维，看似悖论实则不是悖论。

----

① James J. Y. Liu, *Language—Paradox—Poetics：A Chinese Perspective*, Edited and with a Foreword by Rachard John Lynn, Princeton, New Jersey：Princeton University Press, 1988, pp. 3 - 4.

② Ibid. , pp. 5 - 12.

　　叶维廉 1988 年到北大进行演讲,后来把其讲演结集出版,即《道家美学与西方文化》一书,这是他面对现代社会出现的"文化工业"将不同文化特有的生命情调和文化空间磨灭殆尽,而生态自然环境的肆意破坏使人类逐渐走向了对自我灵性的放逐和在多元文化中走向败落,面对这样的人类文化危机,在人文焦灼中叶维廉返回道家美学,认为道家一直主张"去语障""解心囚",要求破除语言霸权,从而让人类从自我主宰的位置退隐,进而让自然回复其"本样的兴观",唤起物我之间互参互补、互认互显的活泼的生命整体印证,真正做到"人法自然",文化生态自然会活泼繁荣,自然生态也会得到适切的维护,[①] 为现代人指明一条出路和新的发展方向。

　　叶维廉认为道家美学在最初并不是美学论文,而是为了消解儒家所定制的名实制度而来的,他这样表述对道家美学、道家语言的理解:"道家无形中提供了另一种语言的操作,来消除语言暴虐的框限;道家(或有道家胸襟的人)通过语言的操作'颠覆'权力宰制下刻印在我们心中的框架并将之爆破,还给我们一种若即若离若虚若实活泼泼的契道空间。道家最重要的精神投向,就是要我们时时质疑我们已经内在化的'常'理,得以活出活进地跳脱器囚的宰制,走向断弃私我名制的大有大无的境界。"[②] 的确是这样的,道家追求"无我",放弃自我而寻求最大限度的自由,只有这样"天地与我并生,万物与我为一"。但是道家在追寻这一道路上也是深刻体会到天地有大美不言是可以的,但是人是不能不言的,"道"是不可名的、不知名的,但是又要给其定名为"道",所以这总是时时充满悖论与矛盾。但是道家又不为其所困,它的策略是用"言"但又不为"言"所限,"言"是一种工具,只是为其诠释道而假之以便利手段,其最终还是要突破"言"而归于"道"。

　　所以,叶维廉认为:"在语言的破解中建立一种'离合引生'的活动,不但开向异乎寻常的朴实而诡奥的遮诠行为,引至'显现即无、无即显现'的美学,而且还对'名'与'体制'之间的辩证关系做了深刻

---

　　① 乐黛云:《道家美学与西方文化·序》,载叶维廉《道家美学与西方文化》,北京大学出版社 2002 年版,第 1—2 页。

　　② 同上。

的反省。"① 其实就叶氏的此番话也是包含着深刻的寓意，第一，语法矛盾和辩证思维。老、庄论说中有着一种近乎反讽的语调，"正言若反"就是此道理，也就是用"异乎寻常"来突破"名制"下的"常"，而其中的主客、有无、善恶、美丑、盈冲等体现着深刻的辩证思维，不是固定不变，而是相互依存、彼此消解，一直走向永恒。第二，言无言，就如叶氏此篇文章的标题一样，语言作为人类思想和文明的产物有着其代表性和指向性，如何去消解呢，叶氏在分析庄子的"言无言"时指出"言与无言，完全要看它有没有泥滞在名义，完全要看它有没有逗及无割的大制"，"语言之用，不是通过'我'说明性的策略，去分解、去串连、去剖析物物关系浑然不分的自然现象，不是通过说明性的指标，引领及控制读者的观、感活动，而是用点兴、逗发万物自真世界形现演化的状态"②。第三，无：空白的美学。"言无言"的另一层含义是重视语言的空白，叶维廉认为这一点就如同中国画中的虚实，不仅让读者感受其所言，还要让读者领会"言"所指向的"无言"，言有尽而意无穷。总之，"道家'离合引生'的策略就在于离弃名制所加的种种束缚，而重新拥抱未名的、具体的世界"③。

另外，刘若愚和叶维廉在受"新批评"派的影响上也是既有相似也有不同之处的，他们同时对中国诗歌的翻译问题有着自己的不懈努力，其原则和方法也是有着异曲同工之妙，但在实践操作上也不是完全相同，其中也是不同的气质和思维所致，在这里不再一一列举了。

三 小结

刘若愚和叶维廉面对西方中心主义的文化霸权而发出抗争，而东方主义和后殖民主义的思想在他们身上也是有所体现，他们也清醒地认识到西方对东方进而是对中国文明和文化的误解甚至是歪曲，从而对西方文化强加于东方和中国的意图进行坚决抵制。他们焚膏继晷，一直孜孜

① 叶维廉：《言无言：道家知识论》，载《叶维廉文集》第 2 卷，安徽教育出版社 2002 年版，第 28 页。

② 同上书，第 29 页。

③ 韩军：《跨语际语境下的中国诗学研究》，华中师范大学出版社 2009 年版，第 87 页。

不倦寻求东西方文化的相互理解和沟通，并希求双方都怀有真诚的宽容和尊重，只有真正做到这样才可以达到文化的自觉以使各方的文化为对方所用，甚至是为全世界所用，构建世界新的文化。当然这条路上奋战的学者不止这两个，还有很多学者在为此付出，他们在践行着闻一多先生当年的理念，即"两个文化波轮由扩大，而接触，而交织，以致新的异国形式必然要闯进来……新的种子从外面来到，给你一个再生的机会"①。所以我们对于前辈的努力要尊重，充分汲取其精华，然后为今天的我们所用，为以后的研究提供养分。

"诗学"一词并非中国传统文化的语词，对其进行梳理，古希腊亚里士多德的《诗学》一书应该是最早以"诗学"命名的著作，但是我们今天取"诗学"这一术语不是仅从字面上理解的关于诗歌的学问，而是广泛意义的文学理论，"诗"也不是限定为狭义上的诗歌，也指文学。在西方以诗学指文学理论可谓有着悠久的历史，但是亚里士多德最初说诗学也不是今天的确切所指，而是指与政治学、伦理学、形而上学、修辞学等学科有着相同地位的学科，包含"创制"的意义，创制的技艺也是包含手工制作实用物品。而"诗"就是指创制知识，不同于理论知识、实践知识，它是以塑造形象的方式，再现特殊事物，从中显示普遍的意义，诗学就是研究艺术即创制知识的学问，包括艺术的本质、形式和规则等话题。②

现在的学者都是把"诗学"一词限定在文学理论研究的范围之内，并不对其外延进行扩展，这是出于对这一词的稳定性的考虑，而对现代意义上的诗学的界定就如乐黛云先生所说的那样：

> 现代意义的诗学是指有关文学本身的、在抽象层面展开的理论研究。它与文学批评不同，并不诠释具体的作品的成败得失；它与文学史也不同，并不对作品进行历史评价。它所研究的是文学文本

① 闻一多：《神话与诗》，古籍出版社1957年版，第206页。见乐黛云《比较文学与比较文化十讲》，复旦大学出版社2004年版，第171页。

② ［英］拉曼·塞尔登：《文学批评理论——从柏拉图到现在》，刘象愚、陈永国等译，北京大学出版社2000年版，第42—44页。载韩军《跨语际语境下的中国诗学研究》，华中师范大学出版社2009年版，第5页。

的模式与程式，以及文学意义如何通过这些模式和程式而产生。①

　　诗歌是文学的重要组成部分，因而诗学也是文学的重要构成形式，进而推到跨文化诗学、比较诗学也是比较文学的组成要素之一。有学者这样说道："自从二十世纪五六十年代美国学者提倡对没有或缺乏事实联系的文学进行'平行'的美学研究，比较文学的研究领域大大地得到拓展，这实际上为理论进入比较文学提供了一定程度的合法性证明，也为中西两种历史上缺乏事实联系的文学之间开展比较研究提供了理论依据。在这种意义上说，旨在从跨文化的角度对文学理论进行比较研究的比较诗学，是比较文学在理论介入后的必然发展，也是中西比较研究结出的一个丰硕成果。"② 这一番话是有一定的道理的，如果追根比较文学的最初兴起也许会有很多观点和意见，也许现在再做此番工作的意义未必就是非常重要和重大，但是比较文学在进入 20 世纪以后可谓得到较大、较快的发展，这不仅是指全世界，当然更是包括中国。而如果比较文学一直停留在某几个作家、流派的比较，那么得出的结论或意义也未必是长久和长远的，因为只是个案或者个别流派的分析研究，对于此一作家或派别的影响或许还有，但是对于学科的长远发展就不会有了。

　　虽说中西文化和文学的相异性很多，也许从表面上看很难找出很多的相似处，但是我们也要看到，中西的学者也是在探寻着"文学是什么？""文学如何建构？""文学的基本组成要素是什么？"等诸如此类的问题，而且上文也是提到过美国当代文学理论家、教育家艾布拉姆斯曾尝试着从世界、作家、作品、读者这四个文学的最基本组成要素进行剖析，这一点得到全世界很多学者、理论家、批评家的共鸣，虽然也有很多质疑的声音，指出其不足和不完善之处，但是艾氏这一基本框架和结构还是有着重要的影响力的。这也充分说明钱锺书先生一直坚信的"东

---

① 乐黛云、叶朗、倪培耕主编：《世界诗学大辞典》，春风文艺出版社 1993 年版，见乐黛云所作的"序"，第 4 页。

② 乐黛云、陈跃红、王宇根、张辉：《比较文学原理新编》，北京大学出版社 1998 年版，第 190 页。

海西海，心理攸同；南学北学，道术未裂"的理念是有着极深的道理。
故而探寻文学作品表面之下更深层的理论显得尤为重要，这也是中西文
学和文化沟通的根本所在。正是因为这一点，法国著名比较文学学者艾
田伯于 1963 年曾在其著作《比较不是理由：比较文学的危机》一书中这
样说道：

> 将两种自认为是敌对实际上是互补的研究方法——历史的探究
> 和美学的沉思——结合起来，比较文学就必然走向比较诗学。①

艾田伯的《比较不是理由：比较文学的危机》一书是总结美国学者
和法国学者在进行比较文学研究时所采用的不同方法，也就是我们通常
所熟知的"平行研究"和"影响研究"这两种比较文学常用的方法的利
弊所在，他如此自信、大胆地宣称比较诗学必然登上历史舞台并扮演着
愈来愈重要的角色，这是有着高瞻远瞩的历史眼光和极强的预见性，而
事实上后来的比较诗学发展也正是充分验证了艾田伯的预言。

而刘若愚和叶维廉所走的道路正是比较诗学和比较文学的两条不同
之路，虽然比较文学与比较诗学不是可以截然分开的，它们也是你中有
我、我中有你，但是学者的研究重心和兴趣点不是完全一致的，故而我
们做出这样的区分也是有着一定的依据。如以上我们所作出的剖析，刘
若愚毕生努力的方向和目标所在就是有助于建成世界性的文学理论、世
界新的诗学体系即全世界共通的诗学，其中也是包含着为中国古代传统
诗学的研究提供新的方法和理论系统，弥补其不足，以为中国的文论、
诗学、文学批评奠定坚实、健全的基础，这是中国诗学系统化的伟大尝
试，既有着理论建构，也有着实际操作，可谓理论与实践相得益彰。

由于刘若愚自身的学习和研究经历，他的中西方文化功底是较为深

---

① ［法］艾田伯：《比较不是理由：比较文学的危机》（Rene' Etiemble, *The Crisis in Comparative Literature*. *tran. Herbert Weisiger and George Joyaux.* Est Lansing: Michigan State University Press, 1966），第 54 页。英文版将原书的副标题"比较文学的危机"用作正题。但是，英文版的译者将我们上面所引的话中的"比较诗学"错误地译为"比较文学"，刘若愚在其《中国文学理论》一书的"导论"的注释中将其改正过来了。载乐黛云、陈跃红、王宇根、张辉：《比较文学原理新编》，北京大学出版社 1998 年版，第 190—191 页。

厚的，所以他对于中西文化上的差异是理解得较为深刻的，"同"与
"异"在他看来是复杂的，故而其探讨要超越语言、国家、民族，还有历
史等，"我希望探讨的艺术和审美的特性能够超越语言、文化和历史的障
碍"①，因而他对于多元论或者折中主义是不赞成的，虽然他也是一直在
探寻着综合。一个学者或者是文学批评家必须对自身的立场有着坚定的
一致性，不可"在此一时是一个结构主义者，一朝又成了现象论者"②，
这一点是毋庸置疑的。"综合不仅是人们期望的，而且也是必需的"，但
是"中国和西方的文学理论的综合不是主张全部中西理论的全面综合，
赞许的只是其中的某些方面"③，正是在这样的认识基础上，他又进一步
指出"语际批评"与"比较文学"的关系，认为二者具有天然的联系。

　　刘若愚这样说："当我说道'把现代西方研究的成果应用于中国文学
本身就包含有比较的因素'"，其中也是指出了如果一旦使用"隐喻"
"主题""文体"甚至"诗歌"这样的西方术语也就意味着已经拿中国文
学与西方文学进行了比较，同时也就提出了把这些术语用之于中国文学
作品其意义是否与之相同的问题④，所以我们也是很清楚地看到，跨文化
的比较是体现在各个方面的，并不是说刻意做出的才是，"只要他用一种
语言撰写有关用另一种语言写成的文学作品，他就必然在某种程度上成
为一位比较文学家"⑤。但是对于跨文化、跨语际的批评也是需要进一步
的思考，"作为一个语际批评家，我对语际间的批评是否应该属于比较文
学的一个组成部分并不那么关心，而对比较文学家应否更多地注意语际
批评感兴趣，且不管有关的作品是用什么语言写成的以及他自己正在用
什么语言写作"⑥，在这里刘若愚又一次对自己的身份和研究目标进行了
自我定位，因此他不是纯粹意义上的比较文学学者，而更多的是一位跨
语际批评家和跨语际理论家，他自己更愿意从理论层面和高度对中西文

---

① ［美］刘若愚：《中国古诗评析》，王周若龄、周领顺译，河南大学出版社 1989 年版，
第 139 页。

② 同上。

③ 同上。

④ 同上书，第 140 页。

⑤ 同上。

⑥ ［美］刘若愚：《中国古诗评析》，王周若龄、周领顺译，河南大学出版社 1989 年版，
第 140 页。

学作品、文学现象、文学理论等展开剖析和阐述，因而他对具体作品和作家的兴趣也就不是那么浓烈了。

叶维廉是沿着比较文学的道路前行，他最开始是一位诗人，而且是现代派诗人，他写诗并创办诗刊，很多诗篇广受欢迎，影响也是非凡的。后来因为中西语言在诗歌创作、翻译、相互理解中出现的问题和困扰等使他走向研究比较文学之路，他在此方面的第一篇文章是写于 1960 年的《静止的中国花瓶——艾略特与中国诗的意象》，此篇文章主要是针对中西语言在诗歌中的不同、中国古文言的语法特性在翻译为英语时的困扰，以及艾略特打破西洋惯用语法而达致了某些中国诗中的效果而展开论述。叶维廉自己把这篇文章定为比较文学研究的第一次尝试，而不是他在1957 年写的《陶渊明的〈归去来辞〉与库莱的〈愿〉的比较》这篇他认为不是很成熟的文章，显然这是比较文学的路子，只是作者自己认为那时没有进行寻根探固的，而 1960 年的文章显然是有了对中国古典美学追根的意识。而叶维廉在出国以后就读的是普林斯顿大学的比较文学系，从此走向比较文学研究的学术之路。

综观叶氏的文章和著作可以看出，他多从细微处或者是小处着手，如一篇或几篇文章，某一个或某几个作家、某一类型的文学流派等，他的《比较诗学》一书包含《〈比较文学丛书〉总序》《比较诗学序》《东西比较文学中模子的应用》《批评理论架构的再思》《从比较的方法论中国诗的视境》《语法与表现——中国古典诗与英美现代诗美学的汇通》《语言与真实世界——中西美感基础的生成》《中国古典诗与英美诗中山水美感意识的演变》；其《现象·经验·表现》一书包括《现代中国小说的结构》《水绿年龄的冥想——论王文兴〈龙天楼〉以前的作品》《弦里弦外——兼论小说里的雕塑意味》《激流怎能为倒影造像——论白先勇的小说》《突入一瞬的蜕变里——侧论聂华苓》《评〈失去的金铃子〉》《现象·经验·表现》；其《秩序的生长》（一）一书有《陶渊明的〈归去来辞〉与库莱的〈愿〉的比较》《〈焚毁的诺墩〉之世界》《普鲁斯特之一斑》《田纳西·威廉斯的戏剧方法》《〈艾略特方法论〉序说》《艾略特的批评》《精致的中国花瓶——艾略特与中国诗的意象》《〈荒原〉与神话的应用》《狄瑾苏诗中私秘的灵视》，等等，这里我们就不再一一列举出来了。

　　因而叶维廉不是立足于建构中国诗学体系，他似乎也是无意于此，他更多的时候是展开对中西作品、作家的比较研究，从中发现问题，解决自己的问题和疑惑。他寻根探固中国传统美学到道家美学，展开对道家美学和西方文化的关系等问题研究，其中有两方面的渊源：一是适应西方现代学术思潮的发展，即有着大无畏的解构一切的力量，所以道家美学在叶维廉那里也就是解构性或批判性的代表；二是继承了五四以来激进的反传统精神，因此用道家思想来消除儒家的"形名"之学。① 但是有学者认为叶氏对道家美学的重视其实还只是发掘中国传统多元文化中的一个方面②，而叶氏却把这一点作为中国传统文化的全部和根本，不免有着绝对化的倾向，而且叶氏绝对化的判断在其对中西文化的界定和分析方面也是时有体现。当然不是在这里否定叶维廉的突出贡献，但是在进行中西文学、文化的比较、沟通研究时还是要本着客观的态度，要全面去看待这一切，以更好地对中国传统文论、诗学走向世界和现代化有所帮助。

第三节　刘若愚跨文化诗学理论体系的当代现实意义

一　"拿来"与"送去"

　　现今"送去主义"成时髦，不少人认为，既然"二十年河东，三十年河西"，过去财与力有限、科与技不如人，现在富庶了、强盛了，不能再讲"拿来主义"而应推行"送去主义"，唯此方能显国威、赢得老外的尊敬和赞誉。这很有点"圣之时者也"的高论腔调与口气。

　　不过，任何一个开放社会在全球化时代都是"拿来"与"送去"并行互动，只拿不送或只送不拿都难立足于世，也算不上现代开放国度的。这种历史生活决定的双重变奏普遍性交流互动，绝非谁愿不愿意、喜不喜欢，凭主观意志可任意改变和否认的。那种以为只要搬出河东河西老调调便能唤起民心，从而去改变现实将双重变奏曲篡改成独奏曲，不仅与时代生活相隔膜，是行不通的主观幻想，而且从其不拿只送方能显出

---

① 韩军：《跨语际语境下的中国诗学研究》，华中师范大学出版社 2009 年版，第 90 页。
② 同上。

国威的主旨来看，也是一种为迎合少数民族主义者心理而流露出的偏狭自大的旧国粹主义，若加以实行其危害绝不亚于中体西用"以夷之技制夷"论造成的结果，这是极其浅显明白的道理和逻辑结论。

近百年来的历史表明，闭关锁国造成落后贫弱的教训至深，今天虽无人再提倡，但被迫打开国门向外送去古董古画加京剧"发扬国光"的做法，既片面又可笑，后果依然是贫穷落后被人诟病，却常为人所忽略与遗忘，故而鲁迅在 20 世纪 30 年代著文，指责这种"送去主义"偏狭可笑，大力提倡"拿来主义"，力主在辨别好坏利害前提下"运用脑髓，放出眼光，自己来拿"的积极主动自觉的拿来主义①。历史表明，鲁迅主张更具正确性。自维新变法开始不仅在器物科技层面上引进西方东西，而且在精神文化层面上大量译介西方自然科学与社会科学理论及文学艺术名典，以至在此种"寻新声于异邦"的"拿来"活动中确实达到了"没有拿来的，人不能自成为新人，没有拿来的，文艺不能自成为新文艺"目的②，出现了一批新人和新文艺作品，汇成了至今被人推重的现代科学与学术名著及现代文学经典性作品文化盛景。只可惜这个潮流被人为地中断了，20 世纪 50 年代起大门又紧闭了，除苏联的东西外基本上与世隔绝，直到 80 年代重开国门才接续"拿来"香火，把中断了的"接着讲"，历时三十年而有更大规模的双向交流活动，促进了经济腾飞和科技文化事业的快速发展和思想上的自由解放多元迸发局面的形成。

可就在这个时刻，全球已进入知识经济和绿色生态文明时代，有人却说"拿来"已过时，今后只能搞"送去"，否则无以显国威，也无人知道我们东方文化之魅力和神圣，什么《中国可以说不》《中国人不高兴》等书应运而生畅销一时，似乎 21 世纪是中国人的世纪真的已经到来，只要不间断地"送去"，我们就可傲视全球，让老外们刮目相看，匍匐于下尊我为"圣驾""天朝"了。果真如此当然不赖，"发扬国光"已近极致，谁还能说个"不"字！只可惜天公不作美，这个小小的地球村偏偏碰上了多事之秋，先是金融危机波及我国弄得大家寝食难安，无奈之下只好调整策略，放缓出口步伐，扩大内需以应一时之急；继是全球气温

---

① 鲁迅：《拿来主义》，《且介亭杂文》，人民文学出版社 1973 年版，第 29 页。
② 同上书，第 30 页。

变暖呼救声浪日高，全球一体，哥本哈根世界气候会议，我们不能不作出承担一定减排任务的允诺；还有甲流席卷全球，病例日多，我们当然要与世卫和他国配合协作，以救人救己。至于旅游业文化交流事务和各种国际性学术会议，我们一面继续引进外资外企，一面频频出游和与会，总之是"拿来""送去"双向互动，一刻也没有停留脚步，更谈不上什么断"拿来"扩"送去"走单维的独木桥了。

是的，"送去主义"鼓吹者们是有心机和算盘的，他们不会愚妄到连经贸商务也放弃进只管出的。其重心与主旨所在主要针对精神文化产品的进出关系而言，即截断引进西方这段路，强化和扩大输出这条道。不过遗憾的是情况也不那么妙。就以"送去"为例，老外们似乎除供养大熊猫以增观赏，引去苏州园林建筑点缀景致，多办些中国民族艺术歌舞演出会之外，对于像文学艺术品和学术思想等高层次精神产品，却不是那么热衷有大兴趣。通常是图书商们采购去供给各种图书馆、大学与研究机构收藏作研究之用。而普通民众是眼光一扫直摇头或翻翻便放下的。有人认为这是我们没做好宣传工作，推销力度不够。那么就以加大投入几百亿元经费动员各种媒体扩大宣传广为告示后的情况来说，这些年做的国产大片叫座不叫好怎么也敌不过美国大片，主旋律影片和娱乐性商业片都占领不了欧美市场，电视剧，我们也送不到韩日去占它们市场全不去说它，国际图书展如人所共知，精美漂亮的装帧包装起来的汉译外"名著"并未获老外们青睐。某人在书展上说中国当代文学一年千部长篇小说呈繁荣局面，马上受到汉学家顾彬先生驳斥为虚妄之言，说那尽是些商业化文学，只有少数诗人新作例外而有些质量却可惜没能去参展。所以有论者说，这值得检讨，有好东西不用送去，人家也会来拿。"送去"的前提是高质优秀的学术著作与文学作品，否则没人买你的账。我们要学会怀疑自己，切勿夸大所谓"东方的智慧"。全球办了百多个孔子学院、老庄道家很受外国人欢迎，那是古人不能代替今人。对外电视与电台的收视情况也好不到哪里去，多数是看点新闻了解近况，其他内容对不起只好换频道或关机了事。我们有句老话，叫听其言观其行，比如在人权与民主建设及言论新闻自由上，你单讲成绩如何、政策怎样、如何体现出中国特色等，不如开办几个对内对外自由论坛，让民众自由发表意见去评头论足，多解禁一些有理有据的著述与剖人心弦动人心底的诗文作品，你的好形象自然会出彩。否则越要大树特树、装扮再入时也是枉然不会有好效果的。

这些本来是浅显的道理，可有人硬是不信，非要用砸钱的办法来做"送去主义"。结果如何上面已经说过。现在要回到"拿来"与"送去"这首双重变奏曲上来。在经济外贸方面我们已经盈余了好多年，成绩确实不小。但"送去"的多是大路货，老外们贪的是价廉物好，高科技产品诚如人家所说是二手转卖货，即买了人家专利重加改装，贴上"中国制造"（Made in China），而年销量达一千万辆的汽车已成全球之冠，用钱学森先生的话说是"中国汽车外国心"，这些当然尽人皆知自不必脸红，它说明中国人善于虚心学习，巧于改装与包装，对民众有利，没什么好自卑的，何况现在纯国产的东西日益增多，将来谁能说我们没有真正的中国制造，双向交流中"拿来"与"送去"在质量品种和创新性方面不断努力是可以做到平衡相称的。

重要的问题还是在精神文化产品领域。英国前女首相对中国崛起说过一句话很让人皱眉。她说，这不用怕，因为迄今为止我们没有什么伟大学说与思想可以拿到西方来炫耀占领他们的市场与头脑。话虽尖锐却是事实。前已述，这百多年来我们"拿来"了从牛顿力学到爱因斯坦的相对论及霍金的黑洞宇宙论，从达尔文的生物进化论到摩尔根的遗传学及基因论，从卢梭的社会契约论到孟德斯鸠的论法的精神，从亚当·斯密的国富论、凯恩斯的自由市场经济学到马克思的资本论，从索绪尔的语言学教程到伽德默尔诠释学、列维·斯特劳斯结构主义人类学和德里达的解构主义等，商务馆等出版社的汉译名著琳琅满目、中央编译局的经典著作系统有专门书库，都是不可胜数了。反之，我们"送去"的，古代的四大发明、孔孟老庄外，当代则没有经典著作问世基本阙如。两相比较，何啻霄壤！这种情况，以钱学森先生的警策语，即中国没有完全发展起来，没有自己独特的创新东西，老是"冒"不出杰出人才言，不是短期内便能改观的，更不是用精致包装一些平庸浅俗之作大量"送去"所能扭转的。这里涉及教育尤其高等教育、科研体制和出版新闻体制的改革等一系列根本性问题。故而有人引述王国维的成大事业大学问的三境界说劝勉学界同人和那些热心于"送去主义"者们，要放下身段，告别大话空话、淡泊名利、埋头钻研、多做探索工作、持之以恒、做出成就，伟大的复兴事业才有希望。

如此看来，"拿来""送去"这支双重变奏曲，在经贸器物层面上这一重曲是演奏得铿锵作响很动人的，而另一重精神文化变奏调是抑扬高低不协调，听起来有失重感很不舒服的。合在一起彼扬此抑极不对称协调，要想重新调整很不容易，最好的办法当然是重新谱曲。然而此曲非是天上有，它是人间已有调，我们只能一面继续演奏，一面推进改革，呼唤和培育万千圣乐手，有朝一日他们喷涌而出，科学与文学诺奖向我们招手，取东方新圣典者纷至沓来，贝多芬式的《热情奏鸣曲》便会划破长空，响彻全球。谁说未来没有新的东方神韵与魅力！全部问题均在何时江山代有人才出，我们方能去各领风骚数百年。

二　跨文化诗学融合的原则

1. 文化认同

跨文化、跨语言、跨国别的研究牵涉的东西很多，其参与者也是有着极其不相同的文化背景、历史熏陶、地域环境、所持语言、思维习惯等，尤其是中西文化、文学、诗学的对比研究更是显得突出。现今跨文化研究的队伍日益扩大，有中国本土学者、华裔外籍学者、西方汉学家等，其实其中华裔学者是一较为特殊的群体，他们大多在国内接受较为系统的教育，后又奔赴国外继续求学深造，而后选择留在国外从事研究。正是由于这些经历，他们对中西的文化感受更为深刻，而中国由于以前的历史原因造成的经济和文化上暂时与世界脱离，一度也是半殖民地国家，故而东方主义和后殖民主义学者体悟到西方文化对东方文明的肆意篡改，他们妄图以自己的文化取代殖民国家的文化，他们时时显露出的西方中心主义和文化霸权主义的倾向，都是让华裔的学者感受和体验得无比真实，因此，这个群体在从事比较文化的研究时不可避免要为自己所属的根国家和根民族争取地位和话语权，其中就有着强烈的文化认同意识。

文化认同是要排除"文化相对主义"和"文化霸权主义"。"文化霸权主义"是比较容易理解的，它带有自身的文化优越性，认为自己是最优秀的，其标准也是最科学合理的，而其带有强烈的文化掠夺性和强迫性，它要求不同于自己的其他民族、国家都要向其文化靠拢，甚至达到一致，这是一种依靠自身在政治和经济上的地位来将自己的文化和信仰强加于他人，而其中的各种以自己为圆心的"中心主义"是其显现。

"文化相对主义"理论的核心人物是美国著名的文化人类学家梅尔·赫斯科维奇，他认为"文化相对主义的核心是尊重差别并要求相互尊重的一种社会训练，它强调多种生活方式的价值，这种强调以寻求理解与和谐共处为目的，而不去批判甚至摧毁那些与自己原有文化不相吻合的东西"①。即要承认文化之间的差异性并尊重其差异所在，进而在平等的基础上交流。赫斯科维奇进一步指出"作为方法论，文化相对主义坚持一种科学原则，研究者尽可能最大限度地保持事物的客观性，他不会去评价他所描写的行为模式或者想法，去改变它。他更多的是设法去理解在这种文化中建立各种关系的行为准则，而决不以另一参照系的框架去对之进行解释文化；文化相对论作为哲学来看，与文化价值的性质有关，同时也与一种从形成思想与行为的文化力引发出来的认识论有关；从实用方面来看，就是将以上的哲学原则与方法论广泛应用于各种跨文化场境"②。这就进一步强调了不同文化各自独特的价值，而且指出不同文化之间的相互理解与和谐共处的重要性和可能性。

所以"文化相对主义"带有极大的积极意义，"在 20 世纪开始时，文化相对主义的观念在美国人类学中确实处于主导地位，正像在英国，存在着朝向社会结构的相对主义的一般趋势，即一种将社会组织的不同形式划分类型学图式的雄心。相对主义观念是这个时期的标志，它认为每个社会或文化得用它自己的术语进行理解，正像社会和文化尤其在进化尺度上不能互相排列这个隐含的观念一样"③。在一定时期它对于突破以往文化的误区，打破文化霸权和统治有着帮助。但是如果一味强调相对走向另一个极端和误区，那么其矛盾和弱点也是较为明显的。"例如文化相对主义承认并保护不同文化的存在，反对用自身的是非善恶标准去

---

① ［美］赫斯科维奇：《文化相对主义——多元文化观》，载乐黛云《文化相对主义与比较文学》，《岱宗学刊》1997 年第 1 期。

② 同上。

③ ［美］乔纳森·弗里德曼：《文化认同与全球性过程》，郭建如译，商务印书馆 2003 年版，第 104 页。

判断另一种文化，这就有可能导致一种文化保守主义的封闭性和排他性，只强调本文化的优越性而忽略本文化可能存在的缺失；只强调本文化的'纯洁'而反对和其他文化交往，甚至采取文化上的隔绝和孤立政策；只强调本文化的'统一'而畏惧新的发展，甚至进而压制本文化内部求新、求变的积极因素，结果是导致本文化的停滞，以致衰微。此外，完全认同文化相对主义，否认某些最基本的人类共同标准，就不能不导致对某些曾经给人类带来重大危害的负面文化也必须容忍的结论。"①　这是对文化相对主义客观、清醒的认识。

所以文化认同意识是在打破文化霸权主义和文化相对主义的基础上努力寻求着自我的价值和话语权，其中的方法和途径很多，而语言在其间所发挥的作用是极其重要的。语言是文化最直接和最基本的体现，它"是一种有组织结构的、约定俗成的符号系统，用以表达各种事物和一定文化社群或地域社群的人的经验和感情等等"，"语言是传达信仰、价值观念等等的基本文化手段，它不仅是传通的途径和人们进行思维的工具，而且也在观念和思想的形成中起着重要作用"。②　也许在很多人看来，语言只是一种工具，为的是交流和沟通的便利，但是不是一句简单的工具之利就可以解决这些问题，他们忽视了语言背后所隐含和代表的文化和历史因素。操同一种语言、生活在同一地方、有着共同的文化和教育背景、同一种民族等都容易沟通、认同与被认同，所以居住国的改变使语言发生改变，也是为了让他民族对自我认同，但是其民族之根是永远不会改变的。而他一直在西方传播中国传统文化和文明，也是希求中国传统文化的精华能够为更多的西方学生和读者所了解，加速中国传统文化的国际化，也是为整个中华文明寻求话语权而得到全世界的认同和肯定。

2. 双向阐发

钱锺书先生曾这样说过："文艺理论的比较研究即所谓比较诗学（Comparative Poetics）是一个重要而且大有可为的研究领域。如何把中国传统文论中的术语和西方的术语加以比较和互相阐发，是比较诗学的重

---

① 乐黛云：《比较文学与比较文化十讲》，复旦大学出版社 2004 年版，第 23 页。
② 同上书，第 29 页。

要任务之一。进行这项工作必须深入细致，不能望文生义。"① 中西文学
理论或诗学对话相互阐发就是所谓的"双向阐发"，它不同于以往的只是
中国对西方文论的单向接受，这是跨文化沟通的基础和关键所在。对于
中西诗学对话的意义和特点乐黛云先生给予了很好的阐述：

　　第一，对话双方都是从历史出发，从自己的文化传统出发，并
不以某一方的概念、范畴、系统来截取另一方。双方都是以对方为
参照来重新认识和整理自己的历史；在这一重整过程中既能发现共
同规律，又能发现各自文化的差异，并使这种差异为对方所利用，
以致促成其新的发展。这就是为什么西方著名的比较文学家克罗德
奥·归岸（Claudio Guillen）要说："只有当两大系统的诗歌互相认
识、互相观照，一般文学中理论的大争端始可以全面处理。"② 也就
是美国汉学家海陶韦（James R. Hightower）所说，西方诗学对中国
诗学的发现可以帮助我们替文学找到新的定义，而这定义当然比以
前一小部分人的文学经验更令人满意。

　　第二，由于对话引入了时间轴而不只是并时性的平面比照，中
西诗学对话就有了历史的深度。过去，西方诗学数百年的发展在几
十年之间同时涌入中国，挤成一个平面，这就产生一种"压缩饼干
效应"：每一种思潮都很难在中国舒展、深化。各种思潮尚未被充分
理解，转瞬即已"过时"，这就不能不产生两种倾向，一种是对这些
"各领风骚五百天"的西方文学思潮不屑一顾，将自己封闭起来，另
一种是忙于追赶，惟新是鹜，满口新词语而所得甚肤浅。中西诗学
对话全面开放了中西诗学的历史，对话可以沿着时间轴前后滑动，
既不受新、旧观念的时间限制，亦不受东西疆域的局限。这样，将
中国学术界一百多年来进行的"中西之争"与"古今之辨"合为一
体，正是"神州之外，更有九州，今世之后，更有来世"③。也就是

① 张隆溪：《钱锺书谈比较文学与"文学比较"》，《读书》1981 年第 10 期。
② 乐黛云：《比较文学丛书》"总序"，载《叶维廉文集》第 1 卷，安徽教育出版社 2002
年版，第 6 页。
③ 陈寅恪：《王静安先生遗书序》，载《金明馆丛稿二编》，上海古籍出版社 1980 年版，
第 220 页。参见乐黛云《比较文学与比较文化十讲》，复旦大学出版社 2004 年版，第 112 页。

鲁迅所梦想的"外之既不后于世界之思潮，内之仍弗失固有之血脉，取今复古，别立新宗"①。

　　第三，由于历史的全面开放，中西诗学双方相互选择和汲取的范围大大扩展，不一定新的就是好的，也许旧的倒能在某些方面给予新的启发。在中西文学、美学史上，很不乏这类纵跨千年，横贯万里而相互对话和汲取的实例。20 年代初，当以美国诗人惠特曼为代表的自由体诗歌在中国风靡一时，滋养了郭沫若等一代浪漫派诗人之时，一千多年前的中国古诗却为美国的新诗运动提供了新的契机。新诗运动中最有影响的诗人庞德（Ezra Pound）指出，中国诗"是一个宝库，今后一个世纪将从中寻找推动力，正如文艺复兴从希腊人那里寻找推动力"②。30 年代，当从西方移植的话剧形式在曹禺等人的努力下发展到高峰，德国戏剧大师布莱希特（Bertolt Brecht）却受到中国古典戏曲和梅兰芳表演艺术的影响，写出了《论中国人的戏剧传统》和《中国戏剧表演艺术的陌生化效果》等重要论文，提出了他的"间离效果"、"陌生化"等理论，在很大程度上改变了欧洲戏剧发展的方向。其他如法国 18 世纪的"中国热"，美国 20 世纪以白璧德（Irving Babbitt）为代表的人文主义对中国儒家的认同等都是很好的实例。③

　　在这里之所以大篇幅地引用乐先生的话语，其根本原因是她对此问题较为深入、深刻的认识和剖析，也为我们指引了方向。在现代社会中西文化间的对话与交流日益频繁，这对于双方都是意义非凡的，在中西文化交流、对话的方法和手段上一直是众说纷纭，各执一词，但笔者更倾向于"双向阐发"这一原则。"双向阐发"这一方法是由"阐发法"引申和发展而来的，而后者最初是由台湾学者提出的，"他们把国外比较文学经验和西方文学理论同时带回了台湾。他们最先想到'利用西方有

---

　　① 鲁迅：《文化偏至论》，载《鲁迅全集》第 1 卷，人民文学出版社 1973 年版，第 53 页。参见乐黛云《比较文学与比较文化十讲》，复旦大学出版社 2004 年版，第 112 页。
　　② 赵毅衡：《远游的诗神》，四川人民出版社 1984 年版，第 11 页；乐黛云：《比较文学与比较文化十讲》，复旦大学出版社 2004 年版，第 112 页。
　　③ 乐黛云：《比较文学与比较文化十讲》，复旦大学出版社 2004 年版，第 111—113 页。

系统的文学批评来阐发中国文学及中国文学理论',并称之为'阐发法'"①。利用西方发达理论之便利来重新审视和研究中国这无疑是一种比较便捷的路径,就犹如站在巨人的肩膀上,"台港学者把阐发法作为中国学派的标志提出来,对建立中国比较文学理论体系有很大的贡献"②,此话是极具道理的,中国现代文学理论的发展是与西方文学理论的引进、介绍分不开的,其对中国传统文论的冲击和带来的新鲜血液也是不可不考量的。当然在进行中西文化的比较研究方面其要求是极高的,一方面固然是知晓西方现代文化,另一方面也是对中国传统文化的各方面也是要做到手到擒来,其中更是对二者的差异和不同之处了然于心,这样才能有进行比较的良好前提和基础,否则偏重哪一方面,或者是任何一方做得不够好,那么就不可能作出一个相对客观、公正的结论。就如有的学者所指出的那样:"如果不加思索地一味'套用'西方文学理论,光比较而不提出新的见解,或要求比较文学学者都要先了解有关的语言再来比较,而又做不到先将自己浸淫于中国文学里,却又不使自己与西方变化不定的学术界脱节,那就难免在比较中有意无意地抹杀本民族文化历史的特性,有以本土文学迎合西方之嫌。"③ 因此"阐发法"不仅仅是一种方法的名称而已,其包含的内涵还是很丰厚的。

　　中国自新文化运动以来就一直致力于引进和介绍西方文化,或者可以把这个时间点再向前提,1840 年鸦片战争之后的中国社会性质改变,对西方文明和文化就是处于或被动或主动的接受过程中。提起"中国文论"一词似乎更多的人只是把其与"中国古代文论"联系在一起,那么这就造成了中国现代和当代文论的空缺。这两个概念不是一致的,也是不同的,中国文论理所当然包含中国古代文论也有中国现代和当代文论,也许有人会说中国现代和当代文论一直是以西方文论马首是瞻,只是一味地接受后者,所以就根本没有中国现代和当代文论这一说,这也就是有学者指出的中国文论的"失语症"问题。

---

① 古添洪:《中西比较文学:范畴、方法、精神的初探》,《中外文学》1979 年第 7 卷第 11 期。见曹顺庆主编《中西比较诗学史》,巴蜀书社 2008 年版,第 320—321 页。
② 曹顺庆主编:《中西比较诗学史》,巴蜀书社 2008 年版,第 321 页。
③ 同上。

　　"失语症"这一概念最初是由四川大学的曹顺庆教授在 1995 年发表的《二十一世纪中国文化发展战略与重建中国文论话语》一文中提出来的，后来又在 1996 年发表的《文论失语症与文化病态》中作出了进一步的阐释和说明，在此文的开始作者就认为中国文艺理论研究最严峻的问题就是出现了失语症，认为中国现当代就没有文论，这是一种病态的文化现象。"我们根本没有一套自己的文论话语，一套自己特有的表达、沟通、解读的学术规则。我们一旦离开了西方文论话语，就几乎没办法说话，活生生一个学术'哑巴'。想想吧，怎么能期望一个'哑巴'在学术殿堂里高谈阔论！怎么能指望一个患了严重'失语症'的学术群体在世界文论界说出自己的主张，发出自己的声音！一个没有自己学术话语的民族，怎么能在这世界文论风起云涌的时代，独树一帜，创造自己的有影响的文论体系，怎么能在这各种主张和主义之中争妍斗丽！""所谓'失语'，并非指现当代文论没有一套话语规则，而是指她没有一套自己的而非别人的话语规则。当文坛上到处泛滥着现实主义、浪漫主义、表现主义、唯美主义、象征、颓废、感伤等西方文论话语时，中国现当代文论就已经失落了自我。她并没有一套属于自己的独特话语系统，而仅仅是承袭了西方文论的话语系统。"① 作者的批判可谓很有道理的，中国现代的发展史就是在屈辱中前行，而在其间很多有识之士为探寻中国的独立、自强之路不断努力，而他们中的很多人对传统文化的深恶痛绝也是达到了顶峰，对传统文化的彻底否定与抛弃，对外来文明的全盘接受可以说是造成"失语症"的重要原因。曹顺庆的此番分析引起学术界的巨大反响，很多学者也是加入探寻中国当代文论新发展的道路上来。

　　其实曹顺庆教授在指出"失语症"形成的原因之后，也是对重建中国文论话语提出了自己的见解："要重建中国文论话语，首先要接上传统文化的血脉，然后结合当代文学实践，融汇汲收西方文论以及东方各民族文论之精华，才可能重新铸造出一套有自己血脉气韵，而又富有当代气息的有效的话语系统。"② 因而打破以往只是拿西方理论来阐释中国文

---

① 曹顺庆：《文论失语症与文化病态》，《文艺争鸣》1996 年第 2 期。

② 同上。

论的现象势在必行，认为"阐发研究应是双向的。不仅用外国于中国，也可用中国于外国，用中国的文学理论来阐发外国文学和外国文学理论，同样会发现新的角度。这种双向阐发之所以可能，正是因为文学本身具有共同的发展规律，而相互的阐发足以沟通彼此的'文心'，但这只限于寻求两种模式的重叠处，而不能以一种模式强加于另一种文学"①。当然从中我们可以看出，提出"双向阐发"这一原则是要远远早于对"失语症"问题的探讨，但是之所以把这两种理论放在一起正是说明二者是相契合的。

刘若愚作为努力将中国传统诗学进行世界性转变的学者，他的研究正是沿着"双向阐发"的道路一步一个脚印坚实地向前迈进的。不过在此前对刘若愚的研究中很多学者只是将其定义为运用"阐发方法"，而不是"双向阐发"，因为他们认为刘若愚只是拿西方的文学理论来观照和审视中国的文论，他"援用西方理论和方法加以考验、调整以用之于中国文学的研究，是比较文学中的中国派"②，这番评论有其针对性，也有其意义。不过，既然是在做跨文化、跨语言的研究，也正如前面所提及的阐发法的生成是要求其从事研究者要对中西两方的文化都要有极为扎实的掌握，故而这就不是单方面的问题，就是双向和双方的了。刘若愚正是沿着此路前行的，他努力寻求中西方文学理论的共通点，而建构适用于双方的理论体系，他用西方现代的文论来重新审视中国古代的文论，也将中国文论与西方文论进行对比，找出或相同或不同的地方。这就以中西方互为基础，就像他在《中国文学理论》里所做的一样，将形上理论与象征主义、现象学理论相比较，将中西表现理论进行对比，将西方文论在技巧理论和审美理论上与中国类似的研究相比较，等等，不以任何一方为中心，正是这样的比较才可以冷静、客观地去对待中西诗学。

---

① 乐黛云：《中国比较文学的现状与前景》，载《中国比较文学年鉴》，北京大学出版社1987年版，第24页。

② 古添洪、陈慧桦：《比较文学的垦拓在台湾·序》，载黄维梁、曹顺庆《中国比较文学学科理论的垦拓——台湾学者论文选》，北京大学出版社1998年版，第178—179页。

三　现代视野下的刘若愚跨文化诗学理论体系

刘若愚曾这样说过："一个批评家如果没有偏见，就等于没有文学上的趣味。"① 对此刘若愚正是这样去做的，他的学术和研究之路在他最初做出选择的那一天起就没有改变过，而且一直到生命的尽头，夏志清曾评论他是一个有野心的跨语际理论家，而不单单是批评家，所以我们对他是心生敬佩的，为他的野心，也为他的努力。刘若愚在其所生活的时代和背景下做着自己对中西文化交融、融合的理解和尝试。他是使者，也是建构桥梁者，还是古今文化传承和中西文化沟通实践的开拓者。

刘若愚把中国传统诗学纳入他的研究范围，这是他作为一个中国人为自己民族文明和文化的传承，进而走向世界而付出努力。在上面的行文中也曾提到过很多学者认为中国现当代是没有文论或者诗学的，因为它没有任何自己的东西，完全是在做着西方文论的应声者或者说是其在中国的介绍者和传播者，如此而已。其中也有学者认识到问题的严峻性而力图改变，就像曹顺庆等学者提出的中国文论的"失语症"以及王岳川坚持"发现东方"和"文化输出"，还有钱中文、童庆炳、张少康等进行中国古代文论的现代转换和融会中西诗学的尝试和努力等，而且这些学者的努力直到今天还在继续。

钱中文教授是最早提出将中国古代文论进行现代转换的，他这样说道："九十年代初，我国一些学者感受到了一种具有中国特色的当代文论建设的内在要求，看到了要建立这种当代文论，必须反对各种虚无主义和盲目西化的思想。一要大力整理与继承古代文论遗产，使其自成理论形态，一种具有我国民族独创性的古代文论体系。二要站在当代社会、历史的高度，既有继承，又有超越，使我国具有丰富文化底蕴的文论，有机地而不是作为寻章摘句的点缀，既是形而上地也是形而下地融入当代文论之中，也即吸取其思维内在特性，选择其合理的范畴、观念乃至体系，并在融合外国文论的基础上，激活当代文论，使之成为一种新的

---

① ［美］夏志清:《中国现代小说史》，中文版"引言"，复旦大学出版社2005年版，这是夏志清转引中国台湾学者刘铭绍的话。

理论形态。这些理论与当代我国和世界文学中层出不穷的新问题结合起来，无疑就会产生多种新的文艺理论观念，建立多种真正具有中国特色的文论系统。这样，我们才能在世界文论中改变'失语症'的地位，才能使我国文论自立于世界文论之林。"① 这种呼喊的声音是振聋发聩的，也是让我们感到振奋的，这是多少学者一直想要达到的目标。当然进行古代文论的现代转换这是一个异常艰巨和复杂的问题，而且分歧也是较多的。而对此钱中文先生说道："现代转换并非使古代文论现代化，而是将古代文论作为资源，把其中那些具有普遍意义的、与当代文学理论在内涵方面有着共通之处的概念，即有着普遍规律性的成分清理出来，赋予其新的思想、意义，使之汇入当代文学理论之中，与当代文论衔接，成为具有当代意义的文学理论的血肉。"②

的确如上面钱先生所指出的那样，中西文化的对话和交流不是说一定要拿全部的东西进行比较，这是没有意义的，毕竟中西方的生活环境、历史和文化因素、思维方式等存在巨大的差距，而且这差距不是很容易弥补的，甚至可以说是不可能弥补的，故而我们不必非要两者相同，孔子提倡的"和而不同"也许就是最好的阐释。所以今天再来看刘若愚的研究和努力时我们也要看到这一点，有学者在看待刘若愚时说他只是生硬地将中国古代的文学理论进行分割，而且为了迎合其体系建构而任意修改，其中的批评也是有其道理的。刘若愚在建构跨文化都适用的理论体系时遇到了很多难题，为解决这些问题他的确是要进行一番修改，其中也有一些常识性的错误，就如很多人所指出的那样，刘若愚认为中国诗学的集大成者刘勰的《文心雕龙》没有决定理论，但是后来的学者在《文心雕龙·时序》篇写道："文变染乎世情，兴废系乎时序"，就是对刘若愚判断的最好反证，这是正确的。但是今天的我们不能求全责备，刘若愚的研究是有一些不足，还有待进一步改进和修正，他自己即使在书成之后也是努力在实践中完善自己的理论，所以我们要以一种开放的眼光和视角去看待这些。

① 钱中文：《建设有中国特色的当代文论——"中国古代文论的现代转换"学术研讨会开幕词》，《陕西师范大学学报》（哲学社会科学版）1997 年第 1 期。
② 钱中文：《再谈文学理论现代性问题》，《文艺研究》1999 年第 3 期。

文化和民族的认同是其努力的方向，任何一个中国人都有着浓厚的民族和国家情感，且不论以往的中国带给世界和人们多少自豪和骄傲，这不是狭隘的民族主义或者说是所谓的种族中心主义之类，而是一种自发的感情，是子女对母亲由心而生的深情厚谊，刘若愚也是如此。在很多由研究一国文化后又去了另一国家尤其是由非西方国家去往西方国家的学者的著述或文章中，总是把它们归结为同一类型，即在选择后来的生活轨迹和事业时带有无法磨灭的后殖民色彩。他们在面对西方世界的文化话语时总是带有自卑的情结，即使他们操着比本土人还要纯正的英语，即使他们所取得的成绩要远远优于本土国民。而一旦他们回到自己的原生国又带有高高在上的自大感，带着西方的思维和价值标准去评判自己原生国的一切，似乎他们在这一刻忘记了自己是谁。这是很多书中的描述或评价。也许这样的评判具有一定的普遍性，也不排除很多人是这样的，但是这不具有普适性，就如本书所重点研究的刘若愚以及所提及的叶维廉，他们一直对自己的民族和国家带有深深的感情，他们即使后来选择留在西方世界，但是他们一刻也没有忘记自己是谁，来自哪里，又要归向何处，故而他们研究的出发点就是寻求民族和文化的极大认同，让自己原生国的文化和文明得以进一步发扬光大，为此他们付出毕生的努力，这就是海外汉学家的代表。

他们努力让中华民族的文化在世界上发出自己的声音，争夺着话语权，他们批判西方中心主义，反对历史相对主义和文化相对主义，对此刘若愚这样说过："当以历史主义的观点解析中国诗歌时，它自然会伴随着某种中国中心说。遵循这种历史主义的中国中心说，我们必须像与作者同时代的读者解析诗歌那样去解析一首诗歌。这样就不无难处。"[①] 的确是这样的，因为我们不可能再回归历史，而一首诗歌在当时的历史中也许不会被很好地理解而在后来却是得到极高赞赏，而我们自认为是用了历史的方法，但却未必就是如此。刘若愚对与历史主义相对立的"现时中心论"即"它要求解析一种文学作品着眼点应放在现时。把现时说用之于中国诗歌，与之伴随的就可能是

---

① ［美］刘若愚：《中国古诗评析》，王周若龄、周领顺译，河南大学出版社 1989 年版，第 78 页。

中国中心说，或者是欧洲中心说"①。这两种都是不可取的，其中的问题和缺陷都是不言自明的。

刘若愚还指出："我所理解的历史相对主义指的是这样一种态度，即对解析的正确与否没有绝对的衡量尺度，且每个时代都可以以其自己的术语并以自己的观点解析文学作品。历史相对论既不同于历史主义，也不同于现时说。其差异在于历史相对论对解析任何一个历史时代的文学作品都不要求什么特权。当它被用于语言间和文化间的解析时，则可叫做文化相对主义。另外，笔者想指出，虽然历史相对说较之于教条式的历史主义或现时说略胜一筹，但它仍不能令人满意，因为它等于说：'你的臆猜和我的略同'，其结果必然是所有的解析一概等同，不是都是正确的，就是都是荒谬的。"② 即使是这样，虽然相对主义的观点相对于某种中心主义说具有一定的合理性，但是正是这样的无恒定标准，也会陷入不确定性和游离性，这样对于普通读者会造成迷茫感。故而是"要寻求一共有的特性，即文学的特色、品质、功能以及不为历史和文化差异所左右的社会效果。笔者对文学解析领域里超历史和超文化的可能性的信仰在根本上基于以下这样一个事实："所有的作者和读者都生活在这个同一的星球上，否认超历史和超文化解析的可能性就是满足于与历史与人类社会隔绝的那种孤独的生活"③。我们应该承认历史相对主义和文化相对主义所带来的社会进步，但是这并不意味着我们就固守着这份相对，坚守着封闭和排他，甚至走向隔绝，这是不可取的，刘若愚也是极其鲜明地指出自己的不赞同，这也是他努力寻求世界相通的文学理论的起点和归宿。

我们评价和看待任何一位学者的努力都要本着客观的原则，不可执信其一而否定其他，由于时代、历史、文化还有自身的兴趣点及偏重点的不同，故而任何一个学者的研究成果也是有所不同的，这样我们后来者才可以博采众长以取得更长足的进步。请允许笔者引用国内一名学者

① ［美］刘若愚：《中国古诗评析》，王周若龄、周领顺译，河南大学出版社 1989 年版，第 78—79 页。
② 同上书，第 80 页。
③ 同上书，第 81 页。

的话来结束全文："但刘若愚当年以孤军作战的方式，以艾氏理论对中国文论加以论述。笔者认为，这一出发点是无可非议的，他无非是为了便于西方读者对完全陌生的中国文论有所了解，特别是有一个整体的了解，其功不可没。"①

---

① 王晓路：《中西诗学对话——英语世界的中国古代文论研究》，巴蜀书社 2000 年版，第 244—245 页。

结　语

　　刘若愚系统化、体系化的研究模式对我们有着颇多的借鉴意义和价值，中国文论在其现代学科建设之初就把系统性提上日程，并且是作为重中之重的工作来进行，其目的就是突破传统中国文论话语的不足，为中国传统诗学或文论走向现代世界而努力。西方汉学界研究中国传统文论的方法和思路有多种，每个人都有不同的选择和界定，但综合来看，只有刘若愚是致力于体系建构的勇敢开辟者，对中国传统文论全方位的系统建构，应该是以后研究的导向所在。虽然今天看来刘若愚建构起来的体系和框架不够完备，还有可以进一步改善和补充的地方，但是正如我们所了解的，学术研究的思路和方法不能只是局限于某一种，每个人的研究也都是像钱锺书一直秉承的"人同此心，心同此理"，"东海西海，心理攸同；南学北学，道术未裂"的原则，为的是阐述中西共同的诗心文心①，《易经》也说过"天下同归而殊途，一致而百虑"，这都是一样的道理。故而后来者可以在前人所走过的道路上根据研究需要以及自身的兴趣选择既有方法或者尝试创新，但要互相尊重，做到和谐发展，共同进步，而不是固执己见。

　　中西跨文化之间的诗学或文学理论的比较，不是要求所有的部分都要达到对话的完美结局，即寻找到最好契合点，这是不可能的，所以我们要做的就是寻求两者可能进行对话和结合的地方，进行有重点的努力，将中国古代文论的精华作为今天的资源和基础，然后与新时代的诗学和文论进行有意义和有价值的沟通，不求面面俱到，而是有重点、有目标。

---

　　① 钱锺书：《谈艺录·序》，复旦大学出版社 2009 年版。

而我们所看到的刘若愚就是这样去做的，他有着极为扎实和深厚的古代文化的底蕴和功底，可以说对中国文化的掌握极为娴熟，而且他又接受了新式的教育，在西方国家工作和生活，并取得了备受瞩目的学术成就，因此他有能力进行较为深入的中西文化比较，这是其优势所在。当代学者曹顺庆在其著作《中西比较诗学》的"后记"中这样写道："比较不是理由，只是研究手段。比较的最终目标，应当是探索相同或相异现象之中的深层意蕴，发现人类共同的'诗心'，寻找各民族对世界文论的独特贡献，更重要的是从这种共同的'诗心'和'独特贡献'中去发现文学艺术的本质特征和基本规律，以建立一种更新、更科学、更完善的文艺理论体系。"① 的确是这样的，无论是刘若愚还是今天的学者，都不是以比较为其最终的目标，而是努力寻求更高的目标，于我们中国来说，无疑就是让中华之文化和文明复兴。

刘若愚的早逝给学术界带来很多遗憾，他自身也有着很多计划与目标没有完成，他在逝世前曾接受国内的邀请回国讲学，但是还没来得及实施。作为连接中西文化的桥梁的建筑者，刘若愚为此做出了很多努力，他让更多的西方学生和读者了解和感悟中国文化的决心一直没有动摇过，而能够让中国的传统诗学走向世界更是以其为代表的汉学家的理想和奋斗目标。"往者不可谏，来者犹可追"，刘若愚披荆斩棘，已经为后来者开创了一片天地，现在需要做的就是接过其手中的笔，让其思想在今天可以走得更远，这是我们义不容辞的责任。

---

① 曹顺庆：《中西比较诗学》，北京出版社 1988 年版，第 270 页。

参考文献

一 著作

曹顺庆：《跨文化比较诗学论稿》，广西师范大学出版社 2004 年版。

曹顺庆：《跨异质文化》，山东友谊出版社 2007 年版。

曹顺庆：《中西比较美学文学论文集》，四川文艺出版社 1985 年版。

曹顺庆：《中西比较诗学》，北京出版社 1988 年版。

曹顺庆：《中西比较诗学史》，巴蜀书社 2007 年版。

曹顺庆主编：《世界文学发展比较史》，北京师范大学出版社 2001 年版。

陈惇、孙景尧、谢天振：《比较文学》，高等教育出版社 1997 年版。

陈鼓应：《老子注译及评介》，中华书局 2007 年版。

陈良运：《中国诗学体系论》，中国社会科学出版社 1992 年版。

陈跃红：《比较诗学导论》，北京大学出版社 2005 年版。

[德] 胡塞尔：《现象学的观念》，倪梁康译，上海译文出版社 1986 年版。

[德] 马克思：《1844 年经济学哲学手稿》，人民出版社 1983 年版。

董学文：《文学理论学导论》，北京大学出版社 2004 年版。

[法] 杜夫海纳：《美学与哲学》，中国社会科学出版社 1985 年版。

方珊：《形式主义文论》，山东教育出版社 1994 年版。

冯若春：《"他者"的眼光——论北美汉学家关于"诗言志"、"言意关系"的研究》，巴蜀书社 2008 年版。

冯友兰：《中国哲学简史》，新世界出版社 2000 年版。

盖生：《价值焦虑：新时期以来文学理论热点反思》，生活·读书·新知三联书店 2008 年版。

高旭东：《跨文化的文学对话——中西比较文学与诗学新论》，中华书局

2006 年版。

［古希腊］亚里斯多德：《诗学》，罗念生译，［古罗马］贺拉斯：《诗艺》，杨周翰译，人民文学出版社 1962 年版。

顾祖钊、郭淑云：《中西文艺理论融合尝试——兼及中国古代文论的现代转换研究》，人民文学出版社 2005 年版。

韩军：《跨语际语境下的中国诗学研究》，华中师范大学出版社 2009 年版。

何寅：《国外汉学史》，上海外语教育出版社 2002 年版。

黄维梁、曹顺庆编：《中国比较文学学科理论的垦拓——台湾学者论文选》，北京大学出版社 1998 年版。

黄药眠、童庆炳主编：《中西比较诗学体系》，人民文学出版社 1991 年版。

季进：《钱锺书与现代西学》，生活·读书·新知三联书店 2002 年版。

蒋寅：《古代诗学的现代诠释》（增订本），中华书局 2003 年版。

乐黛云：《比较文学与比较文化十讲》，复旦大学出版社 2004 年版。

乐黛云、陈钰编选：《北美中国古典文学研究名家十年文选》，江苏人民出版社 1996 年版。

乐黛云、陈跃红、王宇根、张辉：《比较文学原理新编》，北京大学出版社 1998 年版。

乐黛云、［法］阿兰·勒·比雄主编：《独角兽与龙——寻找中西文化普遍性中的误读》，北京大学出版社 1995 年版。

乐黛云、叶朗、倪培耕主编：《世界诗学大辞典》，春风文艺出版社 1993 年版。

李平：《西方人眼中的东方文学艺术》，上海教育出版社 2004 年版。

李泽厚、刘纲纪主编：《中国美学史》，中国社会科学出版社 1987 年版。

廖七一：《当代西方翻译理论探索》，译林出版社 2000 年版。

林骧华：《西方文学批评术语》，上海社会科学院出版社 1989 年版。

刘放桐等编：《新编现代西方哲学》，人民出版社 2000 年版。

刘介民：《中国比较诗学》，广东高等教育出版社 2004 年版。

刘康：《文化·传媒·全球化》，南京大学出版社 2006 年版。

刘圣鹏：《叶维廉比较诗学研究》，齐鲁书社 2006 年版。

刘小枫：《逍遥与拯救》，生活·读书·新知三联书店 2001 年版。

鲁迅：《鲁迅全集》第 1 卷，人民文学出版社 1973 年版。

罗钢、刘象愚主编：《文化研究读本》，中国社会科学出版社 2000 年版。

罗根泽：《中国文学批评史》，上海古籍出版社 1984 年版。

［美］M. H. 艾布拉姆斯：《镜与灯——浪漫主义文论及批评传统》，郦稚牛、张照进、童庆生译，北京大学出版社 1989 年版。

［美］艾金伯勒：《比较不是理由》，载《比较文学译文集》，上海译文出版社 1985 年版。

［美］爱德华·W. 萨义德：《东方学》，王宇根译，生活·读书·新知三联书店 2007 年版。

［美］爱德华·W. 萨义德：《世界·文本·批评家》，李自修译，生活·读书·新知三联书店 2009 年版。

［美］爱德华·W. 萨义德：《文化与帝国主义》，李琨译，生活·读书·新知三联书店 2003 年版。

［美］安乐哲：《和而不同：中西哲学的会通》，温海明译，北京大学出版社 2009 年版。

［美］大卫·格里芬：《后现代精神》，王成兵译，中央编译出版社 2005 年版。

［美］戴维·巴萨米安：《文化与抵抗——赛义德访谈录》，梁永安译，上海译文出版社 2009 年版。

［美］厄尔·迈纳：《比较诗学》，王宇根、宋伟杰译，中央编译出版社 2004 年版。

［美］亨廷顿：《文明的冲突与世界秩序的重建》，周琪、刘绯、张立平、王圆译，新华出版社 1998 年版。

［美］杰姆逊：《后现代主义与文化理论》，唐小兵译，北京大学出版社 1997 年版。

［美］拉尔夫·科恩主编：《文学理论的未来》，程锡麟译，中国社会科学出版社 1993 年版。

［美］勒内·韦勒克、奥斯汀·沃伦：《文学理论》，刘象愚、邢培明、陈圣生、李哲明译，江苏教育出版社 2005 年版。

［美］勒内·韦勒克：《近代文学批评史》，杨自伍译，上海译文出版社

2006 年版。

［美］李达三、罗钢主编：《中外比较文学的里程碑》，人民文学出版社 1997 年版。

［美］刘若愚：《语际批评家》，中文译名为《中国古诗评析》，王周若龄、周领顺译，河南大学出版社 1989 年版。

［美］刘若愚：《中国诗学》，赵帆声、周领顺、王周若龄译，河南人民出版社 1990 年版。

［美］刘若愚：《中国文学理论》，杜国清译，江苏教育出版社 2006 年版。

［美］刘若愚：《中国文学艺术精华》，王振远译，黄山书社 1989 年版。

［美］刘若愚：《中国之侠》，周清霖、唐发铙译，上海三联书店 1991 年版。

［美］乔纳森·卡勒：《文学理论入门》，李平译，译林出版社 2008 年版。

［美］乔纳斯·弗里德曼：《文化认同与全球化过程》，郭建如译，商务印书馆 2004 年版。

［美］夏志清：《中国现代小说史》，复旦大学出版社 2005 年版。

［美］宇文所安：《中国文论：英译与评论》，上海科学院出版社 2003 年版。

［美］约翰·克罗·兰色姆：《新批评》，王腊宝、张哲译，江苏教育出版社 2006 年版。

敏泽：《中国文学批评史》，人民文学出版社 1981 年版。

牟宗三：《中国哲学十九讲》，上海古籍出版社 1997 年版。

祁志祥：《中国古代文学理论》，学林出版社 1993 年版。

钱中文：《文学理论：走向交往对话的时代》，北京大学出版社 1999 年版。

钱锺书：《谈艺录》，复旦大学出版社 2009 年版。

邱运华主编：《文学批评方法与案例》，北京大学出版社 2005 年版。

饶芃子：《比较诗学》，陕西师范大学出版社 2000 年版。

沈子丞：《历代论画名著汇编》，文物出版社 1982 年版。

史忠义：《中西比较诗学新谈》，河南大学出版社 2008 年版。

孙晶：《文化霸权理论研究》，社会科学文献出版社 2004 年版。

汤拥华：《西方现象学美学局限研究》，黑龙江人民出版社 2005 年版。

唐君毅:《中国文化之精神价值》,广西师范大学出版社 2005 年版。

陶东风主编:《文学理论基本问题》,北京大学出版社 2004 年版。

童庆炳、谢世涯、郭淑云:《现代学术视野中的中华古代文论》,北京出版社 2002 年版。

童庆炳:《中国古代文论的现代意义》,北京师范大学出版社 2003 年版。

汪介之、唐建清主编:《跨文化语境中的比较文学》,译林出版社 2004 年版。

汪民安主编:《文化研究关键词》,江苏人民出版社 2007 年版。

王向远:《比较文学谱系学》,北京师范大学出版社 2009 年版。

王向远:《王向远著作集》,宁夏人民出版社 2007 年版。

王向远:《西方汉学界的中国文论研究》,巴蜀书社 2008 年版。

王晓路:《中西诗学对话——英语世界的中国古代文论研究》,巴蜀书社 2000 年版。

王晓路主编:《北美汉学界的中国文学思想研究》,巴蜀书社 2008 年版。

王晓平、周发祥、李逸津:《国外中国古典文论研究》,江苏教育出版社 1998 年版。

王岳川:《发现东方》,北京图书馆出版社 2003 年版。

王岳川:《后殖民主义与新历史主义文论》,山东教育出版社 1999 年版。

王岳川:《全球化与中国》,山东友谊出版社 2002 年版。

王岳川:《现象学与解释学文论》,山东教育出版社 1999 年版。

闻一多:《闻一多全集》,生活·读书·新知三联书店 1982 年版。

徐复观:《中国艺术精神》,华东师范大学出版社 2001 年版。

徐新建:《全球语境与本土认同——比较文学与族群研究》,巴蜀书社 2008 年版。

杨俊蕾:《中国当代文论话语转型研究》,中国人民大学出版社 2003 年版。

杨乃乔:《比较诗学与他者视域》,学苑出版社 2002 年版。

杨乃乔:《东西方比较诗学——悖论与整合》,文化艺术出版社 2006 年版。

杨乃乔主编:《比较文学与世界文学》,商务印书馆 2004 年版。

叶朗:《中国美学史大纲》,上海人民出版社 1985 年版。

叶朗主编：《中国历代美学文库》，高等教育出版社 2003 年版。

叶维廉：《道家美学与西方文化》，北京大学出版社 2002 年版。

叶维廉：《叶维廉文集》，安徽教育出版社 2002 年版。

［英］B. 鲍桑葵：《美学史》，张今译，广西师范大学出版社 2009 年版。

［英］C. W. 沃特森：《多元文化主义》，叶兴艺译，吉林人民出版社 2005
年版。

［英］巴特·穆尔—吉尔伯特：《后殖民批评》，杨乃乔、毛荣运、刘须明
译，北京大学出版社 2001 年版。

［英］汤林森：《文化帝国主义》，冯建三译，上海人民出版社 1999 年版。

［英］特雷·伊格尔顿：《二十世纪西方文学理论》，伍晓明译，陕西师范
大学出版社 1987 年版。

［英］特里·伊格尔顿：《理论之后》，商正译，商务印书馆 2009 年版。

余虹：《中国文论与西方诗学》，生活·读书·新知三联书店 1999 年版。

余英时：《文史传统与文化重建》，生活·读书·新知三联书店 2004
年版。

袁行霈：《中国诗学通论》，安徽教育出版社 1994 年版。

詹杭伦：《刘若愚　融合中西诗学之路》，文津出版社 2005 年版。

张伯伟：《中国诗学研究》，辽海出版社 2000 年版。

张法：《互看的反思》，中国大百科全书出版社 2002 年版。

张法：《跨文化的学与思》，重庆出版社 2006 年版。

张法：《走向全球化的文艺理论》，安徽教育出版社 2005 年版。

张海明：《回顾与反思——古代文论研究七十年》，北京师范大学出版社
1997 年版。

张京媛主编：《后殖民理论与文化批评》，北京大学出版社 1999 年版。

张隆溪：《道与逻各斯》，冯川译，江苏教育出版社 2006 年版。

张隆溪：《中西文化研究十论》，复旦大学出版社 2005 年版。

张敏：《冰点的热度：比较文学和世界文学论文集》，山西人民出版社
2002 年版。

张荣翼：《冲突与重建——全球化语境中的中国文学理论问题》，武汉大
学出版社 2005 年版。

张荣翼、杨从荣：《中国文学对外国文化的选择》，西南师范大学出版社

1998 年版。

张少康、刘三富：《中国文学理论批评发展史》，北京大学出版社 1995 年版。

赵毅衡选编：《"新批评"文集》，中国社会科学出版社 1988 年版。

赵毅衡：《远游的诗神》，四川人民出版社 1984 年版。

中国社会科学院研究所：《中外文学研究参考》编辑部编《中西比较诗学论文选》（增刊），北京，1985 年版。

周发祥：《西方文论与中国文学》，江苏教育出版社 1997 年版。

周宪：《文化表征与文化研究》，北京大学出版社 2007 年版。

周宪：《中国文学与文化认同》，北京大学出版社 2008 年版。

朱立元：《当代西方文艺理论》，华东师范大学出版社 2005 年版。

朱耀伟：《当代西方批评论述的中国图像》，人民大学出版社 2006 年版。

庄锡华：《文化传统与中国文学理论的现代历程》，生活·读书·新知三联书店 2009 年版。

庄子：《庄子今注今译》，陈鼓应注释，中华书局 1983 年版。

宗白华：《美学散步》，上海人民出版社 1981 年版。

左飙主编：《冲突·互补·共存——中西文化对比研究》，上海外语教育出版社 2009 年版。

Bassnett. Sunsan *Comparative Literature*：*A Critical Introdution*，Blackwell Publishers，1993.

Cf. Herbert Spiegelberg，*The Phenomenological Movement*，The Hague，1965.

Guillen. Claudio，*The Callenge of Comparative Literature*，Harvard University Press，1993.

James J. Y. Liu，*Chinese Theories of Literature*，Chicago：University of Chicago Press，1975.

James J. Y. Liu，*Essencials of Chinese Literature Art*，Northern Scituate，Mass：Duxbury Press，1979.

James J. Y. Liu，*Language-Paradox-Poetics*：*A Chinese Perspective*，Princeton，New Jersey：Princeton University Press，1988.

James J. Y. Liu，*Major Lyricists of Northern Sung*，Princeton ：Princeton University Press, 1974.

James J. Y. Liu, *Some Literature Qualities of the Lyrics*, in Cyril Birch, ed. , Study in Chinese Literatury Genres, Berkeley: University of California Press, 1974.

James J. Y. Liu, *The Art of Chinese Poetry*, Chicago: University of Chicago Press, 1962.

James J. Y. Liu, *The Interlingual Crite: Interpreting Chinese poetry*, Bloomingte: Indiana Press, 1982.

James J. Y. Liu, *The Lyrics of Zhou Bangyan*, UMI: Ann Arbor, Mich, Thesis (Ph. D.) – Stanford University, 1987.

James J. Y. Liu, *The Poetry of Li Shangyin: Ninth Centry Baroque Chinese poet*, Chicago: University of Chicago Press, 1969.

James J. Y. Liu, *Towords a Synthesis of Chinese and Western Theories of Literature*, in Journal of Chines Philosiphy, Vol. 4, 1977.

James J. Y. Liu, *World and Language: The Chinese Literature Tradition*, in Arnold Toynbee, ed. , Half of the World: The History and Culture of China and Japan, London, Thames&Hudson, 1973.

Levin. Hary, *Grounds for Comparasion*, Harvard University Press, 1980.

Prawer. S. , *Comparative Literature Studies: An Introdution*, London: Duckworth, 1973.

Rachard John Lynn, " *Chinese Poetics* " in Alex Preminger and *T. V. F. Brogan et al. eds. The Princeton Encyclope-dia of Poetry and Poetics*, Princeton, New Jersey: Princeton University Press, 1993.

Rene' Etiemble, *The Crisis in Comparative Literature*, tran. Herbert Weisiger and George Joyaux. Est Lansing: Michigan State University Press, 1966.

R. W. Ingarden, *The Literary Work of Art*, trans. G. Grabowiez, Evanston: Northwestern University Press, 1973.

Weisstein. Ulrich, *Comparative Literature Literaturey Theory*, Bloomingten: Indiana University Press, 1973.

二　论文

曹顺庆、谭佳：《重建中国文论的又一有效途径：西方文论的中国化》，《外国文学研究》2004 年第 5 期。

曹顺庆：《文论失语症与文化病态》，《文艺争鸣》1996 年第 2 期。

曹顺庆：《文学理论的"他国化"与西方文论的中国化》，《湘潭大学学报》（哲学社会科学版）2005 年第 5 期。

曹顺庆、杨一铎：《立足异质　融会古今——重建当代中国文论话语综述》，《社会科学研究》2009 年第 3 期。

曹顺庆：《中国文学理论的世纪转折与建构》，《中州学刊》2006 年第 1 期。

曹顺庆主持：《西方文论如何实现"中国化"》（专题讨论），《河北学刊》2004 年第 5 期。

曹顺庆、邹涛：《从"失语症"到西方文论的中国化——重建中国文论话语的再思考》，《三峡大学学报》（人文社会科学版）2005 年第 5 期。

岑亚霞：《名与实的倒置——论叶维廉之道家美学的偏颇》，《大连大学学报》2007 年第 5 期。

昌切：《民族身份认同的焦虑与汉语文学诉求的悖论》，《文学评论》2000 年第 1 期。

董学文：《怎样认识新时期文学理论的历史》，《文学理论与批评》2009 年第 1 期。

段俊晖、路小明：《洞见与盲视：对叶维廉中国文论思想的几点反思》，《西南大学学报》（社会科学版）2007 年第 5 期。

费孝通：《反思·对话·文化自觉》，《北京大学学报》（哲学社会科学版）1997 年第 3 期。

高楠：《中国文艺学的转换之根及其话语现实》，《社会科学辑刊》1999 年第 1 期。

高玉：《论当代比较诗学话语困境及其解决途径》，《观察与思考》2007 年第 2 期。

古添洪：《中西比较文学：范畴、方法、精神的初探》，《中外文学》1979 年第 11 期。

韩军:《语言分析与批评的中国诗学研究》,《华中师范大学学报》(人文
　社会科学版) 2007 年第 6 期。

韩军:《中国古代文论体系建设的尝试——刘若愚之诗学系统理论及相关
　评论》,《东岳论丛》2006 年第 1 期。

何敏:《论叶维廉的中西比较诗学研究》,《西安石油大学学报》(社会科
　学版) 2009 年第 2 期。

何圣伦:《中西比较诗学研究的"民族性"问题——读代迅〈西方文论在
　中国的命运〉》,《文艺评论》2009 年第 4 期。

黄立:《跨文化视野中的刘若愚词学理论研究》,《西南民族大学学报》
　2009 年第 9 期。

乐黛云:《从现代文学到比较文学》,《东方论坛》2007 年第 2 期。

乐黛云:《"多元化世界"的文化自觉》,《四川党的建设》(城市版)
　2006 年第 8 期。

乐黛云:《文化相对主义与比较文学》,《岱宗学刊》1997 年第 1 期。

乐黛云:《中国比较文学的现状与前景》,《民族文学研究》1986 年第
　4 期。

乐黛云:《中西诗学对话的必要性和可能性》,《中国比较文学》1993 年
　第 1 期。

李夫生、曹顺庆:《重建中国文论话语的新视野——西方文论的中国化》,
　《理论与创作》2004 年第 4 期。

李丽:《跨文化比较中模子的确认及应用——叶维廉诗学理论支点分析》,
　《暨南学报》(哲学社会科学版) 2002 年第 2 期。

李玉华:《论刘若愚"形上理论"的综合性》,《语文学刊》2008 年第
　9 期。

刘鹏:《本土化·内在化·跨文化传递——叶维廉比较诗学研究一例》,
　《中国比较文学》2004 年第 3 期。

刘绍瑾:《饮之太和——叶维廉对中国诗学生态美学精神的开掘与阐发》,
　《陕西师范大学学报》(哲学社会科学版) 2008 年第 2 期。

刘象愚:《关于比较文学学科理论的再思考》,《北京师范大学学报》(哲
　学社会科学版) 2003 年第 6 期。

刘亚律:《西方文论中国化的若干策略问题》,《江西社会科学》2009 年

第 4 期。

卢迎伏:《"样式齐全,榫合完美"——评刘若愚〈中国文学理论〉》,《中外文化与文论》2009 年第 1 期。

[美] 刘若愚:《李商隐的诗境界——第九世纪巴洛克式的中国诗人》,沈时蓉、詹杭伦译,《北京化工大学学报》(社会科学版) 2005 年第 1 期。

钱中文:《建设有中国特色的当代文论——"中国古代文论的现代转换"学术研讨会开幕词》,《陕西师范大学学报》(哲学社会科学版) 1997 年第 1 期。

钱中文:《再谈文学理论现代性问题》,《文艺研究》1999 年第 3 期。

邱霞:《跨越中西比较诗学的第一道樊篱——一位汉学家的汉语研究》,《宜宾学院学报》2005 年第 4 期。

任毅、蒋登科:《叶维廉比较诗学理论管窥》,《郧阳师范高等专科学校学报》2004 年第 10 期。

王丽:《道家美学影响下的中西比较诗学——关于叶维廉的比较诗学》,《当代文坛》2006 年第 5 期。

王元骧:《论中西文论的对话与融合》,《浙江学刊》2000 年第 4 期。

温朝霞:《"出位之思":中西诗学对话的启示》,《文艺理论》2004 年第 8—9 期。

伍世昭:《文学价值论与 20 世纪中国文学理论批评》,《学术研究》2006 年第 5 期。

向天渊:《百年中西比较诗学概论》,《重庆邮电学院学报》(社会科学版) 2006 年第 6 期。

熊元良:《文论"失语症":历史的错位与理论的迷误》,《中国比较文学》2003 年第 2 期。

徐放鸣、王光利:《文化身份与学术个性——论留美学者叶维廉关于中西诗学的汇通性研究》,《徐州师范大学学报》(哲学社会科学版) 2004 年第 4 期。

徐志啸:《叶维廉中西诗学研究论析》,《社会科学》2008 年第 10 期。

徐志啸:《用西方理论解析和比较中国古代文论》,《晋阳学刊》2009 年第 1 期。

阎月珍:《现象学与中国文艺理论沟通的可能性——以刘若愚、徐复观、
　　叶维廉的理论探索为例》,《文艺理论研究》2005 年第 2 期。

杨乃乔:《路径与窗口——论刘若愚及在美国学界崛起的华裔比较诗学研
　　究族群》,《北京大学学报》(哲学社会科学版) 2008 年第 5 期。

杨乃乔:《全球化时代的语际批评家和语际理论家——谁来评判刘若愚及
　　其比较文学研究读本》,《徐州师范大学学报》(哲学社会科学版)
　　2006 年第 2 期。

叶世祥:《"文论失语症"与后殖民主义》,《温州师范学院学报》(哲学
　　社会科学版) 2002 年第 4 期。

尹建民:《传释与汇通:叶维廉"文学模子"理论及其应用》,《潍坊学
　　院学报》2008 年第 3 期。

詹杭伦:《刘若愚及其比较诗学体系》,《文艺研究》2005 年第 2 期。

詹杭伦:《论刘若愚"中国诗观"的修正与运用》,《北京化工大学学报》
　　(社会科学版) 2005 年第 4 期。

张大为:《古典境界的现代生长——论叶维廉的学术理路及其启示意义》,
　　《阴山学刊》2007 年第 1 期。

张丰年:《兴发激扬、和谐共生的中国文学美学理论》,《时代文学》2008
　　年第 7 期。

张节末、刘毅青、闰月珍、徐承、李春娟: 《比较语境中的误读与发
　　明——推求徐复观、叶维廉、高友工、方东美等学者重建中国美学的
　　若干策略》,《浙江大学学报》(人文社会科学版) 2007 年第 4 期。

张立群、张晓明:《"历史整体性"与中西诗学的汇通——叶维廉中国现
　　代诗理论研究》,《泰山学院学报》2010 年第 2 期。

张隆溪:《钱锺书谈比较文学与"文学比较"》,《读书》1981 年第 10 期。

张隆溪:《中国传统阐释意识的探讨——评刘若愚〈语言与诗〉》,《读
　　书》1989 年第 12 期。

张小元:《关于寻求"共同文学规律"》,《当代文坛》2001 年第 1 期。

张志国:《传释学与"文化模子"理论——叶维廉诗学批评论》,《文艺
　　理论研究》2006 年第 3 期。

张志国:《中国如何改变了美国现代诗——从叶维廉〈中国诗学〉到赵毅
　　衡〈诗神远游〉》,《中国比较文学》2004 年第 3 期。

周建国:《评刘若愚先生的名著〈李商隐研究〉——兼论刘氏研究方法的借鉴意义》,《安庆师范学院学报》1992 年第 4 期。

周领顺:《刘若愚汉诗英译译论述要》,《河南大学学报》（社会科学版）1998 年第 6 期。

后　记

　　本书是在我的博士论文的基础上修改而成。从完成博士论文到出版成书，不知不觉间已经过去五年，其间我经历了毕业、工作、结婚，也从书斋里的学生转变为一名高校教师。回首过往的日子心中真是感慨万千，想要感谢的人有太多，"感谢"一词不足以表达我心中的谢意，但无论怎样，还是要感谢所有的人。

　　感谢我的博士导师马龙潜教授，八年前踏入师门，我是最让老师操心的那名学生，带给老师很多负担，但是老师总是以宽厚、仁慈的态度包容着我。求学期间老师悉心指导，指明研究的思路和方向，鼓励我敢于把思想的火花变成研究成果，没有老师的关怀和帮助我是没有今天的，我向恩师对我的培养和关心致以最真挚的谢意！

　　感谢我的硕士导师曲阜师范大学文学院的吴绍全教授，能够做吴老师的学生，我觉得是最幸福的事情。老师在背后默默鼓励我努力前进，为了学生他什么都肯付出，直到今天亦是如此。工作之后的我每每有困难找到老师，他都不厌其烦，更不遗余力给予我最无私的帮助。得知我要将博士论文出版成书，吴老师非常高兴，当我提出让老师帮忙作序，他更是欣然答应！吴老师将我的博士论文仔仔细细、一字一句审阅，好的地方老师毫不吝啬他的赞许和鼓励，做的不好的地方老师也提出严肃批评。我很感恩自己可以遇到恩师——吴老师，他严于律己、为人谦逊、儒雅恬静、学识渊博，使我一生受益。愿老师身体健康、平安快乐！

　　感谢山东大学文艺美学研究中心的老师们：曾繁仁教授、陈炎教授、谭好哲教授、仪平策教授、王汶成教授、屠友祥教授、程相占教授、凌晨光教授等，他们都对我的论文写作提出了宝贵的意见和建议，尤为重要的是，他们热烈的学术激情、扎实的学术功底、广阔的学术视野，都将成为我今后学习和努力的方向。

感谢我的同学和朋友们，我很庆幸有很多人陪着我一起欢笑、分担我的忧愁。同窗宋秀葵、左少峰，张鑫、邵金峰、陈后亮、丛坤赤、董宏、陈剑、杨倩、孔帅、王萌，还有秦秋、孙雪霄、翟林、宋庆九、张明远等，他们都曾给予我很大的帮助，让我在单调的学习生活中备感温暖和快乐，难忘曾经过往的一点一滴，我们的情谊还在继续延续。

感谢山东建筑大学艺术学院的领导和同事们。工作五年来，每当我有困难和问题，学院的领导都积极帮助协调和解决，给予我很多关心和支持，各位同事在工作中对我非常照顾，让我一次次感受到温暖和贴心，来到艺术学院的大家庭，我非常幸运！

感谢我的家人，感恩之心无以言表！感谢多年来一直在背后默默支持着我的母亲，父亲的去世把生活的重担全部压在母亲柔弱的肩上，但是十多年来的相依为命，母亲教给我太多。她让我勇敢、善良、坚毅、拼搏，在我二十二年的求学之路上正是母亲的支持和牺牲才会有我的今天！感谢我的丈夫王彤，遇到他，和他组成自己的小家，让那个曾经孤单的我真正感受到安稳和幸福！他对我事事顺从，用爱包容着我，两个人一起为家努力打拼，我们的未来会更加美好！感谢我的公婆、妹妹、妹婿还有懂事可爱的小外甥，还要感谢我的弟弟、弟妹以及活泼漂亮的小侄子，他们都是无私、善良的，有他们在身边的日子才会感觉到家人最温暖的力量和感动，感谢有他们的支持和扶助，我们是相亲相爱的一家人！

感谢中国社会科学出版社的张潜老师，她是我这本书的责任编辑。张潜老师真诚善良、负责认真、善解人意，虽然从未谋面，但是与她的每次通话都备感温暖，此书能够顺利出版得益于她！

由于自己的能力、精力的限制，本书仍存在诸多不足和疏漏，在交稿之际心中难免忐忑，恳请大家多多批评指正，我会认真总结经验，以期在不远的将来取得进步和完善！

纪　燕

2016 年 11 月 17 日

于济南